朔方文庫

主編 胡玉冰

東園詩集
〔清〕黃圖安 撰　楊學娟 校注

夢雪草堂詩稿
〔清〕郭楷 撰　段永恩 輯
魏一 整理

上海古籍出版社

圖書在版編目(CIP)數據

東園詩集／(清)黄圖安撰；楊學娟校注．夢雪草堂詩稿／(清)郭楷撰；段永恩輯；魏一整理．—上海：上海古籍出版社，2022.8
(朔方文庫)
ISBN 978-7-5732-0340-3

Ⅰ.①東… ②夢… Ⅱ.①黄… ②郭… ③楊… ④段… ⑤魏… Ⅲ.①古典詩歌-詩集-中國-清代 Ⅳ.①I222.749

中國版本圖書館CIP數據核字(2022)第107882號

朔方文庫

東園詩集

〔清〕黄圖安　撰　楊學娟　校注

夢雪草堂詩稿

〔清〕郭楷　撰　段永恩　輯　魏一　整理

上海古籍出版社出版發行

(上海市閔行區號景路159弄1-5號A座5F　郵政編碼201101)

(1)網址：www.guji.com.cn
(2)E-mail：guji1@guji.com.cn
(3)易文網網址：www.ewen.co

上海展强印刷有限公司印刷

開本710×1000　1/16　印張20.25　插頁6　字數264,000
2022年8月第1版　2022年8月第1次印刷
ISBN 978-7-5732-0340-3
K·3199　定價：128.00元

如有質量問題，請與承印公司聯繫
電話：021-66366565

國家社會科學基金重大項目
"《朔方文庫》編纂"（批准號：17ZDA268）經費資助出版

寧夏回族自治區"十三五"重點學科
"中國語言文學"學科建設經費資助出版

寧夏大學"民族學"一流學科群之"中國語言文學"學科
（NXYLXK2017A02）建設經費資助出版

《朔方文庫》委員會名單

學術委員會

主　任：陳育寧

委　員：（按姓氏筆畫排序）

　　　　于　亭　　吕　健　　伏俊璉　　杜澤遜　　周少川　　胡大雷

　　　　陳正宏　　陳尚君　　殷夢霞　　郭英德　　徐希平　　程章燦

　　　　賈三强　　趙生群　　廖可斌　　漆永祥　　劉天明　　羅　豐

編纂委員會

主　編：胡玉冰

委　員：（按姓氏筆畫排序）

　　　　丁峰山　　田富軍　　安正發　　李建設　　李進增　　李學斌

　　　　李新貴　　邵　敏　　胡文波　　胡迅雷　　徐遠超　　馬建民

　　　　湯曉芳　　劉鴻雁　　趙彥龍　　薛正昌　　韓　超　　謝應忠

總　　序

陳育寧

　　寧夏古稱"朔方",地處祖國西部地區,依傍黄河,沃野千里,有"塞上江南"之美譽。她歷史悠久,民族衆多,文化積澱豐厚。在這片土地上產生并留存至今的古代文獻檔案數量衆多、種類豐富,有傳統的經史子集文獻、地方史志文獻、西夏文等古代民族文字文獻、岩畫碑刻等圖像文獻,以及明清、民國時期的公文檔案等,這些文獻檔案記述了寧夏歷朝歷代人們在思想、文化、史學、文學、藝術等各方面的成就,蕴含着豐富而寶貴的、具有地域和民族特色的歷史文化内涵,是中華各民族人民共同的精神和文化財富,保護好、傳承好這批珍貴的文化遺産,守護好各民族共有的精神家園,扎實推進新時期文化的繁榮發展,是寧夏學者義不容辭的擔當。

　　黨和國家歷來高度重視和關心文化傳承與創新事業,積極鼓勵和支持古籍文獻的收集、保護和整理研究工作,改革開放以來,批准實施了一批文化典籍檔案整理與研究重大項目,取得了一大批重要成果。2017年1月,中共中央辦公廳、國務院辦公廳印發《關於實施中華優秀傳統文化傳承發展工程的意見》,把中華優秀傳統文化的傳承和發展推上了新的歷史高度。《意見》指出,要"實施國家古籍保護工程","加强中華文化典籍整理編纂出版工作"。這給地方文獻檔案的整理研究,帶來了新的機遇。

　　寧夏作爲西部地區經濟欠發達省份,一直在積極努力地推進優秀傳統文化傳承發展事業。2018年5月,《寧夏回族自治區實施中華優秀傳統文化傳承發展工程方案》和《寧夏回族自治區"十三五"時期文化發展改革規劃綱要》正式印發,爲寧夏文化事業的發展繪就了藍圖。寧夏提出了"小省區也能辦大文化"的理念,決心在地方文化的傳承發展上有所作爲,有大作爲。在地方文獻檔案整理研究方面,寧夏雖資源豐富,但起步較晚,力量不足,國家級項目少。

這種狀況與寧夏對文化事業的發展要求差距不小，亟須迎頭趕上。在充分論證寧夏地方文獻檔案學術價值及整理研究現狀的基礎上，以寧夏大學胡玉冰教授爲首席專家的科研團隊，依托自治區"古文獻整理與地域文化研究"人文社科重點研究基地以及自治區重點學科"中國語言文學"、重點專業"漢語言文學"的人才優勢，全面設計了寧夏地方歷史文獻檔案整理研究與編纂出版的重大項目——《〈朔方文庫〉編纂》，并於 2017 年 11 月申請獲批立項爲國家社科基金重大項目，這一項目的啓動，得到了國家的支持，也有了更高的學術目標要求。

編纂這樣一部大型叢書，涉及文獻數量大、種類多，時間跨度長，且對學科、對專業的要求高，既是整理，更是研究，必須要有長期的學術積累、學術基礎和人才支持。作爲項目主持人，胡玉冰教授 1991 年北京大學畢業後，一直在寧夏從事漢文西夏文獻、西北地方（陝甘寧）文獻、回族文獻等爲主的古文獻整理研究工作，他是寧夏第一位古典文獻專業博士，已主持完成了 4 項國家社科基金項目，包括兩項重點項目，出版學術專著 10 餘部。從 2004 年主持第一項國家社科基金項目開始，到 2017 年"《朔方文庫》編纂"作爲國家社科基金重大項目立項，十多年來，胡玉冰將研究目標一直鎖定在地方文獻與民族文獻領域。其間，他完成的國家社科基金項目結項成果《寧夏古文獻考述》，是第一部對寧夏古文獻進行分類普查、研究，具有較高學術價值的成果，爲全面整理寧夏古文獻提供了可靠的依據；他完成的《傳統典籍中漢文西夏文獻研究》入選《國家社科基金成果文庫》，爲《朔方文庫•漢文西夏史籍編》奠定了研究基礎；他完成出版的《寧夏舊志研究》，基本摸清了寧夏舊志的家底，梳理清楚了寧夏舊志的版本情況，爲《朔方文庫•寧夏舊志編》奠定了研究基礎。在項目實施過程中，胡玉冰注重與教學結合，重視青年人才培養，重視團隊建設。在寧夏大學人文學院，胡玉冰參與創建的西北民族地區語言文學與文獻博士學位點、中國古典文獻學碩士學位點，成爲寧夏培養古典文獻專業高級專門人才的重要陣地。他個人至今已培養研究生 40 多人，這些青年專業人員也成爲《朔方文庫》項目較爲穩定的團隊成員。關注相關學術動態，加強與兄弟省區和高校地方文獻編纂同行的學術交流，汲取學術營養，也是《朔方文庫》在實施過程中很重要的一則經驗。

《朔方文庫》是目前寧夏規模最大的地方文獻整理編纂出版項目，其學術意義與社會意義重大。第一，有助於發掘和整合寧夏地區的文化資源，理清寧夏文脉，拓展對寧夏區情的認識，有利於增强寧夏文化軟實力，提升寧夏的影響力，促進寧夏經濟社會全面發展；第二，有助於深入研究寧夏歷史文化的思想精髓和時代價值，具有歷史學、文學、文獻學、民族學等多學科學術意義，推動寧夏人文學科的建設與發展；第三，有助於推進寧夏高校"雙一流"建設，帶動自治區人文社科重點研究基地、重點學科、重點專業以及學位點建設，對於培養有較高學術素質的地方傳統文化傳承與創新的人才隊伍有積極意義；第四，在實施"一帶一路"倡議大背景下，深入探討民族地區文獻檔案傳承文明、傳播文化的價值，可以更好地爲西部地區擴大對外文化交流提供決策支持。

編纂《朔方文庫》，既是堅定文化自信、鑒古開新、傳承和弘揚中華優秀傳統文化的需要，也是服務當下經濟社會文化發展的需要，是一項功在當代、澤溉千秋的文化大業。截至 2019 年 7 月，本重大項目已出版大型叢書兩套、研究著作，依托重大項目完成碩士研究生學位論文 9 篇。叢書《朔方文庫》爲影印類古籍整理成果，按專題分爲《寧夏舊志編》《歷代人物著述編》《漢文西夏史籍編》《寧夏典藏珍稀文獻編》《寧夏專題文獻和文書檔案編》共五編。首批成果共 112 册，收書 146 種。其中《寧夏舊志編》32 册 36 種，《歷代人物著述編》54 册 73 種，《漢文西夏史籍編》15 册 26 種，《寧夏典藏珍稀文獻編》10 册 7 種，《寧夏專題文獻和文書檔案編》1 册 4 種。《寧夏珍稀方志叢刊》共 16 册，爲點校類古籍整理成果，由中國社會科學出版社、上海古籍出版社分別於 2015 年、2018 年出版。《朔方文庫》出版時，恰逢寧夏回族自治區成立 60 周年，這也説明，在寧夏這樣的小省區是可以辦成、而且已經辦成了不少文化大事，對於促進寧夏文化事業的發展、提升寧夏知名度起到了重要作用。同時也要看到，由於基礎薄弱，條件和力量有限，我們還有許多在學術研究和文化建設上想辦、要辦而還未辦的大事在等待着我們。

國內出版過多種大型地方文獻的影印類成果，但尚未見相應配套的點校類整理成果。即將由上海古籍出版社推出的《朔方文庫》點校類整理成果，是胡玉冰及其學術團隊在影印類成果的基礎上的再拓展、再創新。從這一點來説，國家社科基金重大項目"《朔方文庫》編纂"開創了一個很好的先例，即在基本完成影印任務的情況下，依托高質量的研究成果，及時推出高質量的點校類整理成果，將極大地便於學界的研究與利用。我相信，《朔方文庫》多類型學術成果的編纂與出版,再一次爲我們提供了經驗,增强了信心,展現了實力。祇要我們放開眼界,集聚力量,發揮優勢,精心設計,培養和選擇好學科帶頭人,一個項目一個項目堅持下去,一個個單項成績的積累,就會給學術文化的整體面貌帶來大的改觀,就會做成"大文化",我們就會做出無愧於寧夏這片熱土、無愧於當今時代的貢獻!

2020年7月於銀川

(陳育寧,教授,博士生導師,寧夏自治區政協原副主席,寧夏大學原黨委書記、校長)

目　　錄

總序 ………………………………………… 陳育寧　1

東園詩集

整理説明 ……………………………………………… 3
序 …………………………………………………… 5
自叙 ………………………………………………… 7
東園詩序 …………………………………………… 8
東園詩集目録 ……………………………………… 10
東園詩集卷之一 …………………………………… 22
　賦 ………………………………………………… 22
　擬古 ……………………………………………… 26
　詠雪集 …………………………………………… 30
　落花集 …………………………………………… 36
　天籟集 …………………………………………… 42
東園詩集卷之二 …………………………………… 46
　鷄窗偶録 ………………………………………… 46
東園詩集卷之三 …………………………………… 68
　于野蛮吟 ………………………………………… 68
　園譜 ……………………………………………… 85
東園詩集卷之四 …………………………………… 91
東園詩集續刻卷之五 ……………………………… 112
附録　黄圖安散見詩文 …………………………… 133
參考文獻 …………………………………………… 147

夢雪草堂詩稿

整理説明 ……………………………………………………	151
夢雪草堂詩稿序 ……………………………………………	156
夢雪草堂詩稿自序 …………………………………………	158
夢雪草堂詩稿卷一 …………………………………………	159
五言古 ……………………………………………………	159
七言古 ……………………………………………………	161
五言律 ……………………………………………………	164
七言律 ……………………………………………………	167
五言排句 …………………………………………………	170
七言絶句 …………………………………………………	171
夢雪草堂詩稿卷二 …………………………………………	174
五言古 ……………………………………………………	174
七言古 ……………………………………………………	178
五言律 ……………………………………………………	180
五言排句 …………………………………………………	182
七言律 ……………………………………………………	182
五言絶句 …………………………………………………	185
七言絶句 …………………………………………………	185
夢雪草堂詩稿卷三 …………………………………………	187
五言古 ……………………………………………………	187
七言古 ……………………………………………………	193
五言律 ……………………………………………………	195
五言排句 …………………………………………………	198
七言律 ……………………………………………………	198
五言絶句 …………………………………………………	201
七言絶句 …………………………………………………	202
夢雪草堂詩稿卷四 …………………………………………	203
五言古 ……………………………………………………	203

七言古 …………………………………………………………… 206
　　五言律 …………………………………………………………… 210
　　五言排句 ………………………………………………………… 212
　　七言律 …………………………………………………………… 213
　　七言排句 ………………………………………………………… 214
　　七言絶句 ………………………………………………………… 215
夢雪草堂詩稿卷五 …………………………………………………… 218
　　五言古詩 ………………………………………………………… 218
　　七言古 …………………………………………………………… 221
　　五言律 …………………………………………………………… 222
　　五言排句 ………………………………………………………… 224
　　五言絶句 ………………………………………………………… 226
　　七言律 …………………………………………………………… 226
　　七言絶句 ………………………………………………………… 227
夢雪草堂詩稿卷六 …………………………………………………… 230
　　五言古詩 ………………………………………………………… 230
　　七言古 …………………………………………………………… 235
　　五言律 …………………………………………………………… 239
　　五言排句 ………………………………………………………… 241
　　七言律 …………………………………………………………… 241
　　七言排句 ………………………………………………………… 242
　　七言絶句 ………………………………………………………… 242
夢雪草堂詩稿卷七 …………………………………………………… 245
　　五言古 …………………………………………………………… 245
　　七言古 …………………………………………………………… 250
　　五言律 …………………………………………………………… 252
　　五言排句 ………………………………………………………… 255
　　五言絶句 ………………………………………………………… 256
　　七言律 …………………………………………………………… 256
　　七言絶句 ………………………………………………………… 257

夢雪草堂詩稿卷八 ································· 260
　五言古 ····································· 260
　七言古 ····································· 264
　五言律 ····································· 265
　五言排句 ··································· 266
　七言律 ····································· 266
　七言絶句 ··································· 267

夢雪草堂續稿卷一 ································· 269
　五言古 ····································· 269
　七言古 ····································· 271
　五言律 ····································· 274
　五言排句 ··································· 275
　七言律 ····································· 275
　七言絶句 ··································· 279

夢雪草堂續稿卷二 ································· 283
　五言古 ····································· 283
　七言古 ····································· 285
　五言律 ····································· 287
　五言排句 ··································· 290
　七言律 ····································· 292
　五言絶句 ··································· 294
　七言絶句 ··································· 296

夢雪草堂續稿卷三 ································· 298
　五言古 ····································· 298
　七言古 ····································· 299
　五言律 ····································· 302
　五言排句 ··································· 303
　七言律 ····································· 304
　七言絶句 ··································· 308

雪莊先生哀誄并輓詩 ······························· 310

參考文獻 ··· 312

東園詩集

〔清〕黃圖安 撰　　楊學娟 校注

整理說明

《東園詩集》五卷,清朝黄圖安撰。黄圖安字四維,號東園,山東堂邑人。生年不詳,卒於清順治十六年(1659)。明崇禎十年(1637)進士,官易州道。清順治元年率所屬降清,留任原官,因親擒河間巨盗李聊考,擢甘肅巡撫,改調寧夏巡撫。後清廷以故意規避罪將其革職。順治九年(1652)因范文程力請,仍以都察院右僉都御史再任寧夏巡撫。黄圖安任職寧夏期間,勵精圖治,對寧夏的政治、經濟等發展做出過傑出的貢獻。順治十二年(1655),他上《條議寧夏積弊疏》,主張整頓軍餉、渠工、驛遞、軍訓等八項措施。順治十三年(1656),黄圖安又奏准裁汰邊軍老弱,提出廢除"無兵之用,有兵之費"的軍屯,主張"化兵爲民""變兵爲民"。被裁汰的邊兵分得了土地的同時,又開墾了諸多荒地,大力發展了農業生産。順治十五年(1658),黄圖安又主持疏浚唐俫渠和漢延渠,使之充分發揮灌溉作用。順治十四年(1657)考滿,加副都御史銜。十六年(1659)以"舉薦非人罪"降五級,尋卒。

《東園詩集》正文前有唐德亮《序》、宋琬《東園詩序》、黄圖安《自叙》各一篇。卷一正文前録賦四篇,分别爲《梨花賦并叙》《蓮花賦》《菊有黄花賦》《雪賦》。卷一至卷五分别收詩一百五十九首、八十八首、九十九首、一百二十六首、一百三十九首,共計六百一十一首,其中卷二録他人原韻六首,卷三附他人原韻一首,實際出於黄圖安之手的詩歌共六百零四首。《東園詩集》詩歌内容豐富,題材多樣,舉凡擬古、邊塞、咏物、山水、思鄉、贈答等均成爲其所關注和咏寫的範疇。其中《中秋日署中有感》《追和王覺斯登華山絶頂》《壁間石山》《雁字》等多首詩歌反復吟咏賀蘭山之巍峨、賀蘭秋景之蕭瑟。

《東園詩集》文獻價值主要體現在:第一,集中大量詩歌表現了黄圖安降清前後的生活與情感,對研究清代二臣的内心世界、生活狀態大有裨益;第二,此詩集是黄圖安巡撫寧夏期間所刻,其中不僅收録了諸多表現寧夏風物的作品，亦有不少是與其同時期仕宦寧夏的宋琬（字荔裳）、唐德亮（字采臣）、劉孝吾、羅續初等人的贈答郊游詩，諸如《贈荔裳宋年兄》《乙未暮春贈別唐采臣》《贈劉大將軍旋師歸鎮》《仲夏同劉總戎裕吾羅兵憲續初再游南郊》等，在豐富寧夏地方文獻的同時，也爲學界研究宋琬、唐德亮等人提供了珍貴的參考資料；第三，此詩集中録有大量黄圖安參與素心社活動并與詩社成員往來贈和之作，如《辛巳初冬同衆游慈雲寺約素心社社長蘇念伊首唱一律步和》《至日懷素心社中諸友》等，對研究清代詩社情況亦有不可小覷的文獻價值。

《東園詩集》僅見順治十四年（1657）刻本，該刻本傳世亦稀見，目前僅首都圖書館藏有孤本。首都圖書館藏順治十四年（1657）刻本，孤本傳世。該本一函四册，版框高二十點七釐米，寬十三點三釐米。四周單邊，白口，單、黑魚尾。每半頁九行，行十八字。本次整理，即以首都圖書館藏順治十四年刻本爲底本，參校以《〔乾隆〕寧夏府志》等爲參校本。附録黄圖安散見詩文。

序

　　詩之爲用大矣。嘗觀《春秋列國》，一時賢公卿將帥出則韜鈐，入則風雅，至於聘問、臨戎之際，賦詩見志，或一言而賢於十萬之師，故晋傳稱郤縠曰"敦禮樂而説《詩》《書》"，①蓋其選也。自風雅道降，而經生、法吏家徒用章句案牘，致身通顯，聲律之學遂廢爲無用。而幽人逸士及羈旅遷客之流，時寫其意於高山流水之間，或以發其不平之鳴者，往往多爲世所稱述，則曰詩能窮人，又曰詩必窮而乃工者，是豈其然哉？唐永徽、神龍間，詩教寖昌，學士、大夫承詔應制，更唱迭和，而張燕公、蘇許公尤稱大手筆，使後之人諷覽遺文而想當時聲名文物之盛。詩之爲用，豈不偉歟？

　　我大中丞黄四維先生博雅儒宗，經緯文武，詰戎之暇，口不輟吟。朝野休戚，師友激揚，日月遷逝，光氣慘舒，山川勝勢，風雲景色，以及魚鳥親人，草木變態，凡所對遇，率爲賦詩。雖以陶寫性靈，殽撰萬物，而濟時經世之謨隨境而寓。觀其博綜浩繁，如入武庫，五兵縱橫，目炫神駴而不可逼視也。其格律森整，如程不識刁斗自衛，又如山可撼而岳家軍不可撼也。其氣韵沉雄，如萬馬奔馳，劍戟相撞，喑啞叱咤，而千人自廢也。若其音節韶令，風度嫻雅，則又如羽扇綸巾，指麾三軍，隨其進止，諸葛君真名士也。故曰候蟲之聲，末世似之；澗水之聲，楚人似之；金石絲竹之聲，國風、雅、頌似之。②今聖天子方崇右文之治，而先生潤色太平，贊襄洪業，卓然成一代之書，太史將采而獻之明堂，歌之清廟，以與國風、雅、頌洋洋嗣響，又何用亮言爲哉！顧不以亮不文，屬一言弁其首。昔蘇公之序范文正公曰："自八歲知敬愛公，四十七年矣。三傑者，皆從

---

　　①　《左傳·僖公二十七年》：晋謀元帥，"趙衰曰：'郤縠可。臣亟聞其言矣，説禮樂而敦《詩》《書》。'"

　　②　此語襲出黄庭堅《胡宗元詩集序》："維金石絲竹之聲，國風雅頌之言似之，澗水之聲，楚人之言似之。至於候蟲之聲，則末世詩人之言似之。"

之游,而公獨不識,以爲生平之恨。若獲挂名其文字中,以自托於門下士之末,豈非疇昔之願哉!"① 古人於賢人君子雖不及其時,而序其文猶欣喜愛慕之如此,矧亮慕先生之久,幸得拜先生之風,沐先生之教,而序先生之詩,安敢以不文辭!

時順治乙未季春,梁溪後學唐德亮拜題。②

---

① 原文出自蘇軾《〈范文正公文集〉序》:"自以八歲知敬愛公,今四十七年矣。彼三傑者,皆得從之游,而公獨不識,以爲平生之恨。若獲挂名其文字中,以自托於門下士之末,豈非疇昔之願也哉!"

② 順治乙未:順治十二年(1655)。

自　　叙

　　園以"東"著者何？曰：因也。何因乎？曰：因東可園而園之，因園在東而東之也。東園以主人著者何？曰：偶也。何偶乎？曰：偶地與人遇則人之，偶人爲地主則主之也。然則其因也，乃其得之以自歟。前在南國，淮水蕪江，吾東園也；後在西夏，蘭嶺濁河，吾東園也。不園而可園之，不東而可東之者何？曰：自也無因而可以因概之也。其偶也，乃其居之以素歟。園以東有東岱，日觀天門，我欲向東岱認主人也。園以西有西華，玉井蓮峰，我欲向西華認主人也。非人而可人之，非主而可主之者何？曰：素也不偶而可以偶概之也。余於公署涉趣園而題之曰：樂地無非地，小園也是園。園之趣不在乎林泉花鳥，而在乎琴酒唱和之閑也。得趣忘絃，謂五柳先生深於琴歟？曰：非也，先生不琴而琴者也。洗杯更酌，謂東坡公深於酒歟？曰：非也，公不酒而酒者也。雞窗天籟，謂余深於詩歟？曰：非也，余不詩而詩者也。余得園之趣而寄之於東，不必是東也；余得東園之趣而寓之於詩，不必是詩也。嗜照容光，何所非天；游塵纖埃，何所非地；一拳一勺，何所非山水。東園主人不必以詩著，不必不以詩著也。

　　時順治十有四年歲次丁酉仲冬之吉，黃圖安書。

東 園 詩 序[①]

　　大中丞黄公撫西夏之明年，刻其所爲詩曰《東園集》，以示琬，曰："子其爲我叙之。"

　　余小子受以卒業，蓋自丁亥以迄今兹，[②]中所更歷險夷得喪、憂威愉怡、名山巨川、窮邊絶徼，與夫人事之變遷、物態之涼燠，悉於詩焉發之。蓋我公忠孝至性人也，其始被謫歸也，無戚戚之色，胡跋尾寔，識者服其碩膚之度。及再起爲大中丞，蹇驢赴詔，往來於西山巖壑間。今且擁旄鉞，握虎符，顯矣！然其意念欿然，常有以自下者。故其爲詩也，氣完而神暢，音亮而格高，上之絶亢激之偏，卑之寡嘽緩之調。至其寄情松菊，流連雪月，義深旨遠，庶幾乎風人比興之遺則焉。夫賀蘭靈夏，夙以山川士馬之雄甲天下，赫連、吐厥實逼處此，以與中原相齮齕，[1]故昔之爲將帥者，往往枕干席胄，[2]生蟣虱，不得休息，即何暇賫三寸油素，對韎韐而講風雅之事哉！方今國威遐訖，三陲晏如，公乃得雍容袠帶，折衝於樽俎之間，橫沙磧以揚旌，[3]登危樓而長嘯。朔風邊馬之聲，短笛悲笳之操，白草黄榆，冷雲凄雁，皆足供塵尾之談資、公餘之染翰也，豈不稱丈夫豪舉哉。[4]

　　余小子束髮受知於公，既不獲廁公參佐之末、鞠躬中堅，以紀雅歌投壺之盛，聊因公命而附姓名於簡端。至若我公耆定之功成於不日，當有饒歌鼓吹之曲以與《白狼》《朱鷺》俱傳。琬也不敏，[5]敬磨隃麋，盾鼻以俟。[6]

　　賜進士第、分巡隴西道、陞任直隸永平兵備道、山東按察司副使眷年弟宋琬頓首拜謹撰。

---

　　① 序文參見清宋琬《安雅堂文集》卷一。
　　② 丁亥：清順治四年（1647）。

【校勘記】

［1］齗齮：《安雅堂文集》作"低昂"。
［2］干：《安雅堂文集》作"戈"。
［3］沙磧：《安雅堂文集》作"大漠"。
［4］丈夫：《安雅堂文集》此二字前有"大"字。
［5］琬：《安雅堂文集》作"某"。
［6］敬磨隃糜盾鼻以俟：《安雅堂文集》作"敢磨墨盾鼻以俟"。

東園詩集目録①

卷之一
詩有三義，賦居一焉。余非能賦者，感時觸物，偶有數篇，并録於集。
梨花賦
蓮花賦
菊有黄花賦
雪賦

擬古詩十九首

咏雪集序
雪中讀左太冲《招隱》詩因而追和
雪後閑步東園有感於《招隱》次篇"聊可瑩心神"之句援筆再和
雪中述懷
雪中思石齋老師
雪假山
春雪
對雪
喜雪
同友賞雪
雪中有感
雪後城頭聚飲
步李商隱韵

---

① 此爲原書目録，與正文標題不盡一致，現照録，望讀者注意。

步胡宿韵

步杜荀鶴韵

雪夜偶成

飲酒雪夜

雪後訪友人不遇

和蘇念伊雪中舞鶴

晴雪二首

戲咏聲色臭味四章

雪夜

雪夜追憶故友

落花集序

落花絕句百首

七言律二首

感落花

天籟集

《天籟》與《行紀》二册，因未經刻，失於丙戌初冬遇難之時，不可復得。偶從友人書齋復獲數篇，附錄於此。

聽鶯

聞蟬

登擎霄樓

登魯仲連臺

登清源慈雲寺浮圖

謁穆文簡公祠

追憶葺齋許少司農

贈社長許奏一

庚辰秋月同長兄延基并諸侄聚飲

卷之二

鷄窗偶錄序

白兔歌
咏趙邃如地室中插植迎春
移竹
女耕田行
誨牧童
寒蜂采菊蕊
遠別離
追和謝惠連搗衣篇
因讀太白搗衣篇詩思躍然又有是作
又搗衣二律
鏡聽詞
送張蓬玄老師赴都時有大司馬之報
孤雁
除日酬江右戴初士
贈文宗上人
淮上贈別路繼峰
即席賦志
送徐鶴洲之任保定
寄居淮上讀崔國輔漂母岸詩因而追和
高堰有感
觀田家
憶野居
紀夢
承鍾雪崖招飲賦謝
同友雨後遠眺入夜風雷大作晨起書識
雁字
和楊賦臣雁字二章
初選保定司理石齋老師贈詩四章妄爲步和 附原韵
贈從軍
閨中贈遠

征人字內

小古鏡

舟行喜與友人相遇

舟夜

和胡止臣年兄避暑福緣庵

月夜過劉伶臺

夜坐

謝贈新茗

謝贈泉酒

高堰雨中

丁丑場中與南海馮公顯忠連坐笑語莫逆旋承詩扇香墜之惠賦此酬謝 附原韵

游呂仙祠張煉師供梨三枚體味殊絕快談竟日別以爲贈

上谷賈孝廉自滑縣寄問酬謝四章

頌晉卿裴老師城工

辛巳初冬同衆游慈雲寺約素心社社長蘇念伊首唱一律步和

讀蘇念伊移植迎春詩有春到一陽四字正值至日又逢社期因步韵成章以應主人

至日拜賀楊心起明府因聞寇儆共議城守

同李方甫城頭望月三章

同劉斐公許象九夜飲

壬午四日會飲見月

和蘇念伊新月

和蘇念伊春日獨坐

賦得春江花月夜

賦得夏雲多奇峰

送許庠師之任濮州

贈王敬時遠携魚茶爲問

送邵平圻歸東平來時携丁右海老師與趙紫垣年兄兩字其人工書善談

舟中和楊心起明府贈別

冬日讀袁海叟白燕詩因爲遥憶之作依韵
舟行遇南魯生年兄之任保定賦此爲別是日與南海吳泰茹年兄同會舟中
舟中留吳泰茹年兄
舟行清河
苦寒
贈別閆表兄還里二章
舟夜
登文峰寺浮圖
至日夢采異花數枝并手捉一蝶翼大如掌赤色爛然賦此志異
至日懷同社諸友
登燕子磯
蕪江除夜是日喜遇戴初士
癸未二日江口訪戴初士不遇
登赭山絶頂
贈星士吳斗玄
贈江右孝廉羅佐材二章
酬贈黃君凝赴選依韵二章
同南河鍾雪崖雨後對談
別楊賦臣

卷之三
于野蠻吟序
甲申春晩
吊荊卿
初夏同張嶧嶺登源泉有本亭步壁間韵
同張嶧嶺登源泉山亭依韵
先帝挽詞步張嶧嶺韵
憶素心社友信手拈蘇集得岐亭詩依韵
重九前一日對菊
九日

和曹秋嶽年兄九日感懷二首
曲陽公署和壁間韻二首
盆菊未花再步前韻
爲菊酹酒一絕
有感
偶咏
酬贈工部張嶙嶺之任廣平依韻
酬贈賈石夫依韻
真定懷古
吊徐鶴洲
自述四首
偶成
詔至兼聞大兵已出居庸賦此志喜
續天籟集歌
乙酉暮春賈石夫贈詩并約花前之期依韻
賈石夫邀集寄清園依韻
仲夏之任河西留別朱易州彬予朱前任州捕以功朝見特膺厚賞
別餉司藺信宇
酬贈賈石夫依韻
柏井驛和魏昭華韻
蒲州渡河遙瞻西嶽
望嶽用杜工部韻
望嶽追和杜工部
隴州和壁間韻
夜度關山
望長寧驛
宿關山
度分水嶺步盧照鄰韻
登大隴山步前人韻
入秦州界步前人韻

清水署中讀魏昭華年兄詩步和
蘭州肅園和李君正韵
贈梅月主人
早行
張掖對雪步蘇公聚星堂韵
酬贈魏年兄巡歷河西步韵
別魏年兄即步來韵
贈劉大將軍旋師歸鎮
丙戌初春固原有變按君魏昭華檄調甘兵以寇平移文中止聞音欣慰署壁間有近惠佳律尚未屬和遂援筆步韵以志懷思
送彭年侄還鄉
寄彭年侄
遙同魏昭華游覽五泉
遙同魏昭華再游肅園
和盧德水侍御古字詩
五日劉總戎邀飲西郊
同鎮道再游南郊
又偶成一律
同劉裕吾羅續初登二覽樓俯觀社戲
重游任氏園亭
楊花歌
佳人乘騎
罌粟花
六月菊
七夕
秋日得曹秋嶽年兄書并賜佳律步韵四首
塞下歌五首
俠客
步曹秋嶽年兄韵四首

園譜序
西園偶咏
餘清堂
藏春齋
翠環亭
濯纓池
曲觴渚
覽勝坊
消夏臺
木假山
浣花橋
乘風閣
芍藥欄
楊柳溪
翠亭晚讌
池上偶成
閑題西園
芍藥
金蓮
謁關聖廟

卷之四
丁亥歲出都二首
真定旅舍二首
還里二首
酬和蘇念伊先生
園中二首
和念伊咏鷄冠花
田間二首
書舍二首

郭五芝明府遷上郡別駕賦詩留別次韵爲贈兼寄霞餐年兄
贈別霞餐再次前韵
游慈雲寺
贈默持上人
寇變
戊子春贈張煉士種梅
客舍偶成
宿茌平
平陰道中
同溫虞白明府游趵突泉四首
同虞白游大明湖四首
附溫公絕句二首
游千佛山
登華不注
過德藩故府二首
飲池上
晚酌
送溫明府投紱還里
初冬夜坐
追贈南宮彭侯忠烈
又代作
己丑元宵邑侯彭公邀飲即席賦贈二首
和周文瑞暮春十首
賦贈彭侯
己丑仲夏與默持上人清話和壁間盧德水韵
咏蘇仲秀甕蓮
酬霍工部寄懷之作
送魏眉毓廣文罷官歸隱
秋夜二首
挽心竹崔太翁

庚寅元旦次日祝彭益甫明府
東園閑咏四首
落花八首
贈霍龍淮年兄
贈同官羅國新
祝鄭庠師兼賀長公
五日呈彭益甫明府
又代作
贈龍淮霍年兄四首
祝周維翰太夫人
題咏彭公畫軸回文二絕
庚寅秋河決
紀彭邑侯剿撫
歲暮
贈高青藜次公北還
酬贈孝吾劉大將軍
贈其相田年兄
贈同年高青藜兵憲
酬劉鑒涵社長步韻
贈冠縣田少尹
菊齋閑咏三十首并序

卷之五
壬辰春雨後東園閑步十首
聖駕視學四首
贈蘭岩弟奉母還鄉
追和王覺斯登華八首
追和杜工部秋興八首
贈荔裳宋年兄
冬日述懷四首

雪夜二首
雪霽二首
雪中人
蚤行
客舍二首
癸巳暮春登岱四首
登岱後四首
咏漢柏二首
咏海棠二首
贈蓬玄張老師四首
酬蘇際五憲使依韵
代贈郡中李善人
苦雨十首
對雪二首
甲午春日河間志喜
題天琴亭
咏紅白蓮花
澠池公署和壁間韵
聞邑侯孟公以循良超轉再步前韵
七夕二首
紀變
紀異
述聞
紀災
民隱錄和劉麟生韵
客樓夜坐和麟生韵
移菊和馬澧水韵
花池種麥
壁間石山
天欲今朝雨步馬澧水韵

河漢近人流步馬澧水韵

中秋前一夕社集華嚴寺步馬澧水韵

中秋署中有感二首

中秋雲中月五絕

中秋後一夕得月又成五絕

嘗新稻二首

秋日暖和劉麟生

秋行見紅葉和劉麟生

秋風清

秋月明

猶是風花舊飲樓步劉麟生韵

農部唐采臣以宋玉叔年兄四柳亭詩見示并索和章因而步韵

贈別左監副劉前修

雁字十首

春日四絕

除夕和馬參戎韵

乙未暮春贈別唐采臣

贈別陳巽甫給諫二首

春日小集因座客劉象明道及秦州試石榴花諸生概不成篇即席口占二律

清明致祭劉孝吾大將軍先塋四首

游涉趣園

種蓮

贈松年侄

贈別崔孕華

酬贈集公張兵憲步韵

東園詩集卷之一

賦①

詩有三義,賦居一焉。余非能賦者,感時觸物,偶有數篇,并錄於集。

梨花賦并叙

余居之東,有地一區,舊名爲"胡御史園",屢易主人,日就荒蕪,僅存老梨數株。猶記幼時,隨先君游慈雲寺,南向園林曰:"此爾祖中年治生資也,屈指數十年間,風景頓殊。"余彼時聞之,漠然不異,及今又閱,三十年矣。因此園密邇,遂易爲散地,時與子侄往來其内。偶值梨花盛開,携壺招集,座中有咏宋廣平《梅花賦》者,曰:"北地無梅,此種姿格丰韵,不遜花魁,曷寵錫賦言,光昭勝事?"余應之曰:唯唯。

撫今兹之芳景,思夙昔之游踪,憶先嚴之感慨,念祖德之昭融。托生謀於嘉樹,寄雅興於芳叢。閱人代以遞改,餘名柯之在東。樊川表異,御宿傳芳。實珍紫碧,名寶玄光。挺强幹之巍聳,布弱枝之遠揚。當遲遲之春日,喜皓皓之蕤香。栽藉靈關,種移大谷。抽萌蘖之菁葱,茂根荄於肥沃。未浮露而垂金,先迎旭以綻玉。發華采於素芬,映參差之新緑。結蒂藏津,開榮應節。傅粉含嬌,凝脂抱潔。驚秀幹之浮霜,快修條之載月。聯明媚之隋珠,散清馨於艷雪。佇千株

---

① "賦"類下四篇,底本原在"東園詩集卷之一"前,卷首署"東園詩集"。今據原書目錄,調整至"卷之一"下。

於榮濟兮，夫何羨乎素封；標一樹於海內兮，竊遥慕乎張公。方芳華之悦目兮，儼脆凌之可口；思靈滋之爽心兮，樂瓊蕊之盈手。紫輕千歲何遲兮，歡及時之燦爛；青田供御何勞兮，對瑶林而肆玩。掛仙子之玉佩兮，鳥嚶嚶而流聲。舞美人之縞袂兮，風飄飄而蝶横。懷折贈於同心兮，感鬱烈之盈袖。娱卧游於膽瓶兮，美氛氲之堪齅。溯太康之嘉瑞兮，頌合生之豐隆。爲子弟而陳説兮，追能讓之高風。縱逸興於催觴兮，映黄流而不息。鍾深情於封植兮，祈玉樹之生色。誠難比芳於金谷兮，亦自流艷於衡扉。但常慊茂對於林巒兮，何取憐飄入於重闈。

賦竟重酌，花笑無語，月上鐘鳴，凝睇延佇。

蓮花賦

覽衆卉之繽紛，賞靈草之特麗。當春暮而夏初，悦青錢之疊綴。逮至熏風盛，協氣多，舒規葉，挺巍柯。蘊雪藕於玄沃，爛丹英於清波。焕同電發，燦擬星羅。若夫飄紅蕊，結緑房，珠實涵紫，螺的凝黄。啖素質之清美，比珍味於蔗漿。揚桂枻兮中沚，擷嘉秀兮傾筐。開萍菱兮移舴艋，亂雲天兮碎光景，來綉羽兮漾微波，映錦鱗兮戲清冷。其有薦紳名族，簪纓世家，擬昆明於帝子，狀山陰之若耶。雕艫結彩，綺沼飛霞，翠蓋與旌旗交動，朱英共錦綉争華。其有江湖隱士，山水騷人，坦步莊濠之上，弄漪巢潁之濱，折莖葺袂，曲葉留賓。微雨則圓潤，發其靈藻；輕風則芳馨，怡其清真。其有祇園大士，洞府真君，寶座騰法筵之采，水芝韜内策之文。峰頭羽化，鉢裏芬氳，指揮而千葉敷榮，來游而十丈流薰。其有風流游蕩，窈窕淑媛，花惡張郎艷質，香生潘步輕痕。遷延近渚，款曲□源。梟藻遥遥相送目，菱歌脉脉自傷魂。然則是花也，非宦非隱，亦仙亦凡。映日焕燭龍之耀，涉江遺素鯉之函。念余心之鍾情兮，樂菡萏之叢生。雖容膝之數楹兮，植澤陂之芳榮。其朝暾明艷也，可書，滴露研硃樂有餘；其雨聲淅瀝也，可棋，剥啄飄瀟響答宜。其夕霽爽澄也，可酒，燁燁清池如好友；

其夜月澹净也,可琴,蕩漾流水有知音。夫何羨鈴仗之妖光兮,聊安芙蓉之集裳;縱難頡玉井之孤芳兮,殊不屑鄭隰之都狂。

菊有黄花賦

甲午秋日,①余始税駕於賀蘭之下,簿書餘閑,逍遥公署,委蛇軒前,惟存弱柳二株,求如故園菊齋,物色紛披,杳不可得。前圍人而詰之,答曰:"廢府中尚有黄花一二種。"因移來作盆景觀,朝夕玩賞。同社友作《移菊》篇,請教於農部采臣唐先生,先生爲《菊有黄花賦》示余。余讀之而擊節稱嘆,以爲當今之綉虎雕龍也。時座中客强余屬和,因不諱弇鄙,妄爲學步。賦曰:

秦關迢遞,漢月澄清。嚦嚦雲鴻哀切,蕭蕭風葉寒生。葭蒼兮露白,蓼紅兮霜凝。嘆群芳兮已歇,傷萬彙兮凋零。夫何當具痱而挺秀,超百卉以敷榮,向寒階而引睇,惟此孤傲之秋菊。飽玉露以含芬,感金飇而揚馥。名表日精,譽隆甘谷。韵播楚騷,艷流陶屋。不畏霜嚴而改操,罔逐雷同而悔獨。方其穎擢青帝,幹挺朱明,讓繁葩之凌競,堅晚節而弗争,抱芳衷兮不語,歷摧折兮彌貞。翠葉蒨葱兮雲靄,金英燦爛兮日晴。乍對賞心兮悦目,久服氣益兮身輕。溉本經年,蕤香玄月,涵氣靈和,秉姿清越。比正色於坤維兮,具忠臣之勁骨;媲幽秘於畹蘭兮,擬松筠之秀發。映萸佩以邀歡,夫且遠脱乎天罰;和樗汁以長年,又何近憂乎華髮。愛之匪取其奇麗,采焉實資其純良。孤潔自好,雅澹生光,我無貞女之節兮,對寒姿以悚惶;飲酣佳興,食供夕糧,我無隱士之逸兮,羞靈花之獨昌。蚤植清修,晚登苦守,我無君子之德兮,何以盟勁直於陽九;采實服華,松喬等久,我無仙人之高兮,惡能超紜紛而不朽。

客曰:"兩開墮杜甫之泪,殊嘆旅情未佳;一束助彭祖之術,轉笑延年爲迂。此非君之所以序菊齋者乎?"余應之曰唯唯。黄花欲笑,

---

① 甲午:順治十一年(1654)。

白酒堪傳,安土樂天,一日大千。因相與就移菊之側,陶然共醉,翩翩若仙,竟不知此身之羈於秦川。

思入風雲,韵鑒金石,疑是研京十年,練都一紀。乃從迅筆得之,相如工而不速,枚皋疾而多累。有古人不及今人之嘆。(唐采臣先生評)

雪 賦

客曰:"讀子《咏雪集序》,謂描景寫狀,備在康樂賦中,不必贅而述之,然獨不可擬而和之乎?"余曰唯唯。僕何人斯,敢爲續貂。然兔園之游軼,事尚可徵也。

方司馬賦成,梁王稱善,環顧座中,睨使自見。鄒子停樽離席,揖遜而進曰:"臣聞雪者六陰之氣,五穀之精,凝雨而下,繼霰而成。降於冱寒之候,積爲大有之禎。漬種無虞於旱歲,封條不見於太平。權隸玄冥,威來沙漠。懷柔徵異於神車,絳旨表珍於仙藥。融流之玉馬堪驚,犯冒之銅駝可愕。色奪齊紈,調高郢歌。姑射之仙容縹緲,洛妃之艷質婆娑。蕊珠結於茅宇,層波麗於中阿。良由氣閉玄冬,威嚴暮節萬彙。保性始之氤氲,化工懼元陽之漏泄。朔氣遙吹,稷雪先結。方片葉之飄零,倏瓣花之點綴。始翩翻而搖曳,漸紛糅以靡窮。鶴舞階前失素,鷗飛江上疑空。乍慶優沾於南畝,轉悲凜冽於北風。其爲狀也,瑤草初發,璧臺新砌,姿燦天花,光搖射利,染脫塵根,潔凝純粹,皓皓乎若履清凉澹净普提地;霏霙連野,布縞盈川,玄黃奪色,高下齊鮮,素心相照,樸貌自妍,漠漠乎如游混沌蒼茫太始天。"枚叟含笑而言曰:"罄其狀矣,似未罄其義也。白羽雖白,委落同塵;白玉雖白,荒歉匪珍。未若茲雪,宿麥根荄,遺蝗殄滅。三白喜徵其祥,九冬快得其節。且映貧士爲成其名,冤孝婦爲表其貞。高人臥令,君怪其孤清;忠臣齧名,王神其常生。若乃征夫戍婦,泪雨同紛。感龍山之遙度,嗟雁字之無聞。蘭襟菭袂,咏嘆離群。清思澄於如玉,逸興高於同雲。至於明君,求莫哲相謀安,飽則思人饑,温而知人寒。撫豹舃之綿密,憂鶉衣之不完。御苾芬之羅列,念藜藿之摧殘。武不黷於開邊,嘆層冰之墮指;志不騁於游觀,鑒蘋澤之凍屍。出禁籞訪妹子,解貂裘賜壯士;開府金賚閭里,發倉粟哺生齒。斯時也,天地否閉兮,君臣泰交;鴻羽集澤兮,哲人劬勞。雖寒雲四布,密雪繁積,擬於挾纊而投醪,深山窮谷之遼遠,不啻離裏與屬毛。"於是馬卿、鄒子皆謝弗及。王曰:"大哉!子之以雪誨不穀也。"把酒更酌,酣繼以歌。歌曰:"風獵獵兮雪霏霏,君臣游樂暮忘歸。川原爛熳增寒輝,肥馬輕裘氣不威。山村慘淡炊烟微,糧乏宿舂多怒饑。示我周行歌露晞,相將解推慰無衣。"

擬　古

《古詩十九首》千秋絕唱,不可擬也。雖然,《易》云:"擬之而後言。"詩《易》無二理,余未能變化於古,先自擬議始。

行行重行行

天地有否泰,人生有合離。夜光難自售,神物會須時。懷璧原非罪,抱璞可無悲。呼友尋佳勝,采芳恣所之。巖松傲北風,園葵向東日。物性有如此,貞純固其質。樂天無不得,杞憂若或失。憂樂環相生,蓬蒿滿衡泌。

青青河畔草

盈盈棱上花,拂拂閣前柳。造化原無私,陽春爲誰有。時行物自生,情澹味能久。我本山中人,空山堪獨守。流水出庭階,閑雲入户牖。靜對古人書,漁忘竿在手。川觀復林臥,進退無掣肘。所以采芝儔,千秋稱老叟。

青青陵上柏

　　靡靡原上草,亭亭山中柏。蒼然孤秀姿,不爲寒蕭槭。周遜管霍言,孔饉陳蔡厄。亨屯不可期,潛確有安宅。上官富阿堵,巧吏多阡陌。丈夫負至性,羹墻見古昔。豈肯競錐刀,相與較尋尺。窮通理不隔,神遠脱塵迹。澹寂欲相忘,遠鴻滅空碧。

今日良宴會

　　四時遞元化,轉盼即成陳。江湖有迅湍,日月無停輪。人情不惜故,物意競趨新。疇高簪履誼,感舊爲酸辛。花榮朝暮色,世無百年人。勛名草上露,金玉颺中塵。不朽推太上,潛脩得其真。何事苦營擾,逐物遺吾身。

西北有高樓

　　翩翩羽翩族,鵬鷃適亦齊。大小率其性,高下俱弗迷。達人觀物化,二五妙無倪。莊周夢蝴蝶,栩栩逐風棲。蝴蝶醒莊周,覺來景萋萋。偶然夢覺□,人物理何暌。昔有川觀子,樂魚魚爲黎。不知前後身,吞餌始含悽。當其得意時,墮落不可躋。□痛駭刀俎,豁悟脱淵泥。欣戚未可定,真寄杳難卟。忘物并忘我,春風醉黄鸝。

涉江采芙蓉

　　斗柄回向東,春意滿芳草。垂楊籠緑水,乍囀鶯聲好。選勝借苔茵,落花不忍掃。神仙未可學,行樂須及早。呼友出近郊,高興相傾倒。不見車馬客,喧填長安道。名利無休時,紅塵催人老。何事空縈紆,不自展懷抱。

明月皎夜光

　　相如未高車,蕭然徒四壁。子房方報仇,進履跪黄石。今昔有殊觀,屈伸可遞歷。依稀大造間,寒暑還相易。西風餞流火,凉月净如滌。疏葉落梧桐,空階白露滴。元氣貫四時,清秋更良覿。把杯并檢書,古人坐在席。天道原不遠,何須問星曆。理勢各有得,戚戚復何益。

冉冉孤生竹

幽人愛山居,考槃在澗阿。閒觀魚鳥樂,采秀且行歌。參差林影亂,風起水生波。空谷猿聲入,新苔鹿迹過。輕雲時入袖,細雨更披蓑。綠綺彈明月,興高清事多。乾坤馳西日,勳業付南柯。優哉泉與石,何事矜鳴珂。

庭中有奇樹

祁祁春日雨,萬物競生滋。欲知天地心,試觀載陽時。君子喜道長,小人慰所私。林木漸葱鬱,鳴禽唱和宜。耳目有新適,茂對遂忘疲。隨意臥芳草,采花香滿枝。娉婷拾翠女,吉士前致詞。漢廣不可泳,脉脉空凝思。

迢迢牽牛星

燦燦衣私人,桑蠶苦婦女。追輸全入公,倚壁空機杼。愁無卒歲資,厭聽促織語。旨蓄禦寒冬,神傷不盈筥。江漢是何年,采采芣苢侶。太和滿成周,鄰里洽雞黍。古今同日月,蕭條恣狐鼠。狐鼠不可處,咨嗟將去汝。

回車駕言邁

西方有美人,迢迢萬里道。月光不可掇,積愁難爲掃。四顧浮雲色,憂心頓如擣。補天恨無能,抽身幸得早。風凛日氣凄,衰颯送百草。鳳麟何處歸,牛驥甘同皁。榮名是禍梯,潛身以爲寶。天道知如何,茫茫視蒼昊。

東城高且長

春日和且長,鳥聲自相屬。睍睆若含情,臨風互斷續。感時舒嘯歌,吾亦吐衷曲。爲問聲何悲?神傷語局促。美人來何遲?芳草萋已綠。踟躕不可見,月色空盈屋。一日三秋思,況復爾音玉。魂遥夢不成,起立撫修竹。

驅車上東門

古人重安土,桑麻環祖墓。今人輕離居,輾轉赴修路。行野嘆采樗,游子愁日暮。仰視天夢夢,何年始大寤。去國一身輕,飄忽零草露。朋情多市心,安能膠漆固。生死阻關山,游魂莫能度。不如旋故鄉,貧賤且行素。

去者日以疏

我本忘機人,魚鳥亦相親。夸毗世所尚,反似厭吾真。笑貌若綢繆,中心暗起嗔。對面險如此,蜀道非艱辛。人情誠叵測,交道慎初因。古人處房室,儼然臨大賓。況復對朋儕,中懷敢弗申。桃李無不報,響答應如神。虛舟不加怒,伐國豈問仁。不怨世傾側,反躬良未純。坦坦剖衷曲,乾坤盡比鄰。

生年不滿百

人無周身智,反牽歿世憂。人無一室樂,枉作四海游。少小不努力,白髮空盈頭。莫遺老大悲,古人不我欺。鶴意九霄迥,驥心千里馳。托身爲男子,豈肯負鬚眉。

凛凛歲云暮

阮生爲途痛,墨子因絲悲。中懷含悽惻,觸物動吁嘻。窮通自有數,文質各有宜。周道本如砥,素心可矜持。狹邪慎所習,清節在獨立。事不關君親,丈夫寧灑泣？近今苦荒疫,骨肉慘相及。征鴻知次序,相鼠猶拱揖。蟻穴争擁戴,烏哺更翔集。百年會有盡,旦暮多緩急。凌替在倫常,舉止慚出入。大地霾終風,沾衣泪恒濕。

孟冬寒氣至

酷吏慘無情,不寒而自栗。廉吏拙無爲,井里得寧謐。當余宦游時,常秉活人筆。求生無端倪,黯澹中銜恤。五聽懼未詳,順情酌古律。人稱得其平,更慮有缺失。爲問密網羅,性情何弗一。古人澤枯骨,今人輕斧鑕。驅命充爾娱,循環不無日。既忻天地心,終受鬼神叱。無物遺子孫,仁恕期可述。

客從遠方來

蓬蓽適鶉結,紈綺輕羅綺。田廬甘菽藿,膏粱厭肥美。好惡無定相,奢儉意所使。子房愛遠游,二疏知足止。豈無經濟心,持禄乃所耻。東逝無回波,義馭無反晷。攘攘競彈冠,强爲名利死。何如蚤歸來,杯酒酌桑梓。罷官自由人,初服返吾始。寥廓静中天,悠然空愠喜。

明月何皎皎

净窗檢書帙,古色照几幃。杳然千載上,晤對挹容輝。事迹或乖隔,尚論抉其微。語默無殊致,出處有同歸。得意脱言詮,静中躍與飛。仰視天冥冥,行生滿户扉。攖攘無世態,澹蕩任天機。蕭寂我自貴,何慮知音稀。

咏雪集

序

天地之大德有六,曰風、雷、雨、露、霜、雪。風以鼓之,雷以震之,其始事也;雨以濡之,露以潤之,其中事也;霜以肅之,雪以封之,其終事也。合六者而萬物之生成乃備。余何獨鍾愛於雪而歡聚以賞之，反覆以咏之？雨露者，天地之仁氣也；霜雷者，天地之義氣也。惟風與雪，其披拂浸漬也，似仁；其激烈嚴凝也，似義：兩者融流乃天地之文氣也。風貫乎四時，不涉迹象，此文之以神行不容擬議者也。獨雪於群芳凋落之後，六花粲然，晶瑩可餐，輕質浮空，素體凝波，其態如雲；結潤生鮮，積白含輝，其色如月。雲、月者，天地清貴之文，雪兼而有之。若衡功程第，六者之中必當以雪爲冠。何也？雪於一歲之事居終，而於來歲之事開始，陽氣不潛，其發也無力，根荄不滋，其生也不榮，雪能以陰衛陽而固萬物之生氣。孰謂天地奉行之吏，功有首於雪者？文爲至文，功亦元功，此吟咏之士獨不能忘情也。若夫描景寫狀，備在康樂賦中，余不必贅而述之。

時崇禎十五年歲次壬午仲春之望。

雪中讀左太冲《招隱》詩因而追和

勵志游清皓，塵氛辭近今。環堵無長物，凈几有鳴琴。同雲變穹蒼，飛花繪巖林。點衣時明滅，逐風或浮沉。隔簾侵素影，灑窗送清音。四顧多徬徨，獨酌起悲吟。苦思鏤空際，高卧放幽襟。知希我自貴，蚤已謝縵簪。

雪後閑步園中有感於《招隱》次篇"聊可瑩心神"之句援筆再和

歸來返敝廬，墟囲散桐榛。徘徊雪初霽，宛如滌心神。蒲柳謝早榮，松竹固清真。晚葉有餘姿，曉幹欲生津。林泉嘗自適，龍蠖任屈伸。東郭履雖敝，山陰興絕塵。卜歲慶嘉德，被物歌深仁。陽九勢將已，我生豈不辰。

雪中述懷

冬盡苦無雪，喜落方春時。皓羽飛天際，花開無葉枝。初集分疏密，漸至失高卑。叢林藏饑鳥，野獸誤深池。登樓開四望，襟懷與俱披。言念素心友，社中多白眉。慚無陽春調，屢來白雪詩。情深具不足，濁醪幸滿卮。北堂歡菽水，籩豆既禽隨。老妻安淡素，幼子騁游嬉。僕人無所事，掇雪戲爲獅。爪牙雖已具，應自畏朝曦。冰山不必據，炎趨亦何爲。寒窗足自守，弦誦頗愉怡。狂歌適放達，高懷諒不羈。時飲數杯酒，間敲幾局棋。訪友乘興至，尋芳恣所之。羔羊風度杳，委蛇不在兹。

雪中思石齋老師

憶坐春風裏，玄談霏玉屑。行生滿四座，溽暑清如雪。皎皎秋月明，塵氛不敢涅。天人析入微，冰壺映澄徹。持議多慷慨，盈庭片語決。落落方性孤，全軀競媒糱。媒糱亦何爲？方嚴性不移。薑桂老愈劇，冰雪終自持。風清嚴子瀨，色秀商山芝。雲卧甘長往，千秋愧繭絲。南天何渺渺，情愫無繇披。安得乘風雪，飛舞共君馳。

雪假山

嚴冷君子性，日日抱冰心。節暮風霜慘，神清意味深。雪天情灑落，庭户積空岑。載月塵氛净，凝雲晝氣陰。堂階開萬里，眺聽展孤襟。事幻有真賞，境新無俗侵。晶瑩蒙欲豁，開折氣思沉。環步饒攀陟，坐觀竟窺臨。幽情足淡遠，遐意動蕭森。静對堪酬酒，清言在鼓琴。雲泉耽獨往，山水密知音。一室了無事，千秋遙可尋。浩然耳目外，真氣滿寒林。

春雪

春陰野氣嘉，雪意掩晨霞。素艷摇天際，輕明上草芽。庭前訝種玉，木末喜凝花。色沐新苔潤，舞隨淡柳斜。殘梅如共落，開絮渾無差。著水寒痕盡，入田秋望奢。幽人饌自樂，瞑樹憐棲鴉。

對雪

日暮風急何所往？寒山雪花大如掌。鶴舞空庭不見人，竹摇碎玉來清響。詩懷繚繞添幽思，寒夢蕭條動遐想。縱酒千杯意氣豪，狂歌一韵精神爽。

喜雪

誰將素練付天孫，巧剪冰花下帝閽。拆碎密雲浮草木，翻來落月照乾坤。玉壺映對增明媚，白鶴驚飛失去痕。農家卜歲堪相賀，謀入逢年較雨村。

同友賞雪

瑞葉紛飛景色新，化工無意賦形鈞。風迴荒漠來沙氣，花落人間漏蚤春。寒雀縱橫書鳥篆，凍松夭矯起龍鱗。梁園置酒傳千古，對雪開樽不厭頻。

雪中有感 崇禎十四年歲次辛巳，大荒大疫，米至十兩一石，人去十分之七。

掃徑邀賓坐累茵，誰知泣下負薪人。蓬頭嫠婦悲長夜，跣足游兒畏向晨。饑鳥翩遷窺冷廡，炊烟寥落斷荒榛。聖朝應念殘黎在，佇聽恩綸喜氣新。

雪後與友人城頭聚飲

雪明如月净無塵，月色娟娟照雪新。窗外清光渾似畫，户中濁酒暗成春。酣歌自放有餘適，調笑相酬不起嗔。誰謂寒城無樂事，十千沽酒未知貧。

對雪步李商隱韵

其一

閑捲疏簾静倚扉，玉花飄墜散庭闈。清瑩直逼寒梅净，颭沓曲隨舞鶴飛。白戰詩人矜麗藻，紅妝思婦憶征衣。小園松竹聊堪玩，呼友追歡不放歸。

其 二

誰送濁醪過短墻,獨將傲骨對冰霜。浮光不遞澄金魄,飛白何煩榜玉堂。繞樹凝花翻艷舞,拂窗點素效輕妝。半氈寥落空庭静,羞作人間傅粉郎。

步胡宿韵

動地朔風催暮陰,彌天浮亂氣沉沉。獨悲寒雁衝雲遠,堪慶遺蝗入地深。訪友興來侵午夜,尋梅踏去到中林。讀書且勵折膠志,懶乞長門換賦金。

步杜荀鶴韵

萬里同雲爽氣生,翻從昏夜見花明。徑深失却游人迹,枝重驚聞墜鳥聲。九野渥霈接歲潤,兩間缺陷霎時平。風塵欲火無休歇,清冷故教踏玉行。

雪夜偶成

烈烈風宵更漏殘,起看庭際夜珠攢。仙家種璧多瑶草,天女飛花駕彩鸞。香焰暗銷金鴨冷,劍光遥倚玉龍寒。山中積素無塵事,烏采松枝帶雪餐。

飲酒雪夜

暮夜怯寒學醉翁,豐年喜兆嘆神功。閑庭鶴沐含花雨,遠岫鍾飄帶絮風。時聽折枝驚鵲起,遥看粉壁映簾空。只今白雪堪相賞,何必青雲得路通。

雪後訪友人不遇

寒雲捲盡碧空晴,伐木丁丁求友聲。皓鶴凌霄知客至,清童擁篲報翁行。獨往深山尋履迹,爲停精舍敲冰情。悵然坐久空歸去,回首松梢帶月明。

和蘇念伊雪中舞鶴二首

一望同雲雨雪霏，空庭獨鶴遂天機。霜毛歷亂驚飛絮，玉屑紛披點舞衣。四壁寒生飄羽扇，九皋風送響珠璣。翩翩自足凌霄性，爲伴仙踪未肯歸。

冰姿雪貌動清輝，獨步寒庭共雪飛。自爲高人傳樂意，非關仙鳥弄天機。聲來鏗爾鳴清玉，舞罷蕭然愛縞衣。千里孤鶱誰作主，霜翎莫向五雲歸。

晴雪二首賦趙邃如席上

六花呈瑞入新年，萬里無雲霽景鮮。松徑翠寒還泣露，藍田玉暖自生烟。日高簷溜兼晴雨，雪盡池光共水天。游戲兒童歌郢曲，冰錚敲處舞躚躚。

春光明媚宜人兮，雪後雲開霽色齊。暖氣融流花落雨，和風吹動絮沾泥。一庭淡淡松蘭徑，四野溶溶桃李蹊。如此良辰忍不醉，園林辜負早鶯啼。

因趙冠縣談及前人戲咏有聲色臭味四章未見其詩意爲和之

寒夜飛花舞太空，隔窗零亂景誰同。疑來葉上芭蕉雨，如對庭前竹樹風。

凝寒六出燦天葩，入牖穿簾弄影斜。不爲春風開柳絮，忽驚大地盡梅花。

瑞氣浮空散素玒，寒威栗冽透紗窗。輸梅漫道評章定，別樣清芬未肯降。

天然甘冽最爲嘉，石髓仙家莫浪誇。掃去銀花堪釀酒，烹來玉屑更宜茶。

雪　夜

　　二陽薄力不勝寒，四壁蕭然意自寬。徒倚冰山羞世態，誰從卧裹識袁安。

雪夜追憶故友 辛巳①六月許奏一諱之釬病故，學富才高，同筆硯者十五年。

　　雪天中夜起彷徨，四望皎然照我裳。訪戴何人空悵望，玉樓塵世兩茫茫。

落花集

序

　　時當暮春，夜來微雨，晴雲映日，落花流水。於是呼童求友，問酒尋芳，欣賞良辰，留連勝地。抱醉月之深情，吟坐花之麗句，遂覺韶光烟景待我增媚。客曰："讀子《咏雪集》可謂抽爾秘思，極天花之嘉致矣。值此落花盈前，如鋪錦列綉，大造假我以奇茵，春風遺我以名姝，而顧不吐烟霞之語，揮珠玉之毫，虛負春色，落花不幾笑人乎？"余應之曰唯唯。良朋佳會，諒不可寂寞負之。乃乘醉狂吟，一觴一咏，夜將半而構數十餘首。次晨，餘思繚繞，筆不能停。夫落花何取於疊咏也？詩關興會，景觸而發，即飛絮沾泥，皆入詩情，況茲落花繽紛，天然奇趣。古人於寒艷幽芳，率欲簪之滿首，掬之盈把。人切憐香，花似解語，片片春光，有情所惜。其何能默默而處此也？評希範者謂其點綴映媚，似落花依草，是落花者，景中詩也。我亦欲藉詩中景酬之，不敢謂有落花之致，其庶幾於河陽之片色，金谷之纖葉云爾。

　　時崇禎十五年歲次壬午暮春穀旦書於静遠居之餐菊亭。

---

①　辛巳：崇禎十四年(1641)。

落花絶句百首

颼颼入夜來,灑灑亂群卉。望曉呼童出,看花落全未。
携酒追良辰,花飛片片春。化工應有意,故遣花成茵。
春心狂夜雨,嬌態舞晴風。莫嘆紅妝變,菁葱自不窮。
不知春色去,出户見紛紜。依草仍含媚,情深未酒醺。
呼童且莫掃,有客可同釂。春樹多情思,殘紅氣自韞。
逞態還如舞,含情欲點衣。乘春無限意,映對醉斜暉。
春暮撩人意,飛紅亂翠苔。依依似戀主,故入掌中杯。
乘除造化理,開謝豈無時。夏景離離亂,摘時君自知。
微醺林下酒,枕傍花枝眠。落花香入夢,魂蝶共翩翩。
粉蝶魂應斷,游蜂意若忙。莫愁春去盡,蓉桂有餘芳。
辭條影欲疏,間葉態相惹。最是動人憐,含風輕未下。
賞春游錦樹,畏夏息濃陰。開落適人意,何須怨故林。
對景無殊艶,想像有餘姿。所以游人意,難忘花落時。
貪眼隨花去,傷心誤酒來。愛花非是癖,縱酒莫相猜。
感時人自怨,問碧樹無情。征婦多愁思,悵然對晚晴。
粲粲采桑女,盈盈道上花。往來不忍踐,日暮起長嗟。
寂寂群芳落,悠悠恨不言。菱花時自照,顧影向誰憐。
天台誤入時,花木何紛亂。劉阮起相思,仙景杳難玩。
黛色空相慰,朱顔暗自傷。花因人去懶,憔悴憶劉郎。
武陵人避地,桑野樹交花。開落自成歲,雲林世作家。

時經漢魏去，地自秦人家。怕有漁郎問，携筐收落花。
盈手掬芳氣，物殘人意新。花應解此意，濃發倍來春。
年年花下人，歲歲酒前花。花落情長在，四時春意賒。
山鳥啼仍靜，庭花落自閑。高人無世事，濯足弄潺湲。
靜裏聞花落，醉時藉草眠。幽人無拘忌，頹向夕陽天。
前日花正開，故人從此去。花枝亦零落，寂寞向誰語。
花豈不同枝，隨風時聚散。人生自有別，不須起長嘆。
佳句清人骨，嘗吟謝朓作。靈心吐秀姿，鳥散餘花落。
艷句誰堪摘，俗腸不可藥。清言無古今，風定花猶落。
世皆輕淡泊，吾自守吾約。富貴可欺人，春花應不落。
世人不愛德，所愛在紅顏。顏色一朝事，君看芳樹間。
今日紛紛下，昨朝爛漫開。青年彈指度，勿謂日多來。
嗅花半俗心，所愛竹松林。傲骨絕憐色，不招風雨侵。
千古興亡事，晨昏開落間。達人觀物化，俯仰怡心顏。
雲閑苔自靜，花落鳥猶啼。五柳垂門外，一竿釣日西。
衝天飛白玉，遍地散黃金。更愛燕支色，輕盈力不禁。
問花何故落，花落自無言。封姨應多妒，嬌鳥恨暮天。
花已無聊賴，春風何太顛。白頭應悵望，灑淚碧枝前。
風回一片錦，氣散百和香。蛺蝶飛難定，黃鸝啼易傷。
輕絮點人衣，醒花痛欲稀。何從訂少女，吹向醉時飛。
笑舞晴空裏，飛香滿目中。此地重來日，思殺一點紅。

馬迹輕紅亂,清華想帝家。長安得意日,踏盡杏園花。
未遇養花天,衆芳委在地。予懷何渺渺,中道莫相棄。
碎錦色堪掇,何勞剪綵成。芳林坐不去,春日起悲情。
女兒愛落花,花落掇仍携。散作彩雲玩,流成錦浪溪。
紅潤疑妖艷,游人帶笑看。誰知寵起妒,冷淡舊闌幹。
楊妃悲墮襪,彌子罪餘桃。色衰非無日,感傷使我勞。
水徑潛相引,楊花類若招。失身陷輕薄,慘淡千金宵。
苔色初含翠,花枝墜小紅。應憐苔寂寞,倚翠辭芳叢。
明艷映雲霞,臨風舞影斜。疑登高士座,天女散飛花。
爲愛浣花溪,莫踏花作泥。紫金丹可和,服久壽彭齊。
投懷惜故意,入額鬪新妝。紫陌紅塵裏,踏來屐齒香。
霓光浮綠水,火色然青苔。映面猶餘艷,飛觴抱自開。
勝地偏風景,時節逢落花。安得李龜年,酣歌暮景斜。
衆芳歇不厭,歌舞縱春杯。試問庭中落,何如客裏開。
地隱赤城霞,氣飛函谷紫。想花經醉後,欲睡芊綿裏。
神女金佃落,仙家棋樹閑。寥寥清雨夜,寂寂卧雲間。
鳥語專延客,花飛不避人。東風如我戲,吹落小紗巾。
金屏羅曉天,錦幕防風夜。花感主人心,紛紛若爲謝。
花飛風月夜,香濃錦綉天。東皇不忍別,鬪酒綠枝前。
桃花飛綠水,白酒踏青天。拾翠佳人笑,踟躕狂少年。
惜春不吝酒,愛景須題詩。莫嘆折來暮,尚攀錦樹枝。

狂雨侵鶯曉，惡風逐燕泥。遠隨芳草渡，近傍綠楊堤。
亂雲峰隱樹，細水徑浮花。遙憶山陰道，風光想若耶。
密樹鳥聲嫩，小欄花韵清。爲愛花與鳥，春去有餘情。
一片搖春艷，幾枝含暮色。拔條不欲去，餘蒂動心惻。
賞更知節至，花盡見春殘。堪愛清溪竹，蔽日映千竿。
傲心棲世外，款步入香中。芳景漸相歇，晨葵媚日東。
衆芳分袂散，春亦苦終窮。所幸緋衣女，含笑待東風。
夭桃灼灼日，時至女心驚。風吹愁稀處，看花眼獨明。
君不見落花，一歲無重開。隨風去不息，飄蕩幾曾回。
題詩窗對曉，飛蝶入簾疏。愧無生花筆，臨風送出廬。
雀戲枝頭墜，蟻鬪花瓣埋。美人何遲暮，對景難爲懷。
移筵芳樹下，觴政聽飛來。花酒不相別，一片屈一杯。
花色不污地，香風暗著人。最是暮春節，芳樽不厭頻。
時和草色重，天霽花枝輕。乘暇游芳徑，驚呼促友生。
鶴鳴松月静，人對花枝閑。月落琴聲定，花飛苔徑斑。
林花雖有艷，天老自無情。若使同人意，悔教風雨生。
人生百歲間，寂寞消强半。使酒捉飛花，千金不與換。
氣暖熏人醉，色濃愛自嬌。含情猶未去，惜別在今宵。
紅粉情思亂，才人瀟灑多。絕知春意去，最奈芳心何。
古樹半無花，新花仍悵望。莫辭終夜歡，醉月坐花上。
錦綉洛陽城，天津橋上行。落花滿眼度，憑吊古今情。

春江花月夜,樽酒對微風。枝上月光白,席前花色紅。
風麓同雲度,雨溪逐水流。林亭頻對客,荒野自生愁。
園林游客去,村酒醉人歸。鄰舍共春色,短墻花任飛。
不落銀鑿落,花落落不休。高人甘落落,拓落不知愁。
對席疑鋪錦,臨津似浣紗。尋芳步不息,前路日將斜。
閉户少塵事,落花却滿庭。透簾香氣入,晚對倍生情。
冷冷清琴罷,主人盡日閑。客來時命酒,笑語出花間。
種藥侵蘭徑,栽花趁竹陰。花香兼藥味,繚繞暮春心。
山中識太古,花下見文明。風雨何相迫,感深閱世情。
不見千春人,千春花不改。對花惜極歡,漢晋今何在。
著意戀芳菲,尋春嘗不歸。寸陰良足惜,眼看花枝稀。
九十日將盡,幾當花下身。啓關延勝友,踏碎不相嗔。
記得去年春,勞勞馬足塵。此時花又落,慚作負花人。
郊野遍春烟,殘花殿暮天。追歡莫論日,一別動經年。
花枝嘗作友,柏葉時加餐。地僻物無擾,林空興不闌。
事業日中影,文章身後名。當花頻對酒,達者得其情。
三春暉難報,同根幹莫傷。殷勤樹之背,華萼永相望。

七言律二首

名園昨日爛鮮葩,悵望臨風感物華。爲憶天香奪錦綉,誰憐國色委泥沙。離情欲共流鶯語,舞態還隨輕燕斜。恰似上元人醉後,遺簪墮珥燦雲霞。

游絲飛絮亂晴光,零落群芳映畫堂。一徑燕支驚蝶夢,連宵風雨斷鶯腸。花含羞色隨流水，人爲傷春怨夕陽。借問酒簾何處是，十千取醉臥林塘。

感落花

心遐憶古今，地僻逞游眺。山鳥哢初嬌，野芳澹愈妙。行藏不自主，亨屯難逆料。追我彈冠時，肝膈許廊廟。群英森映蔚，王貢欣同調。鼯技愧多窮，拓落何足吊。榮枯遞循環，達者領其要。結志耽獨往，懷人舒長嘯。谿風飄惠音，松月來清照。探奇歷伏竇，懷新竟奔峭。坦步任幽履，乘流聽徐棹。琴發靜夜思，書向古人笑。功雖未銘鐘，情庶幾荷蓧。及時不爲歡，金石豈防少。起看枝上花，今昨已失肖。

天籟集

《天籟》與《行紀》二册，因未經刻，失於丙戌①初冬遇難之時，不可復得，偶從友人書齋復獲數篇，附錄於此。

聽 鶯

柳緑花明春日晴，喈喈逸韵最含情。綿蠻若帶揮絃好，睍睆如聞戛玉清。幾度遷喬求友至，數聲出谷喚蠶生。凌晨初囀澀如咽，悲歌促柱響中絶。向午頻啼媚轉嬌，縹緲秦樓弄玉簫。鴻雁飛鳴不近人，子規泣血傷心神。嘈雜啼烏厭人耳，呢喃語燕狎梁塵。不如熠羽應節飛，陽春絶調燦金衣。孤枕深閨驚入夢，懿筐遲日憶將歸。流霞送曙千家曉，遙聽嚶嚶芳樹杪。輕揚檡木傳清幽。斷續隨風入窅窱。春鳥聲聲呼尋芳，春情駘蕩知多少。

---

① 丙戌：順治三年（1646）。

聞蟬

物籟皆天籟,鳴蜩應節生。微吟開雨霽,高唱灑風清。陰氣催仙羽,朱明散友聲。螳螂未試捕,黏客不知驚。依密原無患,乘高非有爭。急歌千山暮,緩嘯一枝輕。形蛻超塵迹,喬遷和鳥嚶。無求惟飲露,得平更長鳴。凈堪冠作餙,文稱緌垂纓。

登擎霄樓

忽驚出世外,瞻眺允奇哉。勢迥精神爽,氣高天地開。玲瓏闕鬼斧,浩劫閱塵灰。岱嶺蜿蜒去,漕流曲抱回。孤高停日月,空洞殷風雷。人語通帝座,山光落酒杯。天香聞處近,秋色望中來。想見射書處,空餘高士臺。目窮興廢迹,胸萃古今哀。競飾驊騮貌,疇堪柱礎才。群生隨落葉,原野半蒿萊。運會成中晚,人心釀禍災。丘陵銷粉黛,滄海生塵埃。拓落甘長往,輪困愧不材。感時悲易起,憂國恨難裁。

登魯仲連臺

不見魯連久,臺傳高士名。唾手却秦帝,仗義服辛生。揮金不受賞,蹈海振英聲。數行燕將淚,一矢膚功成。避爵寧長往,悠然出世情。志無不可肆,世無不可輕。富貴倘來物,榮辱潛相爭。貧賤得所適,夢魂恬不驚。蕭疏娛至性,飄灑占孤清。我生千載後,翹跂嚮景行。景行閱今古,高臺聳崢嶸。天崩地裂東溟涸,此臺應亦與之傾。

登清源慈雲寺浮圖

頓忘身世在,平步到諸天。耳目灑然異,塵根凈若湔。梵聲逼漢宿,禪語亂雲烟。檻入千峰翠,檐停萬里船。遠神自秀出,清興共翩躚。疑似指蓬渤,微茫辨市廛。洞中留宿霧,座底指飛鳶。天地當胸盡,山河墮目前。遥蒼簇浪湧,趾武眩風旋。解脱虛空裏,靈通物象先。孤高真絕世，飄灑立登仙。

謁穆文簡公祠

末儒道不足，半爲禪機誤。先生禪機深，荆棘開理路。閑披千慮集，如瘵方得瘳。大道無離岐，小學泥章句。日月分陰陽，各自循次度。環運兩無妨，終古安其故。孔爲猶龍嘆，孟爲楊墨懼。聖賢理雖一，廣狹分器具。吾服文簡公，解悟脫訓注。不借排擊功，道岸群得渡。旭旦炳中天，千秋永不暮。徘徊仰榱桷，德輝儼若晤。莫謂人代殊，先達不可遇。

追憶茸齋許少司農

每經艮園地，感慨思儒宗。讀書有至性，講學貫窮通。仁孝承先德，清修勵在公。雲間澄秋月，吳儂抃舞同。晉黍膏陰雨，陶唐再歌風。滿朝推民譽，帝簡拔精忠。賦政司喉舌，旬宣殫赤衷。重望隆山斗，晉接擬登龍。常揮憂國淚，諫獵語聲雄。徙薪策未火，伏莽懼乘墉。偶觸刑餘憤，拂袖歸山東。浮雲看世態，菽水樂其中。篇章推大雅，翰墨見精工。循循勞善誘，抑抑秉謙恭。衣冠留古貌，談笑藹春容。緩急通鄉里，安危憶九重。無悶成高蹈，其旋考令終。悠悠千載下，名教有欽崇。

贈社長許奏一

龍種稱天馬，鳳毛誇異姿。英才當妙歲，早與青雲期。喬木家聲遠，國香天賦奇。典該遙集古，神穎自爲師。短牘裁赤玉，長歌燦色絲。文章驚獨步，談笑解人頤。皋比開融帳，韋編密董帷。冠軍推屢試，文壘擅專麾。大器成多晚，高鵬息每遲。折膠且勵志，抱璞莫生悲。

庚辰秋月同長兄延基并諸侄聚飲

沿牒鄉思苦，荒園幸早歸。萱幃色自喜，華萼氣相輝。龍友驚千里,蘭畹茂群菲。款對清秋夜,洞開明月扉。意真洽樸略,情至藐輕肥。耕鑿饒生理,林泉無是非。忘揮和氏泪,慶舞老萊衣。百歲強銷半,晨昏願不違。

東園詩集卷之二

雞窗偶錄

雞窗偶錄序

　　余嘗讀崔寔政論至"補綻決壞，枝柱邪傾，隨形裁割，要措斯世於安寧之域"，未嘗不掩卷發嘆，心疵其非。迨近日督工高堰，從事於石土之間，益信其説之不可爲訓也。余不工於詩，豈工於序，在工言工，姑即高堰而言之。黄河南決并汴入淮，所恃以保障東南屏藩漕運者，惟高家一堰。前此安瀾無恙，虚冒相襲。其填塞浪窩也，率補綻決壞而止；其修砌石工也，率枝柱邪傾隨形裁割而止。日沿月承，圮壞滋深。督漕史撫臺，爲國運民生愁然憂之，命南河鍾雪崖躬董其事。又虞獨力難成，余因謬承知遇，題留佐理。受命飲冰，唯隕越是懼。遂與鍾南河謀之，務以徹底精神痛革夙弊，秉心塞淵，厥工維襄，於是曩日粉飾羽毛之習爲之一更。間嘗促膝萍梗，蒿目時艱，望洋而嘆曰：水可百年無患，不可一日無防，怒漲翻空，驚濤拍岸，是何異伏莽乘墉之勢乎？不維其工維其人，四防畢飭二守勿怠。河伯不仁，如此式固何？近年以來，内外交訌，焚殺慘目，烟火闃絶，郡邑蕭條，切杞憂者動慮土崩。以今天子文武聖神，勵精圖治，區區小醜，如魚縱沸鼎之中，鳥拚烈火之上，暫爾鴟張，終必鱷化。獨是有兩大患在，所慮與寇終始而不知變也。頻聞瑕自我開隙來，彼伺烽成闚然斬關直入，患在有地而無守之之人，是委守於堤，釀禍蟻穴者也。及至蹂躪城野，糜爛人民，堅將勁卒罷敝奔命，患在有人而無守之之地，致得游移逗留，借端自文,是不劃分堤信,隨夫便徙,一朝潰決,莫辨功過者也。回閩爲難,豫楚離披,胎禍蘊孽,大率繇是。今爲亡羊補牢之謀,沿邊除城堡外,凡高險隙地鱗修戍居,兵將不足,招集近民,并徙天下配戍城旦之徒以補之。鹽商例監,及罪尚可贖者,俱期輸粟於邊。數年以後,生聚教訓,塞下可實,雖有狡悍,必不能牧馬而下。慮始維艱,不無安集之煩。壹勞者久逸,暫費者永寧。策不出此而別求守法,舍堤上不問而倉皇田野間,僥幸於藩圉屏畦之計,可乎?至内地名城,藩宇爲寇,所垂涎思逞者,或平日度要添員,或臨時相機,置將人與其地生死同之,以賊氛之遠近定勇怯,以境内之安危課殿最。接壤,以戰爲守;入境,以守寓戰。俾不得以兼顧之名,覆脱卸之實,則將奮鷹揚,士馳鳧藻矣。若諱言株守,朝夕易向,如以水土之曹而攝兵農之司,不至於兩誤不止。當今智囊不乏,其首肯此言否?至於觸事成咏,不過雕蟲小伎,何濟實用?一二知己,往往相索,遂灾及於木。顏之曰《雞窗偶錄》者,余與鍾雪崖實切蹴覺起舞之志,猶之齋外百甓,聊見戮力之一端云爾。時崇禎十六年癸未季夏,黄圖安書於淮上之水鑒公署。

白兔歌

　　五馬風流稱蘇老,愛客乘閒樂傾倒。榮歸晝錦白玉堂,堂前玉兔狡然好。何年望月中山中,幾歲騎蟾茫無考。姮娥動色廣寒間,詔許靈藥霜蹄搗。搗去搗來春復秋,桂風飄送下九州。藍田玉蕊食不盡,瑶草雲深夢自悠。東西跳梁千萬里,一任玉臼閉瓊樓。跂足揚鬚果誰識,蕭蕭中林有好逑。中林兔罝非關巧,東郭三窟豈不狡。祇爲高人懷素心,不愛雞鶩餘梁飽。飽饜餘梁世紛紛,素心玄對月皎皎。閒中對兔如對月,況復月照山中卯。莫作等閒看卯君,君家卯君氣干雲。雙雙白眉色相映,馥馥庭蘭氣共芬。非常不爲常人出,白兔尋常罕所聞。唳月孤鶴堪作友,噪檜寒雀那得群。莫厭籠中天地迫,且喜槐庭舞醉客。試問豐草驚韓廬,何似綺筵穩月魄。月殿縹緲近孤危,飲啄自適主人惜。但得主人愛惜深,何恤素女斷消息。自消自息世上名,熙熙攘攘徒爾情。處處角兔兆甲兵,誰從椓杙問干城。迂腐漫作守株癡,偃蹇任放一瓶罌。利而脫穎穎先鈍,淡以守玄玄自貞。皜皜風標知獨立,黑白何妒太分明。

咏趙遂如地室中插植迎春

趙家玄室桂爲梁,璧簪迎春發微香。户外朔風凛白日,洞中藜火映春光。春光淡淡愜游子,春意陶陶解愁腸。不謂萬象委衰草,翻從一枝識東皇。月中秋桂妒同色,雪裏寒梅喜并芳。燦燦明照江子筆,馥馥氣動彭澤觴。唐家春報催連夜,隋氏彩花爛錦行。隋唐盛迹今何在,漢魏名園祇自荒。千秋興廢如泡影,百歲功名一黄粱。不羨金銀識夜氣,且歡詩酒聚賢良。一杯黄流老日月,數聲白雪壯滄浪。君不見五侯七貴多榮耀,日暮蕭蕭悲白楊。碌碌風塵何足問,放浪長歌共慨慷。

移 竹

堪愛猗猗色,經心雨後移。短竿分傲性,疏影帶清姿。地選北窗下,記牢南向枝。護籬須著意,漑僕莫忘時。自具凌霄質,何愁結米遲。凝珠含露静,戛玉響風披。直節向人勁,虚心相對宜。歲寒常挺秀,俗艷不能知。凉韵入幽夢,修柯題短詩。實多鳳下空,影亂魚驚池。悦玩吾兹始,菁葱汝後期。

女耕田行

連歲延驕鹵,窮鄉無樂土。何事干天和,荒疫不堪數。閭里已凋空,追呼猛如虎。餘男供荷戈,蕭條遺環堵。哀此閨秀質,中田勤步武。隱深嘗浩嘆,腼顏羞人睹。姑老藉晨夕,筋力强自努。呼天天冥冥,忍心甘茶苦。骨肉先我亡,控告向誰吐。回思一悵然,聲結泪零雨。力竭罷言歸,隔村驚戰鼓。畏兵等畏寇,嫠婦輕一羽。干戈愁未定,逋賦虞公府。赫赫冠蓋人,豈非爲民撫。倘如見此情,寧不動肺腑。

誨牧童

萬物皆有性，作牧無殊旨。汝既爲人牧，牛羊即汝子。博塞驅童心，頭頭煩經紀。寒暖相天時，燥濕度地理。寢訛隨所適，還放有嘗暑。果腹日夕來，驚心半夜起。鞭棰無混施，指揮念繇己。勿蹂他人田，勿忘歧路裏。防雨同蓑笠，未陰謀積委。抵觸慎敗群，馴擾致肥美。戢戢不相角，濕濕乃其耳。帶衣卧明月，橫笛吹鄰里。嘉夢兆豐年，富庶全相倚。莫云一物微，草草姿怒喜。

寒蜂采菊蕊

寒艷明朝日，游蜂戀不休。豈同高士趣，愛此黃花秋。短影恐相失，晚芳暗自求。風輕連羽度，體弱帶香浮。息聲疑有得，微吟似呼儔。向陽春意逗，潛葉花心柔。主閑芳景住，籬靜物情幽。往往非無厭，營營諒有謀。星霜漸已肅，動植尚堪留。對景愛欲餐，偶觸爲凝眸。

遠別離

君子好慷慨，仗劍輕故鄉。萬里關山遠，烽烟歲月長。別離自此始，沉痛結中腸。不痛妾幃孤，松柏秀嚴霜。不痛家計疏，藜藿味自常。所痛在獨往，饑渴誰與量。凄清風月夜，雨雪助悲傷。百千不當衆，節序起彷徨。雖深忠義性，孝友諒難忘。客路恒多險，臨鋒莫賭強。至誠依主帥，懋賞推同行。晨昏須努力，珍重保吉康。殷勤謝行人，寄語慰凄愴。屢視庭草色，日聞北雁翔。牢記別時意，天涯永相望。

追和謝惠連搗衣篇

獨處昧節序，心觸物如摧。蓬首羞園菊，蕭條伴庭槐。逐風螢自照，訴月鳥空啼。朔氣來邊塞，寒光淡中閨。家居猶凄惻，殊域孰提携。簡點舊時裳,含悲步堂階。愁寒著絮重,惜別杵聲哀。裁成寄萬里,灑泪濕緘題。妾悔臨岐語,封侯君始歸。回文慚錦字,魂夢繞征衣。君心原不改,妾鬘何時開。青史應相待,朱顏恐日非。

因讀太白搗衣篇詩思躍然又有是作

去時依依楊柳絲,隔窗忽驚桂花枝。窗前皎皎明月夜,邊地霏霏雨雪時。絕塞殊天寒白日,荒沙大漠使人怵。昨宵魂飛白狼北,泣聲哽咽語未悉。夢回葉落鳥空啼,滿天秋氣冷淒淒。紅顏日改羞明鏡,白露蕭條閉中閨。閨中悵望不能睹,開笥見衣泪如雨。害瀚害否憶遠人,手拂霜磯心已腐。此心此夜暗自傷,蒹葭蒼蒼各一方。庭草荒涼淒絡緯,池荷衰颯冷鴛鴦。月滿池庭空皎潔,素手映月杵不輟。青燈幢幢照人孤,綉幃寂寂腸斷絕。腸斷征鴻叫寒雲,流螢雙雙點羅裙。蟲聲四壁愁如織,慘澹機中錦字文。

又搗衣二律

空庭落木舞清輝,韵發寒砧逐葉飛。杵裏秋風來絕塞,磯頭明月伴空幃。三更力盡蠻吟歇,千里魂牽雁字稀。何日玉關征戍罷,幾回腸斷泪沾衣。

遥憶關山萃百憂,那堪涼月滿西樓。紛紛落葉憐孤影,唧唧寒螿訴別愁。杵擊秋空哀響亂,衣斑珠泪怨情幽。殷勤搗就何人寄,泣望長天海北頭。

鏡聽詞

閑庭闐寂羅幃静,憔悴紅顏羞對鏡。此日孤鸞鳴欲病,當時拂面笑相映。清光湛湛必通神,邊微悠悠憶遠人。懷抱菱花祀竈上,殷勤告語悲心向。嫁來相見相知諒,明裏含聰應不忘。睿照照人嘗照心,照人心事入幽深。我憐汝意氣沉沉,蓬首垢面色欲侵。汝意我心悲歲暮,寒生明月一堂素。望中關塞愁難度,倚斷行人門外路。日日相思怨落暉,逢人遥認幾依稀。一朝鵲噪陡驚歸,謝汝英靈製錦衣。

送張蓬玄老師赴都時有大司馬之報

歷年鼙鼓震漁陽,何日金鐃傳虎壘。龍塞嗷嗷呼癸庚,龜沙黯黯愁戊己。冰天寥落戍兒悲,笳月凄清當戶喜。炎室六奇羞白登,晉陽五利點青史。十城終拒見忠貞,二字空爭亦劣鄙。孫燕鴻謨鞏洛鎬,祖龍胡備籌山水。太原薄代重邊疆,靈武疏謀齋犬豕。反側天驕近叵測,蕩平周道原如砥。天生孝友佐金門,帝壯風雲跂玉趾。一卷秘傳黃石符,七星聲動尚書履。風生閫外肅旌旗,電照天章燦筆紙。撻代殊威勤指揮,安攘大計中綱紀。漫從塞外空王庭,先向民間寧婦子。甘潤環飛輕玉金,光明回照轉羅綺。逍遙賭墅任從容,縱橫米山自尺咫。雕手綠睛不足平,虎頭黑貌可相倚。干城不棄鎮盧龍,烽戍無驚馴野雉。北地梟林已好音,中原魚釜何煩齒。普天鴻雁辭風霜,到處桑麻樂井里。泌水衡門予不憂,吟風弄月自今始。

孤 雁

隻影違胡地,哀聲動彼蒼。關山何渺渺,風水自茫茫。不羨晨昏侶,獨堅節序腸。清心遥對月,傲骨暗凌霜。渚夢棲難穩,巢思去苦長。書空懶就字,結陣愧尋行。悲墮征人泪,感深成婦傷。我今亦獨往,慷慨共翱翔。

除日酬江右戴初士[1]

壬午之冬,①捧檄而南,歲將告改,税駕蕪江,時蓋任期已逾,暫俟嗣卜也。除日,鄉思彷徨,倍爲無聊,聞江右戴初士叩門相訪,不覺屣倒。初,士素在石齋師門下,方老師被逮時悲歌慷慨,吟和相從,一時高誼,事足千古,私心竊慕者久之。一旦得遇江上,并知老師近況,同

---

① 壬午:崇禎十五年(1642)。

門聲氣，傾蓋如故，旅邸寂寞中，忻慰良至。承賜佳刻，種種奇秀。偶撿笥中有送蓬玄張老師詩草一紙，錄扇求教。少焉薄暮，遂蒙依韵相贈，兼貺家珍，諭爲母貽，雞黍情深，感刻無已。是夜，與親友酌罷，爆竹聲喧，卧不能寐，因起而索燈，援筆和之。

江城佳節倍繁華，寶帳金屏輝鬱壘。雅志自得風塵外，不向悠悠問知己。南州高士謫仙人，錫重百朋胡不喜。緩頰泠泠霏玉屑，直筆烈烈堪柱史。載色載笑傾蓋間，高風遙致銷我鄙。藹然襟韵足千秋，峨峨洋洋山與水。南陽未飛諸葛龍，東海尚牧公孫豕。中興事業誰與歸，文章起衰中流砥。鉤黨藉箸息蝸角，木天虛席佐麟趾。佇見特賜長公燭，應難久織仲子履。鯫儒僻居寡所師，猶之窗蜂迷故紙。承乏上谷雨秋餘，庭鎖青苔無可紀。幸因微罪歸去來，五畝荒園足婦子。獨往村前尋落花，靜坐丘中鳴綠綺。臨水轂轆釣魚車，登山呼吸去天咫。飄然我貴孤成鄰，枵若虛舟四不倚。突忽促如轅下駒，豈能逐喧呼盧雉。況逢斗大幾凋殘，落落井閭無生齒。間關將母動嚶鳴，敢忘報君負百里。斗間紫氣永相望，慷慨雲雷與歲始。

附戴初士贈詩

聖主垂裳切宵旰，鄉士四郊耻多壘。滔天袖手徒旁觀，誰爲饑溺軫繇己。赤羽白羽蔽天來，捷書不動龍顏喜。從來外患劇於宋，忠勇勤王猶見史。宗李韓岳昔奮袂，棘門兒戲今可鄙。臨清風鶴漸南來，黃河湜湜惟淺水。泠口不聞當關虎，列城皆屬負塗豕。更有寇氛暗西南，江淮滔滔無柱砥。草莽義憤欲請纓，將投左足難舉趾。煌煌新命黃使君，廬江殘城爲四履。明允夙望在上谷，十萬師寧賢一紙。少年却壯元老猷，先聲已爲南國紀。振威先剿始可撫，豈容認寇作驕子。到處嚴城戒鼓鼙，年事蕭條稀錦綺。使君有道之門墻，亦步亦趨不隔咫。固以寡援畀殘疆，亦因德威長城倚。下車鴻雁漸將集，麥苗青青歌馴雉。鳩茲邂逅即班荊，落拓狂生何足齒。幸有淵源聲氣通，化疆一水通子里。救時努力殷勤望，歲寒之交從兹始。

贈文宗上人

回望赭色秀如削,遠公下遇山之脚。編竹爲籬駕綺疏,橫木爲門帶翠閣。下界雲林散松菊,上方鐘磬入城郭。閑房春草來無馬,曲徑幽花卧有鶴。樹留僧臘龍爲鱗,山映禪心繡若錯。守静風雲長護持,談經魚鳥知領略。烹來白水如甘露,几列清蔬成大嚼。玉屑晶瑩咳唾霏,天花燦爛繽紛落。且行且止不能辭,載色載笑訂重約。沿牒客路逐風塵,悵望清言空如昨。

淮上贈别路繼峰

普天黯峰烟,吾邑獨安堵。羨君還故鄉,遠道不知苦。屈指千里餘,間關多殊土。悠悠行路人,各自有肺腑。談笑起戈矛,不第驚鐃鼓。翼翼護乃身,慎莫先自侮。遥遥鄉樹出,漸漸識衡宇。親朋驚遠來,稚子歡迎睹。草木盡含情,舉策數稼圃。歷歷訴歸程,燈前酌且舞。相見猶疑夢,積懷不能吐。詢名問故知,瞬息已成古。井閭半凋虚,田園多失主。貪鄙空爾爲,宛其竟何補。長嘆倚風塵,中情亂如縷。不若及暮春,尋芳醉花午。冉冉百年間,流光一發弩。悵望難爲别,令人輕圭組。

春日訪劉練溪年兄會於僧舍因聞胡止臣年兄近在河北并道有賢主人孫羽翰是日聚集暢飲終宵因於席間賦此用志嘉會

命車辭都市,訪友到林泉。宿霧籠朝氣,孤村隱淡烟。磬聲出野寺,犂韵繞荒田。曲徑人多誤,禪房景自偏。談心欲竟日,歸路且停天。我道高僧古,君稱佳主賢。兼聞紅杏侣,近在緑楊前。駕鵝渾忘險,登龍愛若仙。欣逢驚此地,憶别嘆經年。莫謂堤頭苦,勿云海上邅。堤頭芳草茂,海上嘉魚鮮。版杵帝心在,鹽梅商鼎全。弟同莫逆矣,主况得人焉。翁婿温如玉,桂蘭芳似荃。一朝同漆固,片語擬金堅。晝永歡難足,宵深情更惓。插花映綺席,對月列華筵。調笑酬相發，威儀縱自捐。官閑民不擾，地僻事無牽。耳熱催成倦，腹便飽欲眠。交情苦道遠，夜語喜狀連。此會塵中絶，他期夢裏懸。

送徐鶴洲之任保定

驛路花明三月天，柳枝拂水水含烟。春光染物一時鮮，烽火迷離遍北燕。民命菅麻血可川，攻城屠野骨如巔。暗傷流子啼鶯邊，冷落王孫芳草前。灞上棘門競左旋，貔貅坐令耗金錢。朝廷砍案憤迍邅，三輔累碁望欲穿。僉曰懋哉應九遷，滄溟泰嶽鍾英賢。威揚淮海幾經年，回闈聞之枕不眠。篋裏陰符書百篇，胸中韜略有真傳。匪躬蹇蹇世情捐，樽俎折衝出萬全。忠孝咸稱無間言，功名唾手福連綿。綸巾岸岸凱歌還，緩帶悠悠旌旆懸。長策不徒佗斬搴，謀猷式固主威宣。人家夜雨散桑田，到處春思醉管弦。饑者食其佃，渴者飲其泉。流者受一廛，居者安數椽。寧養鸞鳳逐鷹鸇，寧式螳臂驅寒蟬。尊至疑無權，安居翻若顛。惆怛之吏多相憐，勞民雖苦自不冤。歌來鼓腹腹便便，高挂烏號不上弦。深静從來貴九淵，疇知所以然而然。

寄居淮上讀崔國輔漂母岸詩因而追和

韓侯垂釣處，漂母祠亦存。城中多年少，誰肯重王孫。丈夫感至性，酬報安足論。千金雖云重，寧敵生我恩。風塵難母意，憑吊傷我魂。郊原多遺迹，豐草埋荒墩。淮水自西來，噴騰貫朝昏。岸柳含風色，春潮帶雨痕。悠悠弭楫意，今人未可言。杳然國士去，惆悵水雲村。

高堰有感步崔國輔石頭瀨韵

每憶陶家柳，悔別嚴子瀨。悵望老堤頭，驚濤吼窟内。日暮北風急，漁舟心膽碎。奔騰渺難極，不知蒼輿大。疑上蓬萊巔，蕭然立塵外。蛟龍時出没，青天驟雲靄。崩剥無已時，尋源多茫昧。作楫苦不優，持禄羞當代。且願訪素心，丘壑聯襟帶。

觀田家

青苔鬱鬱水潾潾,嘆羨時稼如雲屯。柳送笙簧鳥意媚,壟藏雲錦雉飛馴。鳴鳩欲喚西疇雨,乳燕相將北渡津。歌發騎牛偏有韵,情深依士渾無嗔。家餘春酒祝眉壽,人樂先秋洽比鄰。乍見不知當客路,坐觀恰似有閑身。可憐鄉井隔千里,終日悠悠一旅人。

憶野居

憶我閑居時,所愛在郊野。傍户摘園蔬,分行植梧檟。旭日散雞豚,和風通車馬。衣冠聽脱略,酬答少虛假。霖雨增歡歌,簑笠見瀟灑。新絲繰滿車,野花采盈把。酌水即嘉宴,土器可當斝。旨畜禦嚴冬,茂樹消長夏。井臼坦率多,兒女猜嫌寡。飽饜有藜藿,安居無大廈。牧童雖不文,村婦却多雅。眷念神空馳,安得乘風下。

紀 夢

野居無塵事,魂夢有餘清。人悲千里月,月照孤客明。鄉思忽繚亂,故友忻逢迎。關山阻幽魄,何以似平生。貽我一函書,綠字燦縱橫。慌惚蒼茫裏,爛熳發春榮。幻化佳人出,隔枝露輕盈。書中如花女,變易果何情。我無荒色意,覺來神自驚。談心恨不悉,空餘曙鳥聲。

承雪崖鍾寅臺招飲索書賦此爲謝

雨積村烟淡,雲停暑氣清。蛙吹碧草合,燕語雕梁輕。吏散塵氛息,官閑隱趣生。班荆披素昔,旅食坦招迎。茗嫩凝蘭氣,鱗鮮唊水晶。吟風時聚嘯,坐雨天留行。庭竹先秋冷,溪花射水明。人聲喧屬揭,鳥意祝新晴。量對高人闊,恨隨知己平。策時服激烈,紬古嘆縱橫。愧我客中客,感君情外情。告辭終忍去,魂夢逐嚶鳴。

同鍾雪崖雨後遠眺入夜風雷大作晨起書識

暑中驟雨豁心目，晚霽鮮妍變草木。好友逢來氣自肅，雨餘相對景多淑。湖天暝色連蒼穹，旋起驚飈勢拔屋。萬縷光芒迅且矗，彌天霹靂不敢宿。聲如萬魯馳燕谷，壯似重瞳戰鉅鹿。無乃火輪轉地轂，燐青荒野鬼應哭。他鄉客夜一身獨，起立彷徨呼侍僕。風伯雨師相追逐，隱隱耿耿氣猶蹙。啓扉檐外星言夙，花落鳥啼滿院馥。

雁　字

行行真楷天然成，不襲人間浪得名。聯翥隨風相轉注，孤清叫月自諧聲。臨池綠翰足南浦，潑墨黃雲賦北征。南浦北征幾翔集，驚飈驟澍揮空急。書法久從足下得，畫形熟向沙天習。恰似眼親倉頡時，滿空粟雨鬼宵泣。

淮上楊賦臣賦雁字予見而喜之因步和二章

人世書名歸換鵝，天然翰墨自空拖。將花別楚行行秀，欲雪違胡草草多。帶雨衝風時變體，批雲抹月不須歌。客中恨巧無情思，未寫鄉關飛渡河。

楷行何事問籠鵝，八法容與望裏拖。苦雨時來形勢異，寒霜歷盡鋒稜多。書空不類函空手，結陣渾如筆陣歌。向晚拂雲揮不已，滿天蝌蚪爛星河。

初選保定司理石齋老師贈詩四章妄爲步和

山古唯餘靜，水安莫若平。敢忘山水意，汨此性靈生。健訟閣堪閉，得情衆作城。心閑物不擾，政簡氣嘗清。

目擊民無道，神傷刑有書。餘黎殫寇櫛，作吏半兵梳。鸇鳳須真辨，薰蕕敢妄鋤。舉頭凛白日，寧爲于公閭。

南陽未可問,千載項強人。不有風霜慘,焉回天地春。識清懷袖字,彈净上冠塵。仕路繁門户,孤光絶四鄰。

堂上久無母,膝前詎有官。發奸鈎距易,止訟格心難。拂劍策朝氣,焚香對晚餐。時將莞爾意,座右幾回看。

原　韵

丁丑[1]選初得節推者四人,詩以送之。黄四維當之保定,未暇言三輔之難及趙、張之績也。區區屬望,盡於四章。

雲霓今四望,郡國爾持平。失道久焦若,褰帷莫快生。弟兄看屬邑,綸羽及干城。秋氣無多事,天明野水清。

世少家人語,誰多城旦書。蒼生成白髮,化柄若晨梳。鷹隼不須作,芳蘭寧忍鋤。平生寡所學,頗憶于公閭。

埋輪雖勝事,著意亦粗人。六轡憑纖手,微霜護早春。琴應疑鶴累,馬合避驄塵。但不知光焰,何妨照四鄰。

弱采題威鳳,冰條試熱官。文當無害易,法自不冤難。青草生庭際,白雲信晚餐。老來愛僑肸,時把兩書看。

贈從軍

千里無烟火,邊臣負主恩。寸心脱寶劍,遠意屈芳樽。客路浮雲斷,關城落日昏。封侯不擇地,好去壯乾坤。

閨中贈遠

悔聽夫君别,别來愁緒多。春風疑不度,秋雁憶相過。魂逐漁陽道,恨生遼海波。閨中慚不出,奈此關山何。

---

[1] 丁丑：崇禎十年(1637)。

征人字内

寄語閨中人,遙憐憶我身。關山風雪慘,什伍弟兄親。一劍酬明主,交弓淨魯塵。眼看草露布,歸報太平春。

小古鏡

初鑄知何日,清光不受侵。吐輝憐月小,含影入空深。蓉面浮秋水,蛾眉帶遠岑。如花想像裏,憑吊起沉吟。

舟行喜與友人相遇

舟依野寺靜,鳥帶夕陽閑。放迹風塵外,狂歌雲水間。寒烟積古渡,淡月滿空山。不孤江湖興,高人共往還。

舟　夜

濯足弄潺湲,順流帆影閑。斷山出素月,列宿入澄灣。野渡漁人散,寒巢倦鳥還。蕭然似世外,獨坐藐塵寰。

和胡止臣年兄避暑福緣庵

暑烈愁如劫,庵清樂夙緣。竹涼侵臥榻,花媚上經筵。月朗晴雲後,茗香穀雨先。風塵得此地,火海散青蓮。

月夜過劉伶臺

月當春霽夜,清潤散晴光。夾道參差翠,隔溪斷續香。故園牽遠夢,客路恃寬觴。飲士臺猶在,千秋感醉鄉。

夜　坐

青冥不可窮,夜色古今同。我今對明月,想見古人風。世事浮雲外,琴心流水中。神清趣自永,幽意入虛空。

謝贈新茗

驚雷旗欲動,幽士最先知。氣帶烟霞秀,味偏静者宜。酒闌琴罷後,雨霽月明時。飲德煩襟盡,爽心快所期。

謝贈泉酒

誼高盟白水,酒冽出清泉。塵净品居聖,雲流氣帶仙。閑邀池上月,静愛湖中天。以此暫忘客,感君意致偏。

高堰雨中

稍開仍雨足,又忽失前林。雲水不分處,湖天無可尋。暗湍吼伏窟,怒漲翻空岑。何縱蛟龍喜,頓忘稼穡心。

丁丑①場中與南海馮公顯忠連坐笑語莫逆旋承詩扇香墜之惠賦此酬謝

棘圍傾蓋識清光,片語盟心未易忘。筆燦五花江子賦,坐薰三日令君香。連城國器非無遇,抱璞荆山莫自傷。樽酒論文應繫夢,暮雲春樹永相望。

附原韵

坐君明月懷,晶瑩秋水光。何以片語會,平生可不忘。一石頑然置,一璞逢工良。欽歟美雕琢,國華世所望。

游吕仙祠張煉師供梨三枚體味殊絶快談竟日别以爲贈

烟暖花明上巳天,欣逢勝地爲留連。談玄頓絶風塵色,種藥自饒碧玉田。瑶草芊綿穩鶴夢,紫梨爽脆快仙筵。延年不須金丹訣,晤坐移時比大千。

---

① 丁丑:崇禎十年(1637)。

上谷賈孝廉自滑縣寄問酬謝四章

青雲一別數春深，白水相盟供此心。我向清時偷暇日，君從化雨試甘霖。杏花臺上堪詩酒，瓠子宮前自古今。傲吏漆園多勝事，應將憑吊放期襟。

絳帳宏開白馬津，魚書遙寄東陵人。席前問字空濂洛，夜半談經動鬼神。暫屈春風風四座，佇看時雨雨群倫。當今才子推年少，首著詞林有過秦。

壇高畫舫動春暉，珠玉文章燦陸機。蓿徑風清官舍冷，芹宮香靜吏人稀。五經同異勞宗主，百子縱橫見指歸。莫道青氈多寂寞，蒲前魚躍共鳶飛。

清時暇日愛垂綸，折柳爲藩蔬圃新。携酒呼鄰看麥浪，吟詩尋友問花津。世情渾似客中舍，往事原同夢裏身。落落千秋知己在，因君高雅吐吾真。

頌晋卿裴老師城工

神君築浚有神功，四壁削成鎮大東。村落參差雕檻外，樓臺掩映畫圖中。若非製錦稱才子，安得凌雲見國工。保障式憑堪奕世，萬家尸祝亦何窮。

辛巳①初冬同衆游慈雲寺約素心社社長蘇念伊首唱一律因而步和

悠悠世路總非真，閑叩禪扉問果因。坐對空林冥色相，吟成花雨見紛綸。情深鷄黍邀盟社，誦罷離騷吊逐臣。莫教此心隨落葉，千秋素月渾如新。

---

① 辛巳：崇禎十四年(1641)。

讀蘇念老移植迎春詩有春到一陽四字正值至日又逢社期因步韵成章以應主人

解却金貂問酒沽，社逢長至倍歡呼。宮中彩綫勞紅女，臺上風雲紀瑞圖。節序自堪供笑傲，風塵誰爲辨瑕瑜。一陽預慶三陽泰，莫使空庭明月孤。

至日拜賀楊父母因聞寇儆共議城守

一陽初報琯灰開，百里俄傳烽火來。丹筆春生争獻履，陣雲慘結爲登臺。天心喜見催殺氣，時事驚聞懼禍胎。保障有人堪破膽，迎祥且進掌中杯。

同李方甫城頭望月三章

滿城刁斗擊寒風，倚劍登臨意不窮。銀漢無聲冷欲凍，冰輪一色望迷空。誰家弦管飄鳴鳳，到處烽烟淒斷鴻。安得太平逢指顧，焚香静坐月明中。

城頭對月景偏清，月下濁醪喜共傾。數着枯棋消永夜，幾聲悲嘯動高旌。黃石有書空悵望，李膺得御競逢迎。談兵竊效請纓忘，唾手烽消壯國楨。

烽烟幾處照寒汀，肅肅哀鴻入眇冥。小范何人稱老子，大東空杼悲殘丁。鉦鈴不斷敲凉月，棋酒如迷摘曉星。何日塵氛歸掃蕩，願憑一劍報朝廷。

同劉斐公許象九夜飲

斗酒邀歡淡味親，携來海錯倍稱珍。文心映對三更月，道氣融流一座春。黎照更生飛彩色，麈揮玄度絕埃塵。相逢歲暮成豪飲，屈指知交有幾人。

壬午①四日會飲見月

初春初試五辛盤,初月娟娟照四難。天上蛾眉空自冷,人間鈎戲可同歡。爐餘柏子噴香細,酒剩屠蘇縱爵寬。樹杪微明遙欲下,興高莫問報更闌。

奉和蘇念伊新月

新年瑞氣靄長空,新月今宵映燭紅。玉色含嬌彎半臂,金波飛彩引斜弓。座傳柏酒歌良夜,醉把梅花舞好風。不須圓明懸一鏡,已如人在水晶宮。

和蘇念伊春日獨坐

簞瓢[2]意味希曾顏,鼓瑟歌風心自閑。病起尋春維縱飲,興來度日渾忘艱。幾聲嬌鳥啼晴樹,數柳新條帶閉關。種罷園蔬無外事,空庭坐對暮雲還。

賦得春江花月夜追和邢子愿

冰輪錦樹映江邊,入夜晴和倍可憐。丹桂秋飄成寂莫,銀河宵度失芳鮮。良辰美景難今夕,天朗情幽憶昔年。手把幾枝清影動,興高采石同懼然。

賦得夏雲多奇峰二章

木末颼颼暑氣收,陡來山色壓城頭。飛龍巧吐烟霞秀,蒼狗幻成島嶼幽。顛老虛傳兄弟癖,平泉枉費子孫謀。閑行綠樹消長夏,指點雲容遍九州。

閑居夏日半成眠,起對遙空碧色懸。恰似蜃樓結海氣,宛如鷲嶺

---

① 壬午:崇禎十五年(1642)。

飛湖天。明霞暗奪榴花媚，幽翠高連荷葉鮮。農叟不知尋異趣，喜看帶雨滿公田。

送許庠師之任濮州

白帝乘時大火流，祝融餘焰鑠新秋。追歡正計浮瓜酒，別恨忽添落葉舟。人淡一瓢空世態[3]，蓿清三徑結同游。悠悠濮上梅花帳，惹得相思夢裏愁。

贈王敬時遠携魚茶爲問

憶吾上谷持平日，正爾皇華負弩時。青雲舊事隨春夢，白髮故人對晚炊。魚躍盆池歡滿目，茶烹活火清侵脾。東陵寂寞幾多歲，促膝談心暮景移。

送邵平垓歸東平來時携丁右海老師與趙紫垣年兄兩字其人工書善談

寂寞霜天落落居，風清人淡菊相如。因君近得平陰信，爲我遠携海上書。筆底游龍通造化，談中繡虎燦瓊琚。過逢若報素心者，傳語廬江不愛魚。

舟中和心起楊父母贈別

征帆一別舊山蹊，四望蕭條氣色凄。豈有龍韜堪佐楚，每因漁唱想聞齊。重關難斷行人夢，三戶空憐遺我黎。座上陽春和不得，寒燈挑盡孤舟題。

冬日讀袁海叟白燕詩因爲遙憶之作依韵

點水穿花時已非，風霜慘淡見應稀。張家玉翰辭懷去，漢釵仙踪何日歸。落絮游絲閑入夢，瓊洲瑤島冷侵衣。偶因愛古逢佳咏，遥憶海天伴雪飛。

舟行遇南魯生年兄之任保定賦此爲別是日與南海吳泰茹年兄同會舟中

舟帶寒烟暮景微,遥來紫氣聚星輝。延津驚值雙龍合,黍谷歡迎五馬歸。風淨芰荷乘月夜,_{府前有蓮池。}霜凝旛蓋護朝衣。駑材無自攀鱗翼,聊向江天試釣磯。

舟中留吳泰茹年兄

數聲欸乃過重關,中渡驚聞高士還。千里論心逢月夜,連舟把臂弄潺湲。帆依荒舍寒烟淡,人共暮天宿鳥閑。斗大江城令我俗,風清梅嶺杳難攀。

舟行清河

誰思渺渺歌榛苓,客況含淒燈焰青。千里孤舟明月夜,幾聲寒雁淺沙汀。中流鼓櫂游魚躍,隔岸聞鐘夢鶴醒。爲問長年何處宿,遥看漁火遠熒熒。

苦 寒

兩岸青山隔絳紗,滿空雪雨漱雲牙。撞頭風急膚生粟,割面霜凝鬚帶花。凍結鄉思團積水,寒衝歸夢怯天涯。飲冰自是王臣志,煉石何繇效女媧。

閆表兄隨任廬江以寇信中道告還賦別二章

陰風獵獵滿征帆,行李蕭條兩袖衫。舟爲別樽停枉渚,心隨歸騎憶深巖。遥天寒夢人千里,片月孤踪書一函。萬國烽烟何日定,客中愁聽水潺潺。

製錦非才濫一官,殷勤雲水共驚瀾。愁來烽火燕山滿,恨別寒江旅夢單。雁羽不堪風切切,漁歌空對月團團。幾時樽酒西窗夜,重語南征道路難。

舟夜

蓬斷驚颱使客傷，蕭條無事自焚香。山高月小行人怯，水遠天長歸夢涼。風靜驚鴉棲古寺，夜深清磬度寒塘。蒹葭極目添離恨，獨向江邊醉欲狂。

登文峰寺浮圖客有詠章八元詩者依韵成章

巋然無著四天空，高入青冥日日風。仙梵稀微塵世外，寒江明滅夕陽中。繁華縷縷輕烟散，寶界重重瑞氣籠。已覺宦情冷似水，閑從最上問鴻濛。

至日夢采異花數枝并手捉一蝶翼大如掌赤色爛然賦此志異

南征喜值一陽生，何處春光入夢清。江子筆花爭彩爛，莊生魂蝶映霞明。鬢頭撩亂穿芳徑，枝上悠揚拂晚晴。動植含情同作玩，黑甜鄉裏有誰爭。

至日懷素心社中諸友

去年蓮社結同儔，今日萍踪起百憂。江上孤村凝暮靄，戍樓悲角入邊愁。思隨駒景長相至，心逐葭灰暗自浮。獨對寒燈銷永夜，清歌遙待玉人酬。

登燕子磯

長江漠漠水雲橫，臨水登山暮氣晴。階面凝香恣鶴夢，樓頭帶月散鐘聲。素浮陰嶺明殘雪，色映回廊秀晚英。到此塵心不敢發，悠然神迹喜雙清。

蕪江除夜是日喜遇戴初士

徙倚孤亭雲水邊，江城如畫度芳年。鄉心催放屠蘇酒，客夢驚回爆竹天。萬國烽烟促令序,半生襟韵負名賢。龍門喜傍識仙侶,頓使春思醉管弦。

癸未①二日江口訪戴初士不遇

臨流數語足千秋,乘興特爲訪戴游。岸上風雲迷紫氣,望中湖海蓄青眸。一天春色隨人去,兩地客踪不自繇。何日更逢斗酒會,吟詩携手共登樓。

登赭山絶頂

南中春意散晴空,携友登臨四望通。湖氣橫侵浮遠翠,霞光倒射染江紅。邊雲黯淡中原色,漢水騰翻楚子宮。烽火彌天何日定,故鄉花柳自東風。

贈星士吴斗玄

蕪江江上遇君平,造化玄機誰敢争。朗朗楓天懸日月,汪汪棗地現蓬瀛。胸羅星宿文心奥,簾對雲林道氣清。莫謂旁流無異士,神光萬丈斗間橫。

贈江右孝廉羅佐材盟兄二章其人淵朗奇偉慷慨義憤著述有英雄覓倍及八陣圖説時有寇變淮上漕撫史公藉重參謀嚴障清江

南州高士久稱雄,淮上忻逢道氣通。偶爾班制盟數語,蚤知借箸冠群公。胸藏八陣風雲壯,筆掃千軍烟霧空。聖世需人推物望,勛名應不數隆中。

傾蓋盟心如飲醇,重逢襟韵倍相親。忠肝頻灑新亭泪,義氣堪清冀北塵。黄石素書應滿篋,王孫故里藉生春。當今月旦非無主,拭目

---

① 癸未:崇禎十六年(1643)。

襃然動紫宸。

酬贈黃君凝赴選北都依韵二章

風塵幾得心相知,葭葵輝生藉玉枝。角語聲高白石調,筆花秀發紫芝眉。名齊甪里商山古,氣湛頃波憲水奇。君去燕臺我客楚,各天相信有吾斯。

文章宗派喜新知,愁折依依道上枝。筆底詞源翻瀚海,胸中秋月橫峨眉。草疏頻灑痛時泪,問字堪驚吊古奇。此去必逢明主意,九重恩重賦蕭斯。

同南河鍾雪崖寅臺雨後對談

無端悔背故山薇,客裏愁深鄉夢稀。慰藉風塵逢好友,蕭疏薄宦得忘機。漁舟經雨迷荒渡,暮鳥衝雲爭落暉。湖上悠悠兩水部,填胸時事恨多違。

別楊賦臣

天欲留高士,侵晨雨不休。座中人似水,窗外樹鳴秋。澤國迷鄉夢,空囊澀旅謀。預愁涼月夜,悵望憶清幽。

【校勘記】

[1]除日酬江右戴初士:詩題原無,據原書目錄補。
[2]瓢:原作"飄",據文意改。
[3]瓢:原作"飄",據詩意改。

東園詩集卷之三

于野蛮吟

于野蛮吟序

吾儒盎然七尺，中天地而立，繼聖賢而作，精之則有性命之學，大之則有治安之道，乃沾沾然擷芳藝圃，竊潤文江，嘔血於雕蟲，矜名於綉虎。聯珠綴玉，衹鑿□之資；宋艷班香，皆放心之物。安在追琢字句之足以言學而推敲風韵之有當於道也？雖然，感於時，動於物，根於心之誠然，發於情之不容已。其視襲敗絮以争榮，拾殘瀋而誇味，則有間矣。余平生不習於詩，亦不願以詩自見。有時意興所至，偶成韵語，於是有《咏雪》《落花》《雞窗偶録》并《天籟》諸集。不特淡中自得之雅、友生相與之誼弗忍晦没，亦藉以請教高賢，作就正之先資云爾。未幾而乾坤鼎沸，簪組坑殘。燕含百姓之傷，鶴抱千年之痛。人非木石，其何以堪？未免有情，誰能遣此。因有感咏諸作，集成一編。顔之曰"于野"者何？志地也。"蛮吟"者何？志時也。地何以于野？志迨暇也。簿書鞅掌，日無寧晷，惟乘迎謁之餘閑，舒蕭散之本性。馳翠麓以夷猶，傍碧潯而容與。念丘墟之蒼莽，當砥矢而踟躕。鬱惟一心，感生百種。非謀野之有獲，宛于田之可泣。時何以蛮吟，志悲秋也。周初無寒歲，秦末無燠年。值百六之害氣，覺觸境之蕭條。況夫秋日凄凄，百卉具腓。倚南窗之無時，憶東籬而咨嗟。臨佳節以驚心，對黄花而怍色。蓴鱸異張翰之感，忉怛深宋玉之悲。再進而推之，雲雷方屯，經綸伊始，舉天地有草昧象焉，亦可以野概之。余以萱幃衰暮,苟且升斗,何能爲鳳之鳴、虎之嘯,僅效此唧唧寒蛩伏吟草野而已。杜工部有咏:"悲絲與急管,感激異天真。"余亦此天真之勃發耳。至於性學治道,有涉無涉,不暇深計,亦正不相妨,余故無意於詩者也。感於時,動於物,根於心之誠然,發於情之不容已,而謂欲以詩自見乎!

甲申[①]春晚

陵谷推遷總是天,弓張誰睹直如弦。黃鸝解語逢今日,楊柳作花似去年。到處戰鼙傳暮角,幾家遺穗起朝烟。向人畏說傷心事,且效伯倫帶酒眠。

吊荆卿

閑炯雙眸燕市中,嘆將成敗論英雄。祁山六出終曹帝,博浪一椎首漢功。氣壯飛虹凌白日,歌悲流水動蕭風。荆山遺址堪憑吊,悵望千秋感不窮。

甲申初夏同水部張嶙嶺登源泉有本亭步壁間原韵

愁來特約到山亭,人自傷心景自靈。草帶離顏繞徑綠,鳥啼別恨數峰青。避秦何地雲爲社,憂杞無天風作屏。嘆想魯連丰度杳[1],翻身慷慨入東溟。

中原沉後有孤亭,山水無情稱地靈。白眼千秋同水逝,丹心萬古與山青。人家烟樹堪成社,鳥道烽臺柱作屏。[2]回首不堪生悵望,淺沙突見失滄溟。

同張嶙嶺登源泉山亭依韵

咫尺隔千里,幾勞夢寐尋。一朝乘興出,携手傍碧潯。荒城侵野色,茅屋帶雲林。騎足青袍草,鶯聲綠綺琴。漁人喧古渡,開士靜遙

---

① 甲申:順治元年(1644)。

岑。拂蘚悲陳迹,窮流暢遠襟。采芝追漢翼,調鼎羨商霖。檻俯燕昭市,金臺對暮斟。[3]半景挂荆峰,易水流至今。舉杯酌千古,慷慨附知音。會當同蹈海,誰能共浮沉。[4]

先帝挽詞步張嶵嶺韵

草野空勞效祝年,河山揮泪墮風前。深宮問夜煩彤管,齋殿瞻雲垂汗編。成敗世間總幻夢,升沉人事自推遷。明知臣子貽君父,何俟靈均欲問天。

甲申夏日憶素心社友信手拈蘇集得岐亭詩因依韵①

黎侯在泥中,臣敢辭滓汁。楚胥號秦庭,燥吻何時濕。患難逼人來,君子豈自得。回天知無力,歸田意頗急。高舉思溟鴻,輕漾羨浮鴨。跛足歷九折,病目隔重幕。社心不改素,臣衷空自赤。神傷微垣暗,目怒金精白。竟日頹然放,不履復不幘。幾聞桑下謀,誰灑新亭泣。引領裒烏人,莫吝斧斨缺。饑渴量同然,離騷倍遠客。秋風遥相待,驚喜嘆重集。

重九前一日對菊

天高氣肅近重陽,客意無聊對晚芳。質萃金行分玉露,秀連秋色帶春光。寒烟疏雨憐幽性,涼月清飈賞暗香。珍護名花頻自溉,好乘佳節佐霞觴。

九　日

萬家砧杵送殘陽,景物凄然動客傷。有限年光驚既暮,無情寒菊爲誰芳。青雲期許終難副,華髮風塵枉自忙。暫借一齋消世味,擬抛五斗效柴桑。

和秋嶽曹學臺九日感懷二首

天涯誰爲授衣裘,令節無心戲馬游。笳語含風驚客夢,砧聲敲月

---

① 甲申,即順治元年(1644)。

動鄉愁。壯懷空對荊卿里，悲氣偏逢宋玉秋。寥落炊烟傷北地，不堪遠眺罷登樓。

他鄉聊借一枝棲，叢菊依然花放齊。旅况蕭條思避世，詩情慷慨賦征西。怒衝不待還吹帽，憂老無端欲杖藜。懷思金臺人不見，浮雲滿目朔風淒。

曲陽公署和壁間韵二首

雁聲蛮語送秋光，泪灑風塵逐隊行。靖節縱杯非爲酒，右軍愛嗅豈憐香。誰分萸佩消時難，自信萍踪作故鄉。今古悠悠多少恨，客心先醉不禁觴。

旅游何自見芳叢，秋色堪悲處處同。禁酒傷心渾欲醉，憂時未老半成翁。濺花有泪空如注，作賦無才愧不工。誰使菁葱黃落盡，蕭條彌望怨西風。

盆菊末花再步前韵

滿目朝霞亂日光，閑將盆菊位成行。心齋欲共寒芳净，胸壘難澆竹葉香。泣盡鳳麟空野狩，呼憑牛馬任他鄉。去年此際堪懷想，繞徑花開對舉觴。

盆池小菊出芳叢，恰帶離顏恨不同。花爲主人懶欲笑，髮因時變愧呼翁。枝枝含露爭清曉，葉葉凌霜傲化工。豈亦難開如世口，蕭然無語對秋風。

爲菊酹酒一絶

有花無酒負秋光，有酒無人厭獨觴。今日花開偶禁酒，倩花代飲我餐香。

有感聞帝都陷日，樞部内有尚作樗戲不知。

蕭風寒水慘離顏，安得重逢壯士還。鳳闕灰殘明社稷，雁門烽阻晋河山。榻旁寇焰縱橫日,樞府兵機談笑間。惆悵燕南驚歲晚,幾人髮竪向函關。

偶咏

四海無家日,凋傷餘此身。長歌不盡痛,強笑可當呻。烽火催人老,鄉園入夢頻。拂衣應有會,埋首甘垂綸。

工部張嶙嶺之任廣平蒙贈詩箋步韵爲別

感時悲壯共深秋,又復離情萃百憂。梅韵香生何水部,竹風幽致晋王猷。霜清卧閣官書省,雨潤行車喜氣浮。惟有故人千里外,琴樽惆悵一登樓。

和賈副將韵諱廷諫,號石夫。

幾見悠悠問徙薪,乾坤寥落焦頭人。七雄共角齊秦帝,五柳自安懷葛民。塵世空餘未了業,達觀解得無生身。千秋意氣堪相許,談笑同君一吐真。

真定懷古

恒山不改色,滹水無新波。秦庭睨璧柱,澠會競鼓歌。廉藺重國急,刎頸矢靡他。翩翩貴公子,定從却干戈。三千得一士,虎狼莫誰何。趙括空讀書,坑陷滿山阿。李牧日椎牛,單于怯不過。左車謀未入,漢幟乃婆娑。張陳善反覆,徇利未足多。悠悠數千載,惟義不可磨。時事憤滿膺,灑泪向關河。

吊徐鶴洲諱標。明時巡撫畿南,進《忠孝》《廉節》書,御獎頻行。寇至,怒斬僞使,殺身不屈。

碎符斬使驚庸人,完得臣忠子孝身。我亦輕生死未得,重來兩泪灑風塵。

自述四首

自分溝中斷，光生腐草餘。風清官署冷，月照訟庭虛。問俗朝馳馬，焚香夜讀書。静觀得物理，坎壈氣仍舒。

吾道誠居易，誰云世路艱。盟心惟白水，當目有青山。政簡刑書省，官清署吏閑。祗將平反意，歡笑博慈顏。

坦率任天真，寅恭共德鄰。吏稀因地僻，僕瘦知官貧。顏厚防清夜，中癉畏老親。吾人各自寶，三復在焚身。

傷時魄欲落，代匱忝新恩。夢幻桑田變，律吹黍谷溫。涕流思賈傅，圖繪擬監門。經世愧無策，駕言返故村。

偶 成

循環消世運，忠孝不焚書。管子功名小，王陵事業虛。韓僕須匡漢，曹瞞竟得徐。悠悠今古意，憑吊共欷歔。

詔至兼聞大兵已出居庸賦此志喜

中外一家日，乾坤再造時。賣刀歌浩蕩，扶杖舞綸絲。山左無遺孽，關西待義師。佇聞笳鼓競，齊唱太平詞。

神舟無净土，掃蕩賴良謀。吐握勞元輔，干城裕列侯。旗翻星日動，兵洗霧風收。指顧三秦定，鐃歌喜氣浮。

續天籟集歌

憶余南渡秦淮水，挾家浮宅避軍壘。脫幘時窺柳岸外，鳴榔誤入桃源裏。朗吟得句灑清飈，自譜新聲按玉簫。花前傾倒十千酒，月下遨游廿四橋。燕子磯頭風景別，梅花香裏過佳節。西江羅戴兩高人，聲欸春晴飛白雪。江天漠漠效垂綸，襟期悠悠史道鄰。折節大開孫弘閣，推心不計黃憲貧。堤工分理堪瀟灑，嬌鶯坐聽垂楊下。更喜同曹鍾子期，吟風弄月共高雅。鷗影徐移畫舸邊，蟬聲急噪夕陽天。譚禪時對玉庵子，消夏閑哦天籟篇。天籟優游追往迹，轉蓬泛梗成今昔。清淺一望滄海田，渺茫萬里天山石。摐金伐鼓度武威，百折窮荒見鳥飛。野燒頓迷居延道，鳴笳遙見射雕歸。擐甲曜日森相向，倚劍臨風客心壯。豹略不數驃騎功，龍韜更居麒麟上。羌笛橫吹關月清，寒風颯沓塞鴻聲。戍樓角徹殊鄉夢，刹舍鐘敲故國情。達觀自喻靜中獨，無功鄉敞居可卜。何必得醉不為家，酣時高咏倦時宿。時時得趣琴無絲，往往適情韵出詩。安土樂天四無愁，清聖濁賢一中之。樂極當年缺地國，浮雲此日盡天北。陽和有脚度春風，蕭疏無心悲秋色。君不見調調刁刁天籟吹，枅圈洼臼無不宜。前者唱于後者喁，山林畏佳各自如。我亦啁啁而切切，如物順時以嗚咽。地界推遷不住身，天真歷落猶存舌。

乙酉暮春賈石夫贈詩并約花前之期依韵①

下馬吟行綠野堂，將軍武庫裕文章。地因名士聲靈壯，花為詩人次第芳。客裏酣歌憑古調，病餘閑管紀仙方。春光駘蕩撩情緒，采勝先期興已狂。

賈石夫邀集寄清園作韵

登高感舊嘆凋殘，開柳新風未覺寒。俯眺芳茵迷曲徑，平臨月色縱疏觀。胸中澤夢三千界，座裏花光十二欄。更愛主人能作賦，雲如意氣雪如肝。

傷心春色已經年，虛負流光思避賢。携酒登臺增別致，好花當月倍生妍。回廊暗度海棠雨，曲磴斜開楊柳烟。勝地兼欣逢妙主，篇篇珠玉皎風前。

---

① 乙酉：順治二年（1645）。

仲夏之任河西留別朱易州彬予朱前任州捕以功朝見特膺厚賞

棠陰如舊歲時新，召父重來迥絕塵。月夜一琴無長物，桑田匹馬見天真。黃金獨賜神明守，上考應推撫字人。自愧譾才揮遠地，清華拭目映楓宸。

別易鎮餉司藺信宇華陰人

環山削立壓城頭，亞相分籌壯貔貅。轉餉功高推首第，談兵氣勁藐封侯。三季無限同舟意，萬里獨懷去國憂。匹馬函關山色裏，君家歸夢相尋不。

賈石夫折柳贈詩依韻爲別

迢迢客路亂心旌，況復蘭襟動別情。悔向人間留姓字，羞從天外博功名。喜來青眼聲相應，夢破黃粱氣自平。無那秦關非舊日，漠然徒見華峰崢。

柏井驛和魏年兄韻

征途良不苦，勝地客中偏。萬木禽聲異，千峰雨氣連。行旌搖碧落，立馬鑒清泉。處處愜幽興，未知趨極邊。

蒲州渡河遥瞻西嶽

策馬西風渡曉暾，俄驚流峙壯乾坤。鑿通星宿天邊至，秀削芙蓉域內尊。怒浪翻空渾欲動，突峰壓岸勢相吞。舟人指點秋容裏，不爲悲秋欲斷魂。

問渡蒲津塵眼開，湊成山水兩奇哉。龍噴九曲排山去，蓮秀三峰侵水來。隱隱關門浮紫氣，蕭蕭河上長青苔。千秋不改長安道，感事歌噫頓欲哀。

望嶽用杜工部韵

　　華面真如何，蒼茫概未了。中峰常自雨，絶頂有殊曉。空翠隱仙人，遨游輕疾鳥。心神飛越問，頓覺乾坤小。

望嶽追和杜工部

　　域内名山推華尊，奇峰秀削出天孫。三秦幾許丸泥地，九派應如覆水盆。玉女空濛迷處所，仙居縹緲暗重門。何時謝却風塵日，尋得希夷問道源。

隴州和壁間韵

　　關山萬里思悠悠，遠道生悲兼爲秋。隴坂不通客邸夢，鸚聲偏惹故鄉愁。頑雲巧結淋鈴雨，積水長含嗚咽流。極目西天增悵望，沽來醇酎且相浮。

　　沈寥天氣倍堪愁，回首白雲萬里浮。空嘆鳳鳴經隴上，偶聽鸚語識邊州。感時易下中原泪，傷別難登塞外樓。自爲酒泉聊避世，非關投筆覓封侯。

夜度關山

　　關山深鬱不堪留，落日西風添旅愁。人從鳥道穿雲窟，馬和猿哀嘶暮秋。蒼崖古木洪荒近，曲磴回溪天地幽。向晚停驂無宿處，厭聞瀑布湧長流。

望長寧驛

　　天高氣肅見鴻飛，山曲林深烟火稀。幻起閑雲迷去徑，懸空瀑水濺征衣。幾多花鳥失名字，間有耕樵隔翠微。寥慄秋風堪灑泪，可禁遠道更殘暉。

宿關山

　　沿牒萍踪歷隴州，秋風獵獵上旌旄。天隨曲折當頭見，地湧濚洄距馬流。幽鬱深山林鬼嘯，蒼茫落日旅人愁。夢魂欲別邊關去，一夜蛩聲未肯休。

度分水嶺用盧照鄰韵

含悲陟隴坂，灑泪望長安。徑轉高無地，林深低拂冠。瀑流嘗帶雨，嵐重早驚寒。心死羊腸險，眼穿鳥道盤。秀巒互掩映，惡石遞凌干。舉足踏飛雲，當頭瀉急湍。長松風獵獵，絕壁月團團。賴藉有知己，頓忘行路難。

登大隴山步前人韵

艱難稱蜀道，秦隴最先聞。腸從關下斷，水厭嶺頭分。向晚悲秦月，凌朝恨楚雲。旋歸知何日，回首嘆離群。

入秦州界用盧照鄰韵

嗟嘆長懷登眺中，傷時豈但感途窮。山城寥落女垣在，穴處蕭條甕牖空。盡是鳩形號積雨，半皆葛屨禦寒風。惟餘隴水無情緒，不改咽如今古同。

清水署中讀魏昭華年兄詩步和

犯冒薄寒入隴頭，澗聲悲咽無時休。秋風動地引歸思，明月各天照別愁。跡寄種瓜思邵子，踪高辟穀憶留侯。何年得遂拂衣志，閑傍溪亭效枕流。

清秋夜度隴山頭，凉月照人人未休。言鳥空多無遠耗，泆泉偏繞引行愁。停旌虎石追飛將，飲馬街亭問武侯。得字壁間賡白雪，敢將餘唾競風流。

蘭州肅園同李君正韵

肅王臺榭傍城開，悵望登臨虛睿裁。此日笙簧聞鳥語，當年鐘鼓震龍雷。仍餘青嶺千重出，不改黃流萬里來。欲問彼蒼無處所，相將游玩轉生哀。

贈梅月主人李君正

梅花映月月如人，心迹雙清迥出塵。皓魄堪親邀竟夜，香魂結侶占先春。南樓酒興知無敵，東閣詩才羨絕倫。此日調羹稱巨手，清虛佇步近楓宸。

早　行

絕域衝霜起，孤城帶曉暉。天寒日色薄，路細人踪稀。羌笛驚歸夢，邊風脆客衣。酒家無覓處，促僕叩山扉。

張掖對雪用蘇公聚星堂韵

胡天雲凍開風葉，萬里祁連散古雪。塞上殘烽濕不起，樓頭悲角咽如絕。乾坤一色無清濁，造化賦形肖曲折。勢壓焰山飛鳥斷，迹欺青塚行人滅。劍凝星斗月相輝，旗捲蛇龍風自掣。賞酌難求桑落酒，覆袍應賜錦江纈。佛地近連真雨花，玄談超忽幷霏屑。更深疑曙迷偵騎，邊遠驚沙眩戍瞥。乘宵暗襲將軍令，衝凍時窺譯史說。堪憐戰士解重圍，指墮層冰身著鐵。

酬贈魏年兄巡歷河西步韵

玉關佳氣饒菁葱，驄馬遥臨歌舞同。雪嶺橫浮霜簡白，文星高照彩雲紅。登車薄震來番長，扶杖觀成走社翁。萬里烽烟從此静，耕耘無事樂春融。

幾年別夢繞鳳池，此日邊城共客巵。攬轡特勞周柱史，乘驄群擁漢驃騎。蓄睛豹隱同披霧，抵掌龍韜似印泥。百二河山歸底定，萬邦屏翰足型儀。

魏年兄以詩賜教即步韻爲別

憶昔踏花氣共豪，分符相傍五雲高。乾坤寥落官情冷，山海遥深魂夢勞。天假奇緣驚折柳，地防殊域競懸刀。乘驄人羨回朝日，金石全銷見我曹。

亂來消息苦無真，蓬徑原甘仲蔚貧。萬里乍逢天外地，十年嘗是夢中人。怒風疾景荒山道，疏木寒烟遠使臣。別後思君君不見，把詩吟咏遣悲辛。

贈劉大將軍旋師歸鎮

上將擁旄膽氣雄，倚天寶劍吐長虹。密探玉帳占黄氣，冷著鐵衣抱赤衷。回紇更誰窺滿月，赤斤相與讋英風。心盟秋月冰壺裏，身許金城玉塞中。已見氈裘競趨走，堪憐鞍瘃傳刁斗。魂銷贊普盡枯楊，凱奏亞夫罷細柳。萬里無聞豕突人，五凉共嘆鷹揚叟。金鐃露布未寬懷，短蜮長鯨慮伏肘。三軍呼起動天山，萬隊威揚出玉關。指日墩煌歸禹貢，立清瀚海舒龍顏。神兵赫赫知無敵，鳴馬蕭蕭仍自閒。滿腹甲兵窺不得，凌烟圖畫杳難攀。

丙戌①初春固原有變按君魏昭華檄調甘兵以旋就蕩平移文中止聞音欣慰署壁間有近惠佳律尚未屬和遂援筆步韻以志懷思

心弱容愁恨不禁，別思繚繞動遥岑。蝶魂驚值傳烽火，魚素欣逢報凱音。白簡飛霜筆作斧，青春麗日繡爲襟。幾時笑語陪驄馬，解榻招邀連枕衾。

送彭年侄還鄉

百二秦中地，五千里外身。天殊骨肉少，時險性情真。日暮偏愁

---

① 丙戌：順治三年(1646)。

客,春寒更著人。關河無限意,夢逐馬蹄塵。

條風迎客路,落月憶天山。燭冷元宵夜,雨衝寒食關。馬上長芳草,塵中慘別顔。飛鴻應不斷,矯首注雲間。

寄彭年侄時因路梗暫住蘭州

見爾非無日,別來摧我心。秦關烽火急,蜀道陣雲深。時亂家何定,山荒寇不侵。并州勞望眼,彈指待成擒。

遥同魏昭華游覽五泉

雲磴盤重嶺,瑶峰孕五泉。落珠明削壁,飛雨灑晴天。洗耳塵根斷,濯纓勝迹連。恨無縮地術,促膝醉清玄。

遥同魏昭華再游肅園

傷心禾黍地,刺眼故崚嶒。興廢感樵子,蕭疏愧野僧。臺高天宇擴,風定波光澄。歌舞今何在,悲吟續友朋。

和盧德水侍御古字詩[5]

丙戌①初夏,得盧侍御書,附寄《古詩》一首。因十二韵中有十七"古"字,命曰且云非敢如世所云漢魏以來五言古詩也。初,不少諱預刻殉石,候諸大歸,先兹板行,助故人杯酒歡緬,想高雅倍增鄉思,有感附和,難免效顰之誚,聊志嚮往云爾。

古人惜簪履,古處故人歡。古貌與古心,遥天起寤嘆。烽燧閱古代,鷄檄共馬鞍。沙漠慘客顔,空懷古忠丹。吊古多長策,其如天步難。所慰邊風古,古迹未盡殘。青青漢妃塚,古曲夜月彈。屹屹古金城,老將謀治安。嗟余時不古,弱力對狂瀾。萬古終有盡,乾坤一大棺。勛名歲序促,杯酒古今寬。古書供笑傲,古木撫盤桓。居今古與

---

① 丙戌:順治三年(1646)。

稽,風塵迥不干。

五日劉總戎邀飲西郊

麥秋新霽好,天中況佳節。大將扇揮羽,三軍衣解鉞。符縷各家同,風光到此別。芳筵開近郊,遠岫明古雪。流木花間過,鮮妍肖曲折。伶人動清歌,急管韵幽咽。時泰官餘閑,情忘笑聲豪。芳醑進蒲葡,玻璃映澄澈。吹笳舞氍毹,駝酥試新囓。苜蓿嘶宛馬,松竹鳴鶗鴂。襟期迥脫凡,玄言霏玉屑。佳氣籠西夕,高興未能輟。胡樂亦堪聽,邊芳儘可擷。炎凉世態更,久要肝膽熱。由來平勃歡,不隨金石裂。齷齪兒女態,我豈非人傑。羲馭不暫停,駒陰一瞬瞥。連環我自解,糾纏静中切。真率多徜徉,幻情蘊硁硜。禍福本無門,妄念爭起滅。蕭艾原無靈,彩絲豈能掣。坦夷任造物,壘塊付麯蘗。開襟見情愫,舉杯吐心血。青山供偃仰,白雲可怡悦。醽醁滿斝酌,回環競稠迭。恐貽榴花笑,達觀步往哲。牧笛歸村夫,野戍角聲徹。繾綣情無已,酣放興奇絕。

仲夏同劉總戎裕吾羅兵憲績初再游南郊

出郭步良辰,地偏心無擾。喜來曾游處,種種越塵表。葳蕤吐鮮芳,琅玕抽新篠。錦蝶何栩栩,綫柳自嫋嫋。拂檻亂山多,經門一注小。穿簾飛乳燕,隔林度歌鳥。仰觀白雲翔,俯視丹花繞。臺高縱目擴,舉杯酌樹杪。蘭亭致不凡,竹林興亦矯。悠悠千古間,遐想月出皎。不記初游時,新火起清曉。羯鼓催芳苑,雕翎中深窅。歌舞罷聞角,野哭猶未了。大地一浮萍,萬物盡蘿蔦。龜靈祇自愚,彭壽未非殀。達者悟此理,拓宕何所繳。

又偶成一律

招邀迨暇采芳蓀,翠竹蒼松負郭村。一徑花光侵碧水,千峰雪色落清樽。繰車遥和嬌鶯度,麥浪平浮乳雉翻。回首中原戈未息,天高地僻静風喧。

仲夏同劉總戎羅兵憲登一覽樓俯觀社戲

茫茫天地間,河西別郡宇。我本東海人,飄飄駕殊土。羊腸遞飛鳥,馬迹連哮虎。亂後但孑遺,荒餘盡莽鹵。榻旁伏敵國,時或來外侮。下車動惻然,皇恩慚未普。至誠格豚魚,深心惟一撫。雅濟賴同舟,交歡無所迕。情已洽軍民,心并革番虜。農畝出乳泉,天和降靈雨。報賽答神功,樂意傳鐘鼓。嬌娃蒲酒春,壯士蓮鍔舞。引鞬驃裏飛,比絲鸚鵡吐。胡珥巧錯落,羌笛韵娥嫵。戍樓戢烽烟,闤闠羅干羽。奇樂戒莊生,太康警前詁。顛翻胡至今,暢哉驚未睹。回首望中原,何處是安堵。蜀隴困餘孽,越徼煩破斧。地僻物無争,人棄天所取。吾儕豈偶然,大觀破迂腐。

重游任氏園亭

君不見青青壟上麥,方苞穎栗時相迫。君不見燦璨園中花,輕盈飄薄逐風斜。金丹未絕紅顏老,荏苒風塵何草草。蝸角蠅頭空懊惱,鼠肝蟲臂豈終保。回首息機須當早,舊游狼藉重爲掃,今番直任玉山倒。

楊花歌

楊花楊花何其多,彌天雪霰舞晴和。游絲斜引撩芳莎,落蕊高牽度錦波。恰似二八嬌嬈弱,馬馱輕盈楚腰態。婆娑長袖飄飄鬪綺羅,小垂大垂幾回過。陌頭葱鬱織鶯梭,少年夫婿渺關河。妝罷捲簾嚬素蛾,惱殺楊花情無那。

佳人乘騎

賽神戲社邊城俗,何來娉婷顏如玉。斜綰雲鬟盤作鴉,笑舒秀蛾雙黛綠。紅襟翠袖巧結妝,錦韉金鞿驟騙騮。嫋娜腰枝疑蝶舞,飄忽容花鷩燕翔。翻身作態勢傾反,當場壯士失顏色。引轡電驅不動塵,纖纖玉手珊瑚策。吁嗟乎,佳人戲騎疾如飛,環轉盤中走珠璣。乃有儼然將軍臨重圍,縮朒逡巡扶馬歸。

鶯粟花

春色難留嘆歲華,翻驚深夏見鶯花。酡顏暈酒情偏媚,素質霏香態自嘉。玩去不辭芒履濕,折來戲插籜冠斜。邊城有酒須當醉,傾倒西園噪暮鴉。

六月菊

菊綻重陽有自來,驚看冒暑報花開。盤桓欲漉陶潛酒,采掇生香袁紹杯。

七夕

涼宵露坐問星姑,天上歡逢定有無。機石停時情脉脉,鵲橋渡後意瞿瞿。經年別淚隔清漢,一夕神光散白榆。疏懶餘生甘養拙,笑觀稚女乞庭隅。

秋日得秋嶽曹年兄書并賜佳律步韵四首

投竿無不可,豈效任公漁。風月悲游子,松筠憶舊廬。千秋供伏枕,萬事罷懸輿。識得浮名誤,早焚架上書。

老態感歸鶴,壯心愧曉雞。乾坤沙磧盡,雲樹海天西。吟興破愁國,鄉思付醉泥。何須搏九萬,潦倒一枝棲。

近事誰相問,夙心久自灰。道存堪棄屣,舌在欲含枚。屋漏還羞影,英雄偏畏雷。秋風吹別淚,腸斷未堪回。

客懷生絕塞,慰藉賴芳園。萬里魂知怯,雙睛世罕溫。鄉雲低隴岫,邊月到蓬門。三徑歸何日,荒籬老竹孫。

塞下歌五首

何人橫笛白雲間，風月淒清近玉關。萬里黃沙春不度，梅花驚落滿天山。

寒峰突兀倚秋高，漢月孤明照錦袍。何處角聲入夜急，將軍俠氣滿弓刀。

雪山寒景散高秋，天外濁河入塞流。觱篥不堪吹落月，還兼斷雁送鄉愁。

萬里征人一字難，歸鴻相托碧雲端。無情最是邊城月，獨照閨中生暮寒。

清秋大漠客行單，薄暮征途尚未安。白草風驚蘆葉語，黃沙月照髑髏寒。

俠　客

雲凍風尖白草枯，俠客裂眥憤高呼。龍媒電轉鐵連錢，猿臂霜凝金僕姑。氣吞陰山怒噴薄，鹹斬樓蘭血模糊。歸來恥向論功次，醉擁當壚自丈夫。

步曹秋嶽年兄韻四首

駝棘神傷頻歲年，達人先氣恨啼鵑。千山笛送黃羊月，萬里秋生白雁天。書債尚逭煩墨客，醉鄉聊卜付觥船。寥寥舊侶今何處，悵望魂銷大漠前。

高秋寒色落天山，秦月淒涼照漢關。蘆酒未堪銷舊壘，菊花何自對新閑。檄書草罷時狂走，金甲著來幾許還。大地寂寥風景別，甘從絕塞度蒼顏。

沙漠驚飛尺素魚，秋懷渺渺露霜初。荒天廓落多新淚，游子飄零憶故居。愁結懶爲王粲賦，恨來欲盡祖龍書。何時樽酒論心事，小摘盤餐意有餘。

一片素心古鏡明，沉淪絕域嘆浮生。眼前花鳥渾無賴，夢裏關河恨不平。萬里寒光同月色，滿庭蟲語散秋聲。自知白雪歌難續，破悶聊爲出塞行。

園　譜

園譜序

中山公子牟謂瞻子曰："身在江海之上，心居魏闕之下，奈何？"瞻子曰："重生，重生則利輕。"公子牟曰："雖知之，未能自勝也。"瞻子曰："不能自勝則從，神無惡乎！"嗟乎！公子牟以魏闕之身而身江海，是昧於無礙之天而迷於可易之地也。心無天游，則六鑿相攘。大林丘山之善於人也，亦神者不勝，是神之取惡固已早矣。余嘗讀《易》，有會於樂天知命、安土敦仁之旨，而知境不足以累心，心自累也，境亦不足以適心，心自適也。吾心中自有樂地，選勝於山川，尋奇於花鳥，惑已。吾心中無非樂地，視簪紱爲桎梏之具，輕民物爲纏繳之場，愈惑已。余自幼學以及强仕，地有平陂，時有窮通，遇合屢遷，襟期不易，居江海則江海之樂真也，處魏闕則魏闕之樂大也。叩其所以，惟靜觀自得，輕重較然，無擾我元神者而已矣。

乙酉①之秋，渡河而西，羊腸鳥道，萬里孤懸。人皆曰此險途也。余曰：有吾居之易在，何天不樂，何土不安，雖番漢雜居，人情驕悍，全以易道處之，若烹小鮮，若治亂絲，政如虛舟，刑如飄瓦，久之而軍民相信，揖遜成風，蠻觸不起於國中，虞芮盡化於郊外。當斯時也，官無位然，庭無胥然，營衛無什伍然，井閭無百姓然。青陽既謝，朱炎初啓，閑游西園，無物不適。草之夭，木之喬，皆我生意也。蛙之鳴，鵲

---

① 乙酉：順治二年（1645）。

之噪,皆我天機也。外于于而縱步,中油油以會心,時得意以忘言,間應手而舒襟,總計得詩廿首,雖不足頡頏往哲,聊據寫樂趣云爾。至園中名勝疊出,流峙天然,一似行山陰、游若耶、入武陵、覽輞川,語不能悉,約略可指,已大概譜於諸篇中,不煩贅爲譜也。

是爲園譜序。

西園偶咏

王孫芳草又萋萋,萍逐風塵萬國西。世事黃粱催客夢,人情紅葉止兒啼。静觀大道疑窺牖,閑步小園學灌畦。到處忘機堪自得,花前傾倒醉黃鸝。

草色花香入望新,身經絶域見餘春。狼烟不起無官事,雀角稀聞閑吏人。鎮日清幽看抱甕,有時疏散伴垂綸。何須嘆息東皇去,款步晴和到錦茵。

西望崑崙欲到天,五凉別是一山川。千村雨潤浮花浪,萬竈風和漲柳烟。政簡不煩留治譜,詩成漫效裁雲篆。閑將稚子游芳徑,觀罷名園盡日眠。

乏承周召分獸地,尋得孔顏樂處情。此外浮雲憑聚散,箇中妙理自分明。花因得趣生香繞,鳥爲息機戢翼行。緑水青山無限意,卷簾坐對午風清。

餘清堂

堂高地敞有餘清,長日閑消絶送迎。近倩盆花恣點綴,遥來梁燕慶生成。鐘聲隔壁飛僧語,簧韵摇空聽鳥鳴。莫謂遐荒多寂寞,西園仿佛到蓬瀛。

藏春齋

一齋雖小可藏春,賓主相忘見率真。花影參差連月牖,爐烟縹緲斷風塵。嘗懸木榻留高士，閑倚書幃作散人。興到歌呼每縱酒，簪纓典盡不知貧。

翠環亭

翠光環繞此亭中，净秀無塵四望通。檻外嬌花呈婉媚，池邊游絮度晴空。幾畦菜甲開新雨，百囀鶯簧送曉風。退食每因成勝賞，頓忘身寄玉門東。

濯纓池

偶然乘興濯纓池，雲影天光物色宜。燕掠翩遷恣上下，蛙吹雜沓爲公私。閑聽龍吼知泉度，静看魚游蹴浪移。衙散風清無箇事，剥敲人鬥花邊棋。

曲觴渚

閑游枉渚效流觴，暢叙情幽夏日凉。地曲如環連密座，杯飛競渡儼分行。蘭亭修禊人千古，苔徑探鉤酒一鄉。指顧駒陰真足惜，何嫌傾倒落清狂。

覽勝坊

西園名勝覽無餘，佳處留坊表麗居。一派泉光穿曲徑，四圍花氣染輕裾。管弦韵度晴雲駐，鐘磬聲飄夜月虛。此地儘堪供笑傲，昨宵況得故人書。

消夏臺

數株古木傍香臺，長夏可消爲汝來。嫩綠芊綿妝曲徑，淡黄摇曳斁輕埃。一灣清淺衝人度，幾隊呢喃傍子回。坐久不知人世在，科頭酣放問新醅。

木假山

遠游已厭荒山道,燕處翻憐木假山。極塞風霜凝傲骨,滿庭花鳥映蒼顏。静觀疑對烟雲繞,賞勝恰臨蓬島閑。米老如逢應下拜,公餘瀟灑任迴還。

浣花橋

浣花橋畔小亭西,片片香風砌紫泥。晚艷猶餘妃子笑,深林不斷錦衣啼。陰晴未卜人情險,開謝何嫌物理齊。點筆石欄渾漫興,狂吟時向芭蕉題。

乘風閣

倦時高興一登臨,冷欲乘風去不禁。繞座山光聳遠翠,憑欄雲氣濕輕襟。香飄書韵空中轉,静聽棋聲覺後尋。堪愛清飆供快意,紅塵隔斷幾層深。

芍藥欄

覺來午夢倚欄干,芍藥枝枝放錦團。嬌態含光迎日麗,姝姿吐媚殿春殘。香侵睍睆流鶯醉,色映翩翻舞蝶歡。愛玩名花應解語,有情能禁幾回看。

楊柳溪

無事相將楊柳溪,依依搖颺籠芳堤。晴光淡蕩增花媚,雨意溟濛帶鳥啼。坐卧不知林影變,扳援欲過水亭西。從容自覺羲皇在,閑向莊周問馬蹄[6]。

翠亭晚讌

香艷繞亭物色新,談玄箕踞岸綸巾。高懷自放青天外,狂興相忘碧水濱。歌動游魚潛出聽，坐深倦鳥暗窺人。清風遙送林間月，琴譜茶經可細論。

襟期了了不須猜，傍柳尋芳殊暢哉。縱覽狂吟題綠竹，閑游逸迹印蒼苔。月明剛及臨書牖，花影公然上酒杯。相勸莫辭今夕醉，呼童短調鼓行催。

池上偶成

披襟池上藥花初，促膝臨流問摘蔬。未許塵氛侵靜塵，祇留雲水繞幽廬。人看波影常搖月，鳥浴溪光不礙魚。款語夜闌猶有興，數聲長嘯入空虛。

閑題西園

輕暑堪除松竹間，穿花小徑弄潺湲。碧林風煖鶯聲嫩，瑤草雲深鶴夢閑。焚香精舍時揮麈，待月空庭不掩關。清興翛然出物表，塵心胥向靜中刪。

芍藥

彈指春光類急湍，驚看紅藥□雕欄。濃堆錦繡光堪摘，秀奪雲霞色欲餐。采韵天香姑姊艷，選芳富貴弟兄難。傾城丰度莫輕折，佇候仙姬降彩鸞。

金蓮

人倚西天競學禪，突從陸地湧金蓮。弱莖裊裊含嬌舞，嫩蕊娟娟帶笑妍。蘇翰曾聞銀燭似，潘妃今見香踪傳。浮生已得無生理，好采仙葩供佛前。

謁關聖廟 廟在園中。

萋萋塞草歲時新，不改桃園萬古春。炎漢衣冠隨世代，亭侯骨氣自嶙岣。松筠色古風雲護,沙漠烟消俎豆均。敬采名花將一藻,英靈永爲絶氛塵。

【校勘記】

[1]想:《〔乾隆〕直隸易州志》作"息"。
[2]臺:《〔乾隆〕直隸易州志》作"樓"。
[3]斝:《〔乾隆〕直隸易州志》作"砧"。
[4]能共:《〔乾隆〕直隸易州志》作"與世"。
[5]和盧德水侍御古字詩:詩題原無,據原書目錄補。
[6]蹄:原作"啼"。此用《莊子·馬蹄》典,"啼"顯係形誤,故改。

東園詩集卷之四

丁亥①歲出都二首

欸見乾坤闊,始知羅網虛。孤臣多謗篋,明主盡焚書。泄泄穿林鳥,洋洋縱壑魚。南柯春夢足,灑灑遂衣初。

市上原無虎,杯中詎有蛇。豁然天日出,飄爾雲林賒。綠踏王孫草,紅歸酒肆花。停車時問僕,屈指幾還家。

真定旅舍二首

離久驚初見,疑深夢裏回。死別晨昏事,生逢隔世來。積愁將破笑,溢喜反成哀。款語終宵坐,息機願不材。

仕路餘歸路,罷官勝得官。浮雲識宦況,春夢悟彈冠。乍益妻孥喜,轉添風木酸。萱幃已昨日,猶思問加餐。

還里二首

聞見渾猶昔,身疑化鶴丁。徘徊桑梓意,悵望杯棬情。薏苡憐明主,旌幡仗友生。盡辭塵中事,散步往來輕。

炎涼雖世態,忠孝自家風。霜露鐫明德,歿存荷令終。一經勤穀似,百畝侈年豐。耕讀無餘事,譚禪到法叢。

---

① 丁亥:順治四年(1647)。

酬蘇念伊先生步來韵

野性那堪對冕旒,疏慵敢謂效巢由。人憐僻地花盈砌,天與清秋月滿樓。浮白倒樽酬節序,談玄握麈[1]競風流。歡逢高士連鄉井,佳句吟輕萬戶侯。

園中二首

畦徑隨人曲,林塘帶鳥幽。刺空塔影直,循岸水聲流。停渚蓄雲岫,坳堂試芥舟。閑餘松石夢,忘却滄桑愁。

鶬亭花色亂,漁座水痕侵。是石可醒酒,無林不好音。梵聲隔壁小,雲影落池深。竹月晴堪弈,松風暗入琴。

和念伊先生雞冠花詩二首

烟籠丹頂燦奇葩,無數錦雞鬥麗華。涼夜舒羃交素月,晴旭驤首映朱霞。群芳恰有彈冠慶,異彩堪同吐綏誇。祗爲主人筆五色,文思益溢滿庭花。

眉山藻翰煥靈葩,燦爛雞窗呈物華。絳幘妝凝桐上彩,紅綃舞亂鏡中霞。鍾書赤玉堪留艷,韓句丹砂可借誇。天爲幽人儲勝地,特鍾緯宿發名花。

田間二首

巡晴偶出郭,綠靄接村浮。吠翠深林犬,眠雲曠野牛。人無城市氣,語帶烟霞幽。爲問荷鋤者,何如客歲秋。

微雨潤隴畝,輕風清笠簑。逐門場圃就,繞舍桑麻多。斷續遠村笛,婆娑賽社歌。農人喧笑語,滿祝伏天和。

書舍二首

安閑得僻地,灑脫未爲官。香入清心妙,□逢静目歡。圖書素事業,山水臥游看。鎮日無來往,狂吟天地寬。

機息塵心盡,身閑逸趣生。書聲及晚静,琴韵與秋清。彩筆臨花借,短歌倩鳥賡。林端初月出,獨坐倍含情。

郭五芝明府遷上郡別駕賦詩留別次韵爲贈兼寄霞餐年兄

驪聲愁聽斜陽時,琴韵風清餘四知。五馬英蜚高贊治,星屏輝燦見型儀。菜容立起邊方瘠,棠陰環歌歲月遲。自是君家有政譜,堪思小阮潯之湄。

贈別霞餐再次前韵

宦海風波無定時,塵生甑裏鬼神知。蕭條自足明真性,疏散何妨頹令儀。月静吟亭聲嫋嫋,日喧花榭影遲遲。蒼生未絕回春望,肯任徜徉潯水湄。

游慈雲寺

空階秋葉下,石室冷雲深。花雨何時落,毫光未可尋。松風吹梵響,水月悟禪心。世外僧房寂,惟聞鍾磬音。

贈默持上人

寺幽花徑邃,僧淡竹林清。色相渾無著,塵根總不攖。法傳三昧妙,燈禮一枝明。悔作塵中客,難忘蓮社情。

寇 變

青蠅多點素,修蛾易生妒。我本蓬蒿人,苦被微名誤。抽身挂冠回,年光欻已暮。勞勞婚嫁畢,五嶽圖良晤。轗軻生不辰,太白光犯庫。紅巾何紛攘,綠林嘯無數。萬竈冷縱橫,百雉失盤互。嘻嘻社鳥鳴,熒惑日驚顧。井廬盡丘墟,性命危朝露。爲歡幾何時,所親半隧墓。摧裂難爲容,形神交欲仆。痛極呼生成,艱難悲天步。滄桑有變遷,陵谷非其故。濯龍且爐灰,巢燕何能固。一身猶贅疣,長物遑足慕。失馬未非福,賀貧良大窘。不見瀛海間,流離泣日慕。我尚未移家,蕩泯何必訴。

戊子①春張道士種梅道院詩以贈之

鋒梅稚葉吐仙姿,移種玄宮新火時。胎綠莫噴含尾蠶,孕紅未笑猜黃鸝。色搖林幕鶯聲嫩,影蔭苔茵鶴夢遲。相對道人渾不語,箇中機趣窺阿誰。

客舍偶成

嬌鶯嬋柳綴芳春,感事無端逐馬塵。公冶雖然牽聽鳥,曾參原是誤傳人。萍漚事業消閑夢,傀儡功名付釣綸。我欲游仙仙不得,相從壚酒見天真。

宿茌平

望停馬急度,怯過鳥深投。道周苔鎖合,木末潦痕浮。墟里炊烟少,荒城落日愁。邑侯多妙算,更起一層樓。

平陰道中

山城春氣冷,荒野井廬稀。水逐行人轉,雲連宿鳥飛。紅歸枝杪澹,翠落馬頭微。詢僕村烟遠,青蒼暗濕衣。

同溫虞白明府游趵突泉拈韵得一先率成四首

七十餘泉獨佔先,游人選勝好談玄。暑翻銀漢攜秋至,晴湧鮫宮帶雨懸。爲問源流有本處,但看晝夜不知年。千秋興廢浮漚上,萬里乾坤濯足邊。

---

① 戊子：順治五年(1648)。

仙壇巋敞壓名泉，終古晴雷轟檻前。飛潤遥蒸千岫雨，流膏曲灌萬家田。驚瀾閱盡黃粱夢，嘆逝吟翻白雪篇。疑似飇輪出世外，玉欄倚遍不知旋。

　　塵界何緣訪倔佺，偶來泉上采田田。地靈直湧三珠樹，水闊平鋪萬錦川。龍窟暗通滄海氣，仙家高敞大羅天。誰謂蓬瀛不可到，頓忘身世兩悠然。

　　地近滄溟鍾氣偏，天開靈景浣風烟。瓊珠亂引紅衣泛，碧玉長涵翠帶牽。乍到沸聲驚静署，坐深暑意散清漣。閑捫苔蘚識題咏，今古升沉感昔賢。

又同虞白公游大明湖探韵得三江率成四首

　　賞心欲教客心降，避暑尋幽問畫艭。蕉鹿世情談舊夢，樵漁天籟出新腔。雲籠湖岸風塵净，雨促歌筵笑語哤。游罷頓忘歸徑晚，陶然策蹇渡徒杠。

　　一葦何殊泛大江，旅愁謝盡付罌缸。清芬荷氣飄歌袖，瀲灩湖光射寶幢。風瀉松濤韵謖謖，雨添泉勢響淙淙。閑敲棋子乘餘興，花裏竹扉吠小龙。

　　湖景清幽見大邦，畫舸面面敞蓬窗。喜觀魚樂同吾樂，笑對人雙近鳥雙。歌信游情聲自誤，狂乘酒興意猶扛。天真相率渾無忌，故作詼言語氣撞。

　　夢裏知交意自厖，携來桑落渡湖矼。葭天風送曲聲細，花徑雨催水勢洚。舟子鳴榔飛白鷺，游人傍柳絮驊騄。莫愁榆景人歸盡，起向漁家問夜釭。

附温公絕句二首

　　雨餘携手渡湖矼，垂柳濃陰繫小艭。荷露風飄香細細，漁歌勝却姑蘇腔。

坐筵湖上木蘭艖,逐隊尋幽到此龐。綠樹碧苔人寂寂,清風吹動寶旛幢。

游千佛山

千佛聳雲麓,萬家簇水鄉。溪窮松徑出,岫轉竹林藏。飛屋嵌巖古,走泉屬筰長。幽潭神欲洗,懸磴形如翔。睍睆無名曲,芉綿隨意芳。鐘聲尋鳥道,霞影漫僧房。晴和明滴翠,空秀暗凝香。蒲簟塵心淨,石牀客夢涼。衆峰聯袪袂,一派散池塘。渤海凌天動,蓬壺縮地昂。溪幽游鹿静,林晚歸鶴忙。清梵入寥寂,曇花出杳茫。沉潛聽佛法,恍惚見毫光。

登華不注

孤椒奠紫極,秀澤敞天東。三匝傳林麓,奇峰聳曙曈。芙蓉侵碧落,點黛望晴空。憶昔李供奉,客齊游覽雄。溟濛餐綠翠,蕭颯挹赤松。縹緲歌騎鹿,蒼茫伴挾龍。我來何寥落,不見綠髮翁。嶠嶺青屏列,鵲湖明鏡通。萬木擁古色,野艷醉熏風。荒刹餘頹壁,殘碣倒芳叢。謫仙昨日迹,悵望意無窮。

過廢藩故址

藩垣寥落客心驚,滄桑塵世不勝情。空餘山鳥吟花落,依舊泉流咽石聲。大明湖上玉壺春,游艇含烟破綠蘋。一派雪花橋下水,隔垣疑有故宮人。

飲池上

人游鏡裏魚游空,四壁香生菉翠中。坐久不知何日月,漁家沉醉武陵風。

晚酌

雨餘碧水清心骨,況是青天流素月。一曲陽春一度杯,催花吟板不須歇。

送溫明府投紱還里

携來一鶴唳風清,寥落深秋策蹇行。哀雁凄清驚別緒,寒蛩悲咽慘離情。夕陽回映華峰出,紫氣遥連時路平。暫製荷衣吟渭水,佇看霖雨慰蒼生。

初冬夜坐

爲憐良月月,依舊菊天清。冰報玄英出,寒添素魄明。書釭净自烱,蠹壁寂無聲。款語中宵罷,憂時百感生。

追贈南宮忠烈彭侯一律

經天殺氣爛長庚,傲骨嶙峋灑血誠。獨掌堅鳴扶墮雉,孤魂誓厲剪飛鯨。白虹日射千秋景,青史霜凝萬代名。翹首南亭時悵望,神環北斗彩光横。

又代作

乾坤正氣鍾英靈,報國丹誠貫日星。堪笑奴顏皆北面,可憐傲骨一南亭。劍花血濺千年碧,碑蘚名垂萬古青。俎豆若隨人代改,黄河西折枯滄溟。

己丑①元宵邑侯彭公邀飲即席分賦葅字清字

潘令曾稱一縣花,美人爲政倍繁華。熒煌處處輝春月,爛漫家家鬥錦霞。竹馬凌雲歌調倩,火龍飛電笑聲嘩。君民同樂逢今日,喜見

---

① 己丑:順治六年(1649)。

官清早放衙。

　　瑞雪開年兆太平,管弦聲裏度琴清。春燈亂吐千家月,霞采橫飛不夜城。對局探鈎多縱飲,嬌妝袨飾更含情。仙郎雅會乘高興,遮莫宵籌疊報更。

周文瑞首詠暮春佳什次韵十首

　　啼鳥落花行處有,憐春春去送春酒。佳人拾翠邀微行,游子茵紅集勝友。輕服適吾映碧苔,免冠隨意挂芳柳。丈夫慷慨開心顏,豈效嚅呢羞妾婦。

　　留春相計計何有,暫約東皇且縱酒。流水青山常伴人,飛花啼鳥皆吾友。玉壺晴日醉青苔,金勒和風嘶翠柳。秉燭尚圖良夜歡,久藏待我謀諸婦。

　　九十春光難再有,十千莫計縱春酒。殘紅初碧總宜人,賭彩呼盧狎醉友。綠竹叢生侵砌苔,鳴禽載好變園柳。田間莫道多窮愁,耕讀我兒蠶我婦。

　　春色惱人將不有,春光未去尚堪酒。飛紅能促殿春花,叢碧巧鈎濟勝友。座上不空北海樽,門前搖颺淵明柳。歸來三徑餘松筠,同隱更宜荊釵婦。

　　春光駘蕩幾回有,春事將闌送以酒。當席落花似趁人,中林啼鳥知求友。翩翩晴日莊周蝶,濯濯輕風張緒柳。選勝邀歡不及時,笑殺錦瑟紅裙婦。

　　渥沾春雨幾曾有,慰勞殘春猶剩酒。朗朗疏疏戀蒂花,三三兩兩浴沂友。相將野徑偏宜苔,不是離筵休折柳。游罷歸來稚子迎,如琴更喜青閨婦。

　　春病牢騷何所有,春光憔悴仍耽酒。壯思徒負青雲客,麗句堪酬白雪友。杜子曾憐一片花,賈生更咏千條柳。歸來淡靚自宜人,莫羡聘婷桑下婦。

明媚韶光無不有，爲憐春色如離酒。陶園日涉快清襟，蔣徑宏開迎好友。雨過争看欲盡花，風來亂縮成絲柳。莫愁寥落無知己，結好情深解佩婦。

一年春色一時有，日日清明上巳酒。罰數全依金谷園，幽情更暢蘭亭友。蝶尋殘夢逐飛花，鶯續嬌歌出嚲柳。烏箭暗催白髮翁，鳳簫且醉朱顔婦。

阮囊不必羞無有，陶令惜春日日酒。縱任狂抛頹玉人，唱酬喜得斷金友。數聲嬌燕伴啼鳩，幾點殘紅帶綠柳。踏遍群芳歸去來，宜言更快鷄鳴婦。

賦贈彭侯

召杜芳徽照簡編，驚傳此日見前賢。行車隨灑千村雨，怒馬旋回萬灶烟。風静琴堂無吏事，月明桑野有耕田。佇看姓字揚簪筆，梟影高騫尺五天。

己丑①仲夏與默持上人清話和壁間盧德水韵

訪友入招提，盛暑如對雪。雖無瓊琚贈，素心相怡悦。精舍時敲剥，古偈閑披閲。曲徑蒔幽芳，回廊映清蒻。采花供鶯粟，天葩爛蜀纈。鳥下梵聲微，鶴避茶烟熱。花木有餘陰，一丘藏曲折。竹几净無塵，香臺迥孤潔。余生輓近間，所愛在藏拙。僻地轉深翠，世態自炎熱。細味無生理，未酒醉醇洌。心火静中消，寂然忘時節。得意成嗒喪，竟不擾脣舌。神悟一指捷，達觀萬境徹。相勖百煉金，寧鑄六州鐵。三昧何時證，六根須早撤。會得物外身，乃爲人中傑。四大非久住，衰草伴殘碣。晨鐘時在耳，期與省者説。

---

① 己丑：順治六年(1649)。

詠蘇仲秀甖蓮

畫錦堂前鬥麗華,驚看千葉發天葩。娟娟秀色惟盟水,矯矯清標不染沙。翠蓋含風飄瑞玉,紅衣映日燦文霞。主人愛客多豪興,琥珀春濃日賞花。

酬霍工部寄懷之作

洗耳堯天敢效巢,福星密邇享清郊。河山舉目皆生事,湖海關心一故交。歌按龍吟霏白雪,揮來鳳翥舞丹苞。風風雨雨應無靳,更愛詩郵向草茅。

送魏眉毓廣文罷官歸隱

中秋爽氣入征鞍,美矣先生自罷官。種菊主人三徑晚,廣文客舍一氈寒。傷心歲月多懷古,回首烽烟甘挂冠。別袂頓成今日事,鴻書常報後來安。

秋夜二首

霜凝葭露候,氣肅草蟲秋。清渚流鴻影,涼飈散客愁。濁醪堪慰借,明月可同儔。何事悲寥落,慘淒學楚囚。

夜静霜鐘徹,天高暮雁哀。清風戛玉度,白露曳珠來。碧沼連星動,華筵向月開。狂吟高興發,佳句自敲推。

挽心竹崔太翁

悲風蕭颯薤聲傳,泪滿行塵霜滿天。鬈頰掀來如昨日,醉鄉歸去已旬年。庭前雙桂争抒茂,階下諸蘭競吐妍。爲問夜臺應自慰,佳城瑞氣正蒼然。

庚寅①元旦次日爲益甫彭侯初度詩以祝之

蓂葉再舒開泰運，椿齡初度占昌期。豐毛向日雙鳬起，清唳聞天一鶴隨。百里春融發獻歲，萬家彩勝樂清時。主君熟聽椒花語，祝客還傳柏酒卮。

東園閑咏四首

尋春何處去，樂意滿芳園。艷柳搖晴色，青苔動燒痕。野花半欲笑，山鳥盡能言。邀得同心客，沉醺撲翠軒。

澹静心常遠，遨游氣更豪。旭光怒石竹，春色醉櫻桃。水長游魚躍，風和舞燕高。晴窗無個事，狂咏反離騷。

快雨留晴景，春光散曙暉。花開滌俗目，鳥語悟天機。地僻疏迎送，人閑息是非。静觀達物理，茂對在芳菲。

得趣簪纓外，會心泉石間。松邊風澹蕩，竹下水潺湲。林静鳥聲碎，庭幽鶴夢閑。時時吟佳勝，韵語静中删。

落花八首

濃碧啼鵑樹樹同，韶光疑近過墻東。聚成艷雪驚春晚，飛作明霞點暮空。蝶繞香魂依去影，蜂憐綵色逐回風。花神更覺多情思，一片撩人綠蟻中。

冷淡芳郊樹影欹，鶯啼燕語悼春移。爲貪結翠成新幄，不放殘紅戀故枝。澗水驚流漁客入，園林傷暮騷人悲。東君一去無消息，片片飄零惱夢思。

毿毿垂柳蔭交衢，爲惜殘芳半有無。歌罷景移春事歇，酒闌人散鳥聲孤。月明浣石悲西子，雨暗金谷吊綠珠。客况不須傷寂寞，破愁

---

① 庚寅：順治七年（1650）。

還欲問屠蘇。

翠苔掩映落花饒，欲盡仍看未盡嬌。醉客有詩酬暮節，佳人無語惜芳朝。輕盈還趁舞衣亂，澹蕩巧隨歌扇飄。柳外雕輪應有恨，池邊金勒促相邀。

溶溶流水度芳叢，物理乘除見化工。絮雪簾櫳愁暮雨，彩雲庭院怨東風。黃鳥罵空春去後，杜鵑啼老夕陽中。閑來轉覺池邊樂，魚唼花光戲碧溁。

遠郊迷望草萋萋，綠靄陰中謝豹啼。春色飄颻牽絮舞，晴空搖曳帶絲低。輕風拖艷留蠨戶，細雨浥香入燕泥。如此韶光輕負得，惜花濁酒更須携。

高閣疏簾見落英，垂柳籠處綠烟生。鳥啼碧林驚午夢，池添紅雨惹春情。阮郎疑似空山寂，秦徑依稀溪水明。醉後狂吟芳樹下，天香散亂點衣輕。

戲蝶娟娟迷驟飇，落花寂寂意無聊。愁尋別夢餘芳草，恨縮離情但柳條。客徑因憐時失掃，春心遺愛欲還招。天然開謝何惆悵，結子離離態轉嬌。

贈同年霍龍淮工部

濟川聲望可凌烟，紫綬金章帝寵偏。海上花飛仙令迹，赤城霞起董陶篇。吟驚白雪生春日，功擬玄圭治水年。盛世台衡枚卜重，滿朝應讓司空賢。

贈同官羅國新

齊秦相望數千里，繭足而來何獨子。黑水源頭笑語時，賀蘭山下悲呼裏。炎涼世態自悠悠，金石爾心疇得似。莫愁鹽駕空長鳴，作人努力無終始。

祝鄭先生華誕兼賀長公游泮

鱣堂歸敞慶筵開,百福駢從世美來。老鶴相將雛鳳起,青衿巧湊舞衣裁。芝蘭挺砌連椿茂,桃李盈門遜桂栽。萬里鵬程飛足下,爭看喬梓映三台。

五日呈益甫彭公明府

浴蘭佳節共歡娛,喜得郎官是大儒。荒牘續成真命縷,檄文傳定藐靈符。千門垂艾出歌舞,萬室織絹入畫圖。此日何能酬覆載,願從祝醴泛菖蒲。

又代作

美人為政萬家歡,榴艷葵嬌似錦看。菰米縈華猶楚俗,紈絲咏素自仙官。回生久蓄三年艾,薦馥何煩五日蘭。盛世能書誰不讓,題屏應得重朝端。

贈龍淮霍年兄四首

燕山鍾氣偏,畿里出名賢。求木今王喜,栽花向日仙。恩深知匝地,利普見回天。拭目膺皇春,鈞衡重特銓。

水部才名久,陶吟風致嘉。幽懷宜冷署,遠韵占高霞。事省無煩牒,官閑可當家。時逢同社至,傾倒夕陽斜。

高人志在初,取適政之餘。俸薄常賒酒,心閑日讀書。憂時游意淺,懷古世情疏。頻對一輪月,悠然念索居。

酒促詩成晚,雲飛月受忙。常將佳句咏,疑是玉人香。花落襯歌席,鳥啼佐咏觴。何時文字飲,促膝話星霜。

奉賀周維翰太夫人八十壽

周家母德駿徽音,齋媚流芳眾所欽。甲子重輪永婺曜,桂蘭爭茂倚萱森。時來青鳥傍驪節,擬摘仙桃佐碧斝。自古天倫稱樂事,羨君融泄一庭深。

題彭公畫軸回文二絕

梅風香早泄芳春,魁占花光晴色新。臺閣凌霄雲滿紳,才高推重名天人。

芬蘭異馥飄秋雨,寂寂人烟寒曉窗。聞裏聲清孤月鶴,管弦流韵度高腔。

庚寅秋河決東省水災

寇焰未全消,河伯又縱虐。驚濤晦雲天,怒捲没村落。萬物逐浪花,蒼生成敗簬。皁麓存孑遺,一掃無餘掠。不謂成平日,懷襄依然昨。緬想漢武時,壁馬沉大壑。君臣齊動色,宣房瘳民瘼。瓠子湧濁波,金堤立傾削。郡守祝投軀,蛟龍勢為却。簡編載芳躅,千秋想大略。

邑侯彭益甫屢奏剿功總督張萬真借招撫盡調東粵寇患消弭

稂莠恣亭育,嘉穀其若何。鯨鯢尚未剸,水族無寧波。邑侯重民命,斫案憤揮戈。鷹揚馳電掃,鼠竄驚鐃歌。更妙督公算,推心信無他。謂此綠林客,我原失撫摩。安邦有長策,殺傷豈在多。山君擁幕下,椎饗不譙呵。一朝檄南海,農桑狎笠蓑。

歲　暮

歲暮驚寒景,新居喜落成。數椽堪閱世,三徑足浮生。雪夜明秋月,冰檐艷水晶。擁爐傳竹葉,不復憶簪纓。

辛卯①春同年高兵憲次公自南還子舍賦贈志喜

暇日幽思滿關山,萬里悠悠蜀道艱。幾向風前驚玉皎,忽從天外喜珠還。乍逢難罄殊鄉夢,新舞偏姸五色斑。穩識天倫稱聚樂,應推懷少到人間。

章丘劉麟生寄到孝吾劉大將軍翰貺答報短章情見乎辭

平生最善忘,渺然如未遇。惟有患難中,記憶常不去。念昔遭流言,不測出倉遽。四顧天徬徨,坎壈爲誰語。幸逢莫逆交,扶顛多仁恕。鍛翻搶蓬棘,道長代遠慮。老母與病妻,傾危得安處。慘淡逐風塵,漂泊傷舞絮。歡承浩蕩恩,脫然釋刀鋸。歸來疑再生,困鳥翔輕翥。五畝園自荒,閑情時蹲踞。選芳頻呼社,行樂不辭醵。每於朋儕間,痛飲揚德飫。夢傍賀蘭飛,魂歸滄海曙。銅柱勒奇勳,安得往作鑢。

其相田年兄才望卓絕屢次不第詩以慰之

聞君詩酒日成歌,浩蕩千秋意氣多。灑脫世情無不可,徜徉雅興竟誰何。青雲自負筆生彩,白雪相驚鬢欲皤。莫擬離騷作怨賦,才高豈合老蹉跎。

贈同年高青藜兵憲

勝游屈指幾經秋,人代升沉不自由。蘭譜晨星驚落落,蓬窗今雨嘆悠悠。閑中消夏詩千首,愁裏狂歌酒數甌。惟有高軒勞記憶,時時清夢出林丘。

酬章丘劉鑑涵社長遣子麟生寄懷之作

溪水杳源流,林花自謝代。竟夕話桑麻,情忘空憎愛。徑幽篠竹欹,門敞青山對。虛牖納清風,曲室留宿靄。地僻絕喧呼,魚鳥不相

---

① 辛卯:順治八年(1651)。

礙。今日弗爲歡,前賢竟誰在。興酣詩酒間,曠然出覆載。强善樂有餘,知足嗇不逮。道遠惠我音,交親同氣概。

冠縣田少尹爲肥鄉九人解網致其銘德建祠兩地名公樂咏成集披讀之餘賡和一章

桐鄉香火古今傳,贊府聲蜚冠氏田。桃櫓風清沉貫索,槐庭日暖見青天。堪驚趙璧完秦鏡,共嘆燕山祀魯賢。莫道哦松薄事業,祥鸞瑞鳳自高騫。

菊齋閑咏序

西顥瀰金,商飈披素,燕辭玄幕,鴻度皤蘆,傷萬木之櫹槮,吊群芳之蕪苣。蟲吟無賴,月色增寒,杪秋生凄,恒情皆然。盍思時有寒燠,物有菀枯,達觀曠識,榮瘁同途,況時菊層敷,芳氣襲人,泛艷邀歡,最爲良辰。若徒悲西陸,虛負東籬,燦燦黄花,不幾笑人乎?

余居東偏有園地數畝,甚爽塏,可構精舍,爲玩月賞花之所。惜屈於力,姑就門右成室,稍加修葺,時花芳草,略加點綴,因名菊有數種,號曰"菊齋"。齋不甚寬,而風朝月夕,雨態晴容,已覺有無盡生機,可人情韵。因念千古惟一靖節稱爲"菊花主人",置後來於何地?讀吴均"幸富菊花"之書①,神飛幽岫;臨羲之"至日共行"之帖②,意往晴溪。兩開墮杜甫之泪,殊嘆旅情未佳;一束助彭祖之術,轉笑延年爲迂。余每晨起,即與菊對,時有所得,形之歌咏,未嘗不把杯狂呼,呼余爲菊花之知己也。余前在易水,有《懷菊賦》并《對菊雜咏》,簿書鞅掌間,大有慚色。今依韵得律詩三十首,情景留連,概從閑中得趣,遂顔之曰《菊齋閑咏》,志其地述其事也。忽又漫成一歌,附録於序。歌曰:"蓐收整轡兮,青女揚威。萬象寂漻兮,衆芳辭歸。夫何寒英之彌茂兮,迎沉碭而叢菲。擬清芬於嘉遯兮,儼淑嫮之貞徽。飲晨光之泫瀅

---

① 幸富菊花:語出吴均《與顧章書》"幸富菊花,偏饒竹实"一句。
② 至日共行:語出王羲之《采菊帖》"至日欲共行也"句。

兮,唉夕氣之氤氳。感人生之飄塵兮,悼流光之迅駛。恣酣興於菊醑兮,抒高談之如綺。勉玄髦以迎歡兮,勿坎壈之蔓萺。君不見,陽卉腓兮雁南徙,白道馳兮去弗止。對花飛觴兮聊自喜,齷齪庸儒兮不足齒。"

一 東

天高氣肅促征鴻,快睹寒芳籬落東。傲骨不爭穠矣媚,貞心堪與後凋同。清香團結金莖露,孤秀憑陵落葉風。爲憶當年陶靖節,南窗時映酒顏紅。

二 冬

草木變衰悲晚蛩,孤芳猶自點秋容。幽姿矯矯經霜茂,香艷亭亭帶露濃。但得閒中翻菊譜,何須忙裏問花封。園居采得供清玩,此日風流屬老農。

三 江

花中隱士世無雙,挺秀陵寒百卉降。一種澹香遠入座,悠然清興近饒窗。閑來靜嗅黃金友,醉去狂歌白雪腔。屈子何煩悲老至,良辰高會照銀釭。

四 支

徙倚臨風欲賞時,日精花右泛金卮。霜姿不共春鶯語,寒素惟憑秋月知。幽態後時偏嫵媚,靚妝向曉自矜持。深秋剩有搴芳樂,何用王孫到此悲。

五 微

蒼蒼葭莢漾寒輝,五畝荒園菊尚菲。亂去叢生侵竹徑,摘來香口染荷衣。尋逢秋雨自還往,餐盡夕英無是非。幾度芳辰塵裏過,節花喜得主人歸。

六 魚

地偏城市即山居,況有秋英衆不如。磊落羞從百草鬥,清芬孤立一亭虛。煌煌近水色堪釀,淡淡生馨味可茹。指點衡門多勝事,搴帷何似早懸車。

七 虞

小亭寒菊一枝孤，乘興巡檐差可娛。麗質迎風先自笑，嬌形含雨倩童扶。深秋護去頻移幕，令節折來常近萸。無事登高增悵望，探囊狂叫酒家胡。

八 齊

霜天搖落氣淒淒，菊有黃花爲杖藜。清淑凝香白帝老，純和吐秀斗樞西。辭巢客燕歸無夢，趁日游蜂去有攜。對景不爭黃絹句，興來漫向青筠題。

九 佳

露花暉映滿蕭齋，淑氣乘秋色自佳。未效上寅逐采掇，先從重九披心懷。物知屆節衝寒發，人到忘形甘醉埋。好把數枝相侑酒，寧知人世有蠻蝸。

十 灰

菊到重陽盡欲開，天教候雁爲花催。幾枝淡掃空群卉，萬彙凋零見特才。骨立清飈高士傲，影移涼月美人來。年年節事重游子，更與殷勤護舊栽。

十一 真

搖落西風莫起嚬，繞籬芳菊自相親。金卮相映黃玉酒，玉露孤清淡似人。流水一竿堪自老，好花三徑未爲貧。閑中折得養鼻息，抱甕何妨伴隱淪。

十二 文

槭槭秋空落葉紛，小園寒蕊燦成雯。輕盈著雨孤含秀，澹遠蜚香迥出群。清嘯軒前傳裏露，白雲歌裏重游汾。依然物候人千載，自酌新醅醉夕曛。

十三 元

庭院蕭疏似野村，幾株黃菊傍柴門。風來送馥連襟韵，雨過搴芳印屐痕。如墨競傳從好時，伴芝有意采靈源。林園賞勝堪成趣，朵朵清芬帶露繁。

十四寒

滴翠凝金望欲餐,爲憐黃落一枝單。輕霜晚色偏堪妒,細雨秋聲未怯寒。夜集飄香陵酒入,晨興挹露抱書看。乘閑飽玩秋風裏,不待蓴鱸自罷官。

十五刪

蘆花飛處淡秋山,堪羨菊香采色斑。好事尋來供素賞,仙家采去駐丹顔。情深游子插輕帽,態助佳人傍小鬟。半畝池園足嘯傲,別開天地藐塵寰。

一　先

衰颯秋風白雁天,競賞金花綴露圓。風前潤擬竹枝净,霜後鮮争柿葉妍。摘去不妨盈素把,簪來相笑滿華顛。人生莫灑牛山泪,選勝追歡醉晚烟。

二　蕭

鴻雁高飛天沉寥,空庭孤秀抒繁條。枝頭露冷擬秋肅,籬畔霜清挺晚標。客裏閑來工部泪,晴時采去右軍招。花光照眼成新句,莫怨西風萬木凋。

三　肴

載酒尋芳出近郊,黃花無數發叢苞。晚霞互映榆曛麗,寒月輕籠桂影交。色送歸鴻遥欲落,香來暮雀競相啁。醖成延壽傳今古,爛醉無心作解嘲。

四　豪

繞砌秋英鬬彩毫,幽蘭并秀重離騷。興高落帽還追孟,吟就新詩擬和陶。彩徑清香挾滿袖,芳心幽異寄同袍。枝枝可當瓊瑶贈,曾向晴畦手自薅。

五　歌

驚飆鳴葉辭霜柯,荒徑猶存生意多。暮節芳華煩蚤溉,蕭辰艷色許輕過。皂帽圍花狂自可,藜牀卧酒敢誰何。林巖更有無窮趣,紉盡西風老薜蘿。

六　麻

門外蕭疏五柳斜,庭多芳蕊是陶家。霜中藿蕳朝偏秀,雨後娉婷晚更嘉。素月堪留餘白酒,秋風不久待黃花。人生如此成虛度,辜負良辰羞錦葩。

七　陽

秋深颯沓滿林霜,特假黃花助興長[3]。撲面翠流凝露色,侵眸金綻雜風香。情多含笑插檜帽,語麗生春付錦囊。相對故人緣不淺,何妨頹玉滿清觴。

八　庚

商飈獵獵散秋聲,花氣氤氳耳目清。最後芳華多殿績,不侵霜露有堅城。披芬莫恨三秋晚,薦馥堪憐九日晴。況對菊樽須引滿,持螯高興盡平生。

九　青

哀雁泣蛩不可聽,幾枝金菊綴空庭。相憐晚馥透心窟,自折寒英插膽瓶。泛此忘憂稱雅尚,飲之避難引遐齡。一年一度黃花節,此日誰能忍獨醒。

十　蒸

菊辰慷慨欲披膺,誰是當年送酒弘。群鶬鳴秋百卉盡,千英競秀一欄憑。妝成晚景花光借,抵破輕寒酒力勝。草野難陪九日讌,隔鄰賒取喚知朋。

十一　尤

零落寒烟送晚愁,驚看叢菊壯林丘。風搖玉露千枝秀,霜怯金精一色秋。好景花前歌不出,清芬座裏酒同浮。登樓竊效登高會,勝事歸來頗自由。

十二　侵

滿天霜色響清砧,葳蕤秋芳夾砌深。僻地故非俗客徑,寒花獨仗主人心。稚妻妍媵殊堪昵,淡友貞師倍可欽。閑捲疏簾成□對,含情無語爲彈琴。

十三覃

清秋蕭索一茅庵，按譜尋芳菊可貪。幽士鍾情全爲淡，方家驅老重其甘。浮生歲事幾重九，小徑荒園可再三。心遠還兼饒濟勝，傍花信步恣幽探。

十四鹽

數枝寒菊傍茅檐，露摘新花手自拈。霞映朝芳日杲杲，烟縈晚秀雨霑霑。高人泛酒常盈座，稚女增妝頻試奩。一笑莫愁陽數厄，千秋逸致想陶潛。

十五咸

書來白雁冷巉巖，九九花開樂事咸。并蒂争舒榮雨露，分行對吐間松杉。須深秋意笑酡頰，莫比春容褪舞衫。菊瘦人癯盟歲暮，文園病渴不憂讒。

【校勘記】

[1] 塵：原作"麈"，形近而誤，據文意改。
[2] 興：原作"與"，形近而誤，據文意改。

東園詩集續刻卷之五

壬辰①春雨後東園閑步十首

　　蔬畦籠霽塔,林杪散晨鍾。泉引觴流曲,石堆筆架峰。妃花競國色,帝鳥罵春雍。口腹無塵業,盤飧祗素供。

　　園林舒暖翠,池沼動清吹。釀秫及晴種,鄰花過雨移。舞風歡燕子,戲水躍魚兒。箇中得意處,未許俗人知。

　　城塔天然岫,壕梁隨意渠。數竿花徑竹,一卷松林書。引水試分稻,穿池學種魚。時時來二仲,小摘薦園蔬。

　　坦坦人無競,欣欣物自娛。暗香迷蝶翅,嬌蕊戀蜂鬚。梵韵出蘭若,棋聲間轆轤。灌園分僕課,拈韵了詩逋。

　　地敞遨游闊,林深咫尺迷。晴嬌黃鳥唱,春動子規啼。苔生供翠潤,花落踏香泥。爲惜韶光暮,醽清處處携。

　　花間流水過,池上去鷗回。隨意發春草,分行植果栽。譚禪飛鳥下,漑圃静香來。高咏題青竹,狂歌酹翠苔。

　　裊娜黃金嫩,嬋娟碧玉新。天喬欣自得,魚鳥坦相親。晴潤明侵几,空香暗襲人。高僧時説偈,閑友伴垂綸。

　　芸窗連竹徑,茗火動榆烟。步轉憐蚯穴,停深眷鶴田。性靈逗水

---

①　壬辰:順治九年(1652)。

石，道味腴羹玄。自縱魚樵興，相招湖海賢。

遲日小園麗，和風蚤韭香。開樽臨睥睨，藉草坐池塘。水流心與活，鷗立意兼忘。識得無求足，惟餘澹味長。

狂談托世泰，散步覺身輕。亭客數晨夕，園夫較雨晴。代田區隙地，賒酒聽春鶯。忘却塵中事，閑登醉後城。

聖駕視學四首

金門飛詔動橋門，釋奠歡傳曙色分。萬國車書窮禹迹，九天日月煥堯文。西周在鎬猶遲暮，東漢臨雍豈創聞。最喜冲齡追訪落，千秋儒席闢清芬。

少年天子重黌宮，曠典欣逢觀聽同。俎豆依然闕里舊，詩書不改杏壇風。秦龍焰烈悲儒士，漢馬兵威侈乃公。何似聖朝崇治道，竊廣棫樸未能工。

馨蛩泮藻降鑾輿，重道尊師古不如。東壁[1]圖書明衮繡，西離鍾磬韵簪裾。天顏有喜登歌外，博士相驚執問餘。聖主右文文蔚起，聚星應報馬遷書。

清時更老躍群英，璧水欣看拜大成。論道不辭先息馬，陳常應是爲消兵。山川靈秀歸真主，雲漢昭回首盛京。從此經筵多令事，萬邦弦誦樂升平。

送淮上蘭岩宗弟奉母還鄉四首

賢哉自愛白雲居，舞綵欣逢晝錦餘。碣石飄空冥一雁，江天入饌躍雙魚。歡開酬飯千金里，笑指持平駟馬閭。應爲蒼生還命駕，莫勞聖主席前虛。

母遺堪羨返山居，瞻戀庭幃樂有餘。南極預知增算鶴，西江曾汲起枯魚。嘗嗟介子人歸隱，每嘆王孫家倚閭。誰似承恩還錫類，多陰餘慶自無虛。

登堂古誼杳今居，叔度家風意氣餘。善養不須燔玉鳳，承歡寧惜解金魚。蒼茫雲樹憶松菊，指點桑麻話井閭。爲想閑中無箇事，琴聲清越竹窗虛。

我亦悔生別故居，羨君飄爾上書餘。連枝乍喜集雲鳳，落葉忽驚分水魚。嘆恨絶裾無事業，喧傳積德有門閭。同游詞客勞相問，著意凌雲賦子虛。

追和王覺斯登華山絶頂八首未見原作因讀漱石許年兄和詩而又追和之

泰華何處見真形，絶頂飄然入渺冥。烏影金光中夜出，龍函玉檢萬年扃。河連滄海坐前白，關控陰山望裏青。欲問真源訪大藥，相將塵外伴仙齡。

嶺畔猶存化石松，唱酬仙侶杳難逢。層巖迥出搏風雁，磴道回看噀雨龍。蒼靄不分五時路，遥空疑動太清鐘。巨靈手迹依然在，想像凌霄剪碧蓉。

金天獨聳華峰尊，咫尺疑通白帝門。六國烽烟一覽竟，五陵豪俠幾家存。擎飛日月仙人掌，洗老乾坤玉女盆。殘潘何須携謝朓，無邊新翠浣靈根。

天外三峰建絶標，衆峰羅列勢宗朝。睫迷回雁全如湧，氣慴騎龍半似摇。夢澤陣雲終日霧，賀蘭獵火大荒燒。縱然未遇飈輪客，自覺風神跨九霄。

驚逢奇絶悟三生，列宿當前分外明。人傍危欄摘北斗，天留勝地伴長庚。常懸碧落千巖色，小起青蘋萬壑聲。到此塵心覺去盡，滿胸高曠對崢嶸。

地迥風高白日寒，憑虛縱步貌叢巒。瞻巖井削空中壁，躡頂雲低足下盤。帶水天邊圍紫塞，穴封眼底見長安。瑤池不待青鸞約，何似蓮峰静裏看。

梯空雲鎖起層阿，宛若青松挂蔦蘿。騎鳳女傳吹月駕，墜驢翁有煉丹窩。枕邊睡法遺拳石，枰裏仙機爛斧柯。堪笑韓公百計下，悠然高興發狂歌。

秦關百二座中收，靄靄停雲倩我留。近擬猶龍紫氣在，飄如列子御風游。才人石上青蓮舌，仙客壺中碧玉樓。便向此間煩卜築，流霞酣飲卧林丘。

追和杜工部秋興八首時旅居燕邸。

寥落秋空淡碧林，尋幽蕭寺轉蕭森。燕市未風色欲黯，關門不雨氣常陰。歸雁聲聲臨客枕，疏梧葉葉入鄉心。松筠遥憶人何處，敲斷愁腸月下砧。

西風颯沓雁行斜，蕭瑟林烟感歲華。每恨張陳同世路，誰招李郭共仙槎。霜天澄徹響寒柝，夜月淒清急暮笳。無限秋思撩客意，荒園有夢到黄花。

西山朝爽舊時暉，露冷風清恨入微。菊近重陽歸不得，燕愁社日去還飛。賣金疏廣年年老，辟穀留侯事事違。剩有素心盟素月，幽懷從不到輕肥。

秋日閑敲一局棋，乾坤數局使心悲。聞鷄獨舞人千載，應馬群呼自一時。雨引亂愁檠影峭，風驚短夢漏聲遲。薊門搖落今如許，白露蒼蒹有所思。

禁城秋色動西山，想像金臺落照間。風餞龍沙逼漢月，雲横雁字滿燕關。蒹葭縹緲迷尋夢，楊柳蕭條慘別顔。落魄自甘推分定，羞將樗櫟忝仙班。

病餘詩卷散牀頭，慘淡客思不耐秋。睡法得師如遁世，醉鄉無吏借驅愁。人多寤後争蕉鹿,我自機先伴海鷗。閑去登高舒望眼,蒼茫歷落指神州。

城闕岧嶢異代功,蒼涼悲氣到胸中。羇愁易得霑巾雨,病起難堪落帽風。幾處樓頭呼大白,誰家籬畔發輕紅。相如獻罷長楊賦,合向秋江作釣翁。

蒼山遠水自逶迤,惆悵高臺共曲陂。市上久空千里駿,省中猶有萬年枝。角傳瀚海風聲疾,花冷昭陽月影移。鱸鱠思家官自罷,浮名何用古今垂。

贈荔裳宋年兄

十年消息苦難真,此日重逢悲喜頻。郎署豈堪酬國士,離騷應自著才人。談中霏玉傳驚座,賦裏擲金詫有神。我亦論文稱酒客,羞從下里和陽春。

冬日述懷四首

焚筆空山絕問津,無端失足逐風塵。假錢解對應煩友,羸馬蹣跚欲笑人。常畏臚兒驚伏枕,閑延開士話垂綸。浮雲無事彈冠慶,白社清樽笑語親。

萬卷青藜抗百城,閉門却掃盡餘生。宅田欲廣愁長統,婚嫁纔過老向平。景去隙駒幾得醉,夢回廬枕欲逃名。閑中斗酒我全矣,白覷升沉渾不驚。

溪山佳客遞來更,灑落胸中誰與争。釣具自堪隨魯望,卜錢何事贈君平。羇踪時羨歸鴻急,傲骨人如晚菊清。回首故園淡已足,松風竹雨更多情。

蘿薜爲衣沆瀣美,誰教拘促嘆飄萍。倡狂易返窮途駕,高尚難收縣署秕。策上涕痕老太傅,枕中秘録誤更生。不如歸向荒山去,依舊籜冠無姓名。

雪夜二首

客舍擁爐倦解圍,冰天霜氣浸檽扉。禁城夜色連雲静,漢苑鐘聲帶雪飛。范叔一寒綈力薄,梁鴻五噫宦情違。丈夫有志須窮苦,何事飄零嘆未歸。

天涯歲暮暗相催,縷縷愁懷慘不開。寒到客窗雪色透,夢回蕭寺磬聲來。清樽玉倒強呼酒,碧篆香消故盡灰。總爲離情眠不穩,燕山却恨尋無梅。

雪霽二首

凌晨燕市訪梅還,疑到崑崙玄圃間。晴色高涵浸漢闕,曉妝澹抹隔城山。寒烟萬竈渾如畫,冰柱千門映作斑。預卜豐年稱上瑞,平臺應制動天顏。

午夜凄清集霰天,曉來彌望失山川。普留素月懸冰鏡,密覆祥雲砌綺阡。色晃金門明旭照,寒凝茅舍積炊烟。窮檐多少啼號者,拭目皇仁遍大千。

雪中人

風雪寒城啼樹鴉,堪憐窮巷苦交加。鄭圖難寫無家別,賈泪易零空自嗟。召父頻呼朝氣慘,孔兄急喚夕陽斜。上天若曉能爲厲,悔教滕公散六花。

蚤行

鷄語驚還夢,馬嘶犯曉星。日光濯海氣,風色慘林坰。劍拂霜花落,車磷鬼火熒。村烟猶杳杳,促僕問清醽。

客舍二首

歸心猶未已,冬日不肯停。曉月宿林杪,晚風透客扃。窮餘雙眼白,寒對一燈青。幸有濁醪在,頻斟敢獨醒。

歲荒常怯盜,村小客孤愁。寒角吹霜急,驚鴻帶月浮。啼號憐北地,咽語恨東流。曾上賈生策,含凄泪未收。

癸巳①三月望登岱至絶頂天氣晴朗遥矖空闊胸襟灑然不知尚有塵世因成四詩

巖瞻飄忽向空行,挾得清風兩袖生。石乳净澄神欲浣,雲盤幽折骨能輕。亂山霞氣當胸盡,夾道春花照眼明。仙駕飈輪何處是,泉聲松籟和鸞笙。

大東雄踞鎮滄瀾,絶頂岩嶢仙界寬。諸嶺猶傳埋漢篋,萬松誰辨受秦官。振衣凌曉日光赤,拾級侵眸海色寒。終古鶴鸞簇勝地,白雲深處長琅玕。

稱奇絶處敞雲軒,游人覽眺盡中原。龍睛瀑練珠常瀉,馬鬣松屏翠欲飧。大海飛來摇日觀,萬山奔赴拱天門。登臨此際無凡想,青帝蒼茫思叩閽。

携手丈人峰上游,諸天瑞麗望中收。吳門縹緲常疑馬,漢迹荒涼未見牛。一色烟霞三觀迥,千年風雨五松留。歸來喜帶青雲氣,何事艱難賦四愁。

登岱後四首

玉函金策紫泥宫,溟海蒼茫一氣中。鎮石分方群遜長,縢書會望獨稱雄。鑱蘚欲認旌忠碣,采藥兼尋狎鳥翁。堪笑向平識損益,一生婚嫁負東風。

七十二家封禪書,燔紫千古爛芙蕖。奇峰欲賞臨三觀,怪石先驚駕五車。時有霓旌來域外,自然雲構落仙廬。稱功紀號今何在,指點

---

① 癸巳:順治十年(1653)。

中原眼界虛。

　　翠蓋雲旄擁碧君,天香縹緲氣氤氳。百州削案縈環抱,九點空青列宿分。日出看時飛錦幕,雲封乾處瘞玄文。古今何限登臨客,鐘磬塵中聞不聞。

　　天門照曜玉仙堂,杜老窮秋望八荒。未見朱崖著毫髮,仍餘碧海吹衣裳。上方翠薿雲霄靜,下界黃粱夢覺忙。欲試九還丹竈法,隱文寶錄紫金囊。

咏漢柏二首

　　東風勝地表靈株,炎漢傳來骨幹殊。夭矯龍蟠敦古貌,鬱蒼龜伏鞏神都。傲同赤水三珠樹,羞比秦封五大夫。不為流膏資鼎粒,肅然起敬老成儒。

　　偃蓋鬱回廊,遐齡欽老蒼。鶴鷥常欲下,雷火弗能傷。冷秀傳靈景,興衰閱孤鯁。貞心無媚色,直節有强領。魏晉氣長寒,隋唐不敢官。尋虯蟠禿爪,斛瘦堆瘡瘢。游客難繫馬,脂苓長其下。神仙未可學,羽翼孰為假。

咏海棠二首

　　駘蕩春光日影遲,蒨葱嘉樹占芳姿。可憐工部無吟句,恰愛楊環初醒時。雨潤丹砂嬌婉娟,風吹酡暈媚參差。傾城自古稱難得,喚取醇醨酬賞辭。

　　東風庭院散晴光,睡起芳心綻畫堂。綽約朱顏真絕色,翩翩霞影似霏香。多情蝶夢離魂繞,獻媚鶯聲度曲忙。折得一枝堪佐酒,相邀花鼓競飛觴。

贈大司空蓬玄張老師臺四首

　　海岱精英鍾氣偏,金相玉質萃名賢。學宗關洛識傳火,業駕夔龍見錫玄。莫怪留侯輕辟穀，請看元禮重登仙。歸來無事芸窗下，長晝閑消手一編。

劍履翩翩動翠華，老臣知止挂烏紗。陰深桃李孫弘閣，雲擁芝蘭綺季家。依舊素心傲白雪，翛然清興映高霞。生來帶得神仙骨，愛向林溪自浣花。

飄然名遂泛江湖，回首風塵迥自殊。初返田園行客到，久忘身世夢魂無。堂開綠野延雲月，人擬耆英入畫圖。此日瑤池逢勝會，玉漿金液縱歡呼。

鞅掌勛名數十春，一朝疏上有閑身。浮雲世事渾如夢，白水交情自率真。鳥語花香時命酒，山青溪綠伴垂綸。君王若問飛熊兆，元老於今釣渭濱。

酬蘇際五憲使

銀鉤鱗素到繩樞，遙憶天山曾并驅。萍迹任隨風浪轉，蘭心不逐暑寒渝。月移花影琴三弄，雨潤松香菊百區。清異知君領略盡，子懷渺渺空縈紆。

代贈郡中李善人 郡中失火，延燒百餘家，善人兩鄰火發房上，積灰寸餘，竟無恙，因是遠近走賀。

黃鳥關關送好音，高山在望是吾欽。回天不借欒巴酒，澤骨重逢西伯心。六行堪矜優月旦，四知常畏重儒林。往從未遂稱觴意，喜見褒封帝寵深。

苦雨十首 是歲，夏秋間陰雨連月。

雨腳四天同，頑雲不受風。盆翻無納地，河倒欲連空。危室終宵坐，遠村一棹通。祈晴徒悵望，螮蝀何由東。

野水浮階上，柴門倩土壅。通宵燃暗火，停午響鄰舂。聽雨寬饑色,看雲解諱容。禾頭驚報耳,愁殺老夫農。

商羊見舞足,苔蘚欲生衣。蝌蚪游還聚,蜻蜓立不飛。戲兒弗畏溺,閑僕只愁饑。短咏續朝牘,長吁掩暮扉。

市闃增樵價,農閑理釣絲。烟噴炊婦目,雲魘甸丁眉。鳩喚頻尋婦,禾眠競産兒。天低憤欲掃,地弱恨難持。

鴻雲怯不度,蝸壁篆成書。北地澤爲國,西疇陸走魚。田間須艇過,屋内反巢居。寒色謀添絮。饑容促易粮。

不堪珠是米,更嘆桂爲薪。浴鴨終親沼,饑鳥却趁人。怯寒生積雨,減竈度清晨。皇極驚原正,罰陰怪枉尋。

頓頓魚爲饌,家家井得便。茅疏憑席補,牀濕戴箕眠。禁足嗟無地,疑眸望出天。自傷微禹日,反憶旱湯年。

連陰無白日,雨氣先秋凉。蟬病咽藏幹,蚓驕歌上堂。雲深罕燥箪,雷殷欲崩牀。夜夜聞號泣,飄瀟尚未央。

沉竈蛙兒出,迷雲尚自留。行龍聲引怒,棲燕態含愁。屋懼隨沙潰,身虞并宅浮。翩翩刷素羽,可恨水中鷗。

數椽雖自在,炊銼冷何堪。出岫雲皆滯,淋鈴雨不甘。漏天成蜀地,鮭菜見江南。唯有鳴蛙喜,芳塘鼓吹酣。

對雪二首

去年帝里雪如花,旅邸寒雲愁萬家。今歲家居花是雪,敲冰煮玉快清絶。底事策蹇逐風塵,素衣成緇羞隱淪。底事及門炫國珍,慘澹留連藻鏡人。何必松石非樂土,蒼秀得真心所取。何必園林非治譜,情親小摘不爲苦。有酒相酌朱顔酡,有時相和白雪歌。富貴喧填多樹壘,功名幻化等流水。

堪驚一夜青峰老,誰送千家碧玉好。携友尋梅踏遠行,呼童擁篲試輕掃。粉鋪塗抹翠微妝,珠迸掀翻合浦颶。拖竹籠松色帶艶,烹茶醞秫氣涵香。芸窗留月無塵埃,麥隴連雲有培栽。傳笑戰龍殘縞甲,相看走馬散銀杯。似游玄圃遍瑤草,未入商山皆四皓。乘興訪人浮凍舸,吟詩驅俗播清藻。

甲午①春日河間志喜

清運方鼎闢,屢豐咏好堅。偶值陽九數,旱澇苦迭遭。三春嘆焦土,九秋潰百川。桑野變溟渤,居廬成深淵。魚與人爭食,鴻憑羽爲遷。皇衷動惻隱,慷慨歲租蠲。一朝綸綍出,喜氣滿大千。使臣懷靡及,周詢主德宣。風行無贅聚,雨沛解顛連。但惜逃亡屋,迢遥未得天。湛恩次第發,荒野起炊烟。共此窮檐者,守令莫大焉。卓守活一郡,循令百里全。疇祥如鸞鳳,疇鷙若鷹鸇。疇刀化爲犢,疇鼠盈其田。廉平殿最悉,忠直福齡綿。蒼生歌續命,主聖得臣賢。陰陽消乖沴,億萬稱觴年。

題天琴亭 彰德公署中有亭一間,能作琴聲,一時異之,競爲題咏,感而賦此。

魯壁曾聞金石響,鄴亭亭壁作琴聲。會心静地蟠岣出,應乎幽泉激蕩鳴。陶令無弦得別趣,蔡公焦尾動深情。閑中試借雀臺問,霸壁何如此壁清?

寓寧郭驛咏紅白蓮花時三府郭公送酒

濃淡天然君子花,折來把玩數莖斜。亭亭秀色含朝雨,馥馥香頤解暮霞。隔代擬同周叔趣,一瓶占盡醴湖嘉。況逢好友傳桑落,筯盞何妨笑語嘩。

澠池公署和壁間韵

羊腸鳥道遠微微,逐處閑雲傍馬飛。幽磵龍蛇眠霧窟,層巒鷄犬

---

① 甲午:順治十一年(1654)。

隱霞扉。采芝誤入桑麻近，爛柯歸來人代非。未審秦民何地避，桃源今日已凋痱。

聞邑侯孟公以循良超轉再步前韻

空山雨後炊烟微，野渡聞喧白鳥飛。餉婦提漿穿隴畔，老農携子傍檐扉。春秋不計分榮落，禮數雖村無是非。問俗此中風氣古，應依仙令起沉痱。

七夕二首

拙宦關山遠，愁當乞巧秋。星前深客緒，天上感靈述。惆悵經年別，歡娛一夕留。徘徊零露內，永夜望悠悠。

螢度金風夜，鵲填銀漢波。牽牛初稅駕，織女暫停梭。脉脉常相憶，盈盈阻一河。兩心天地老，莫怨別離多。

紀變是歲六月八日地震。

坤元應正位，地德失安貞。雨大原偕老，胡爲故震驚。

紀異是歲，晋地有聚湫之異。兩山飛合，村居忽不見，惟遺一老夫喘息山頭，尚能人語。

牛索談誠幻，龍湫聚偶然。老夫驚嘆絶，恍惚說生前。

述 聞

蜀地傳火井，蕭州紀涼焰。造物或無心，陰陽遞相禪。劉生自晋來，爲我道熒臺。徒步冒炎酷，含疑走赭崡。回禄隱怪石，噴薄侵尋尺。好事引爲炊，鷄黍熟燔炙。誤傳伏火龍，星精亂奇踪。望烟識物理，獨解豁凡庸。大道不可執，天地無殃及。玄極彌沍陰，元陽自噓吸。

紀灾

秦隴斷鼇足，穴民不復贖。并汾聚龍湫，山村滅忽促。天地本好生，胡爲滋荼毒。分牧忝無能，山城報烈酷。嗟此斂稼間，概入祝融錄。恨無欒巴酒，噢爲窮檐沃。倉皇奏承明，蠲賑請無告。孑遺安井閭，租力豐年續。

民隱錄和劉麟生韵時購求民隱錄未得

民隱隱民錄尚隱，我心隱隱隱民真。千家汗作百村雨，萬姓膏輸八路塵。夜月凄凉刁斗戍，霜天寥落逋逃人。滿胸賈泪痛難悉，擬繪監門上紫宸。

客樓夜坐和麟生韵

登樓呼酒共陶陶，入夜鄉思客夢勞。何處寒砧敲月下，數聲征雁倚天高。坐餘燈影窺幽寂，聽久茶烟落沸濤。最憶窮邊軍士苦，更深霜氣滿弓刀。

移菊和馬澧水韵

戍樓烽静樂清時，佐酒名花手自移。陶令風流不可見，東籬物色尚盈枝。閑中吟咏滿蘭堂，好景招邀襟韵長。露白天高浮雁字，澹香雨潤占秋芳。向宵疏影流明月，沉碭精英毓孤潔。不隨桃李爭春媚，獨傲風霜勵晚節。人對清芬如同氣，景幽邊塞即奇遇。興來志却旅愁深，把盞高歌且言志。

花池種麥

邊静烟塵斂，官閑樂趣舒。呼童學種植，對客話乘除。謝事花無怨，得時麥自如。芟荒試去疾，滋樹引溝渠。木落天高後，青青池畔餘。天心留栗洌，客意伴圖書。孤秀挺寒歲，依稀松竹居。營營一片地,形迹類迂疏。不見運齋甓,古人習拮据。躬耕嘯抱膝,南陽處士廬。秋霜和露種,春雨帶雲鋤。欲效西園刈,先謀東作畬。爲民祈穡事,大有歌與與。

壁間石山山在院署委蛇軒前。

昨愛蓮峰秀如削,幾經回首神飛躍。停旌已近賀蘭山,望裏岩嶢領大略。莫笑壁間拳石多,學山幽折疊陵阿。玲瓏曲引清風入,突兀高迎碧月過。誰道蓬壺在渤海,庭前小構增精彩。歌呼酒後時盤桓,東壁圖書觀頓改。起伏參差勢傾斜,蟠拏崩墜互交加。縱橫峻嶒騰虎豹,回環苔蘚隱龍蛇。凌駕嵌巖複數窟,小有天中光恍惚。蒼翠常含暮雨潤,溟濛疑帶朝雲發。快賞飛來比異踪,驚看節彼若教儂。欲從米芾袍笏拜,擬效蘇家怪石供。

天欲今朝雨步馬澧水韵

凌晨水氣上虛空,四野息吹習習風。客聽鳴鳩愁未夕,農看潤礎祝常豐。邊鴻凄切經雲擁,村樹蒼茫無路通。最是雨前幽致別,山川引入畫圖中。

河漢近人流步馬澧水韵

凉夜邀歡興不孤,銀河秋净片雲無。思窺織女愁清渚,欲喚牽牛下碧梧。入座澄光席蕩瀲,橫空明潤衣霑褸。何須更覓靈槎上,把盞中宵坐露濡。

中秋前一夕社集華嚴寺步馬澧水韵

中秋前夕亦秋輝,預倩姮娥降綺幃。桂影高飄香落灑,蟾光孤映冷侵衣。砧聲淒楚敲寒塞,梵韵清幽出暮扉。客況漫傷微缺夜,良朋團聚可當歸。

中秋日署中有感二首

露白葭蒼八月天，賀蘭秋色倍堪憐。王孫芳草何年別？衰木寒烟落日懸。幾斗清酤銷壘塊，一枰白畫變桑田。擬將客緒托明月，預囑浮瓜向夜圓。

寒花無語怨西風，天上人間此日同。靈藥悔來猶寂寞，塵纓羞去自倥傯。百年歲序三秋繞，萬里關河一雁通。約定今宵渾不寐，肯將滿月付虛空。

中秋雲中月絕句五首

此日中秋節，隔雲望皎潔。客心忽渺然，想到撲燈雪。

分外明何在，雲中兔影疑。廣寒應自悔，妝鏡懶孤持。

如何今夜月，不及往年秋。邊地西風冷，嬋娟起暮愁。

請玩雲中月，輕綃籠桂花。河橋酒幔處，美女映窗紗。

清嘯倚南樓，邊寒八月秋。清光永夕待，秉燭喚同游。

中秋後一夕得月是夕同友人讀劉菊源前一夕詩嘆其天然佳妙可謂陽春白雪友人因逼和韵作後一夕詩又成五絕

中秋微見月，節後片雲無。素女懸金鏡，何須照夜珠。

昨日中秋節，今宵月轉明。含情相對酒，歌管莫停聲。

已過圓月夜，今夜月還圓。共此一輪月，不須嘆各天。

冰輪如浴出，不見有虧痕。莫叙別離苦，且將宿酒溫。

借問昨宵月，今宵果缺不？滿樽常在手，日日是中秋。

嘗新稻二首

絕塞秋高雁影過，驚看匕下白如瑳。名珍水陸聞三楚，禮重嘉蔬獻九歌。醉飽炊香宮署易，胼胝種玉野農多。安得年年書大有，爲民蠟索祈天和。

塞北江南素所疑，園人新貢雪翻匙。鎺雲渠雨豐年計，饁女耕男終歲疲。貸抵秋禾空綠野，稅餘春酒到黃眉。田家風味香如許，風味田家總不知。

秋日暖和劉麟生

歲歲驚秋朔氣吹，今翻入月是薰時。賓鴻涼別陰山早，客燕晴留口口遲。廬婦寒砧應未動，班姬團扇可忘悲。莫訝秋際行春令，喜動田家舜日熙。

秋行見紅葉和劉麟生

驚看寒塞燦春融，似向山陰二月中。葉老霜花翻嫵媚，林酡秋色更殷紅。清樽賞勝停車坐，彩筆含情流水通。應是化工點染絕，還憐舞態艷西風。

秋風清

西風瀟灑嘆清絕，露白霜凝秋氣潔。明月一天仙籟遠，寒砧萬户杵聲切。飄來落葉響空山，催去征鴻別漠雪。留得桐絲并首薇，披襟大快塵氛滅。

秋月明

禮空滿酌清樽螘，秋月高懸净若洗。魚戲金波躍不定，鴉疑白晝棲還起。人生百歲幾中秋，明月陰晴不自由。古月逢秋秋半去，今人玩月月難留。去秋月下游晴雪，月到今秋秋意別。惟憑一月作心知，把酒臨風邀共啜。露墜梧桐鶴夢清，鄰家砧杵已無聲。渾忘夜靜寒侵骨，獨向高天看月明。

猶是風花舊飲樓步劉麟生韵

猶是風花舊飲樓，重經淒切不勝秋。風傳沙漠角中語，花落關山笛裏愁。行客自來邊地少，夢魂長繞故園浮。一聲出塞一杯酒，傾倒何妨號醉侯。

農部唐采臣以宋玉叔年翁四柳亭詩見示并索和章因而步韵

部署舊有亭在東偏移構園西四柳中，名曰四柳亭。因唐公近示《中秋問月篇》《黃花賦》并擬張季鷹秋風思歸辭，故詩中及之。

依舊園亭位置別，高人韵況藏幽折。飲同明月問中秋，賦就黃花酬菊節。選勝邀歡烹素魚，驚呼相示故人書。秦川迢遞襟期切，玉叔清思玉不如。上言折贈燕山久，今爲客亭題四柳。澹蕩自成陶令家，疏狂欲共劉伶酒。唐侯酣放揮書案，露結烟霏觀者嘆。鳳翥飛來不受羈，龍精躍出豈容鍛。鄉思難裁張翰風，預愁別後惱征鴻。年年搖颺公庭柯，暗縮離懷霜露中。

贈別左監副劉前修五言俳律一首

聖主渙恩綸，皇華遣使臣。刑于風教遠，錫類雨膏均。不鄙蕭關道，頓生河外春。金雞銜去舊，彩鳳儀來新。賦政勞和仲，詢諏遍隴秦。胸中藏造化，掌上列星辰。枵瘠恤民隱，凍皴憐戍辛。驚心絕域險，徹骨荒山貧。沙唼菱莎米，霜謀芗苦薪。青鹽徒表異，蘆酒易生嗔。拂霧回初軫，停雲憶後塵。駪駪歸禁籞，灑灑奏楓辰。

雁字十首 余癸未①在淮上，與社友楊賦臣作雁字詩，有七言律二首并古風一篇，已刻入《鷄窗偶録集》中。今見茅先生雁字十篇，古奧雄奇，爲之擊節嘆賞，自覺才短，未能屬和，因簿書餘閑，妄爲續貂，聊志一時襟韵云爾。茅諱衡，號廣居，浙人。

賀蘭秋色滿邊城，羽族隨陽動遠征。乍起回翔如轉注，長鳴嘹嚦

---

① 癸未：明崇禎十六年（1643年）。

似諧聲。勢騫東壁干星緯,影落西池見墨鄉。最是詩人工會意,長空遥望不勝情。

　　秋風離思古荒臺,嘹唳聲凄和角哀。遥看集霧驚寒陣,兼擅凌雲作賦才。變化不由草訣得,天然疑自臨池來。暮空搖曳多姿態,未許人間稱妙裁。

　　月照清秋萬樹霜,驚看彩筆見翺翔。雲中番譯無通紀,天際殘編有斷行。碧落成文皆柱史,江湖染翰盡鍾王。臨風無限翩翩意,飄灑淋漓揮彼蒼。

　　候鳥違寒更卜居,凌霄豐羽至文舒。盤空組霧雙鉤帖,驚雨崩雲二妙書。漠北緘來多況瘁,衡南望杳費躊躇。故人音問經年絕,愁聽嗷嗷度客廬。

　　蕭羽驚飈逐暮雲,疑除碧落中書君。鳥官自注鴻荒史,龍塞遥傳羽檄文。天畔忽過飛兔翰,人間不數換鵝群。數聲清越同琴度,極目高空送夕曛。

　　風葉蕭蕭憶故園,遥看旅翥倚庭軒。翻雲展作折釵股,濯雨揮成屋漏痕。刷羽書空來絕漠,銜蘆作陣度關門。刀鐶正切樓頭望,好傍深閨慰夢魂。

　　天高木落徙寒汀,矯翩翩遷摩太青。竹簡縱橫飄个个,陣雲斜整布丁丁。飛臨篆室形堪象,鳴過玄亭識未經。空費弋人繒繳計,搏風何處下冥冥。

　　鳥怯窮荒朔氣多,早辭海曲度關河。殷勤足下蘇鄉帛,灑落雲中筆陣歌。月令無須頒鳳曆,錦文何事擲鴛梭。漸盤漸陸江天闊,暖日晴烟漾碧波。

　　雲水瀟湘遠作賓,春還秋覲亦稱臣。霜天帶月工飛白,秋水涵空擅寫真。竊笑祖龍焚不到,還輕野鶩迹成陳。四時常見吟空度,判斷平分寒暑均。

名迹無煩苦摹追，秋空揮灑是吾師。雲端疏密皆神巧，霞際行楷并色絲。半倚風前朋未正，全揮天外勢多奇。平生拙腕如多掣，擬效霜翎肆所之。

茅廣居先生　評

夫雁字昉於上林繫帛書也。學士大夫輒取以吟咏，騁其文藻，非若鸚鵡鷦鷯托深而喻大也。大中丞黃公軍書多暇，偶取雁字而游戲成之，然而思入風雲，聲振金石，十篇結撰一氣呵成，古色清音，沉思遠致。[2]

春日四絕

（闕）

除夕和馬參戎韵

……歲除。椒花閑自次，柏酒序相致。堅坐守今夕，沉醼祖舊歲。門闌符葉翻，行紀曆書存。爆竹風聲合，圍爐笑語溫。夜深杯更酌，情至形全略。開節況昇平，乘時諧衆樂。

乙未①暮春贈別唐采臣

邊城春盡杏花新，轉餉功成奏紫宸。彩筆生香時振藻，斑衣繞夢動思蓴。賀蘭峰冷雲千幅，四柳亭空月一輪。別後懷君多寂寞，肝腸誰共披清真。

贈別陳巽甫給諫二首

聖主恩綸降九霄，賀蘭山下慰瞻翹。歌鐃挾纘傳寒徼，扶杖呼嵩樂盛朝。況詫延津雙劍合，兼歡紫塞片花飄。故人何事促歸軺，殊域春深倍寂寥。

---

① 乙未，即順治十二年（1655）。

河外春回自帝京,王臣賞勝快同行。浮圖天外孤峰出,倒景閣前一鏡明。蘭嶺凝寒晴雪下,藩園過雨暮烟生。片時笑語乘高興,留得邊城古今情。

春日小集因座客劉象明道及秦州試石榴花諸生概不成篇即席口占二律

　　仙蒲歡草媚端陽,灼灼石榴爛畫堂。令節特鍾午日麗,好花恰映紫霞觴。朱顏不受紅裙妒,艷色還分琥珀光。茂對莫遺零落恨,須教酩暈舒清狂。

　　若榴應節煥朱陽,星璨珠連輝滿堂。萼映繽絲丹是彩,色明帔酒砂爲觴。漢臣橐裏珊瑚種,西域枝頭赤玉光。相約莫辭花下飲,還乘爛漫恣高狂。

清明日致祭劉孝吾大將軍先塋賦詩四首

　　萬家新火動榆烟,逸韵高踪吊大賢。吟處嘯風清度日,醉中勸月樂忘年。突嗟起仆揮金土,舒笑平紛讓隴田。瞻眺佳城多瑞氣,山川葱鬱護名阡。

　　大將時爲風木傷,蒼松翠柏種成行。簪纓世冑垂光遠,忠孝家傳遺祚長。漢水同流磨日月,蘭山作鎮奠星霜。追隨拜掃欽先德,萬古千秋嘆發祥。

　　魚龍川上烽烟静,唐漢渠灣簑笠閑。自是兵機神虎豹,還推舊德重河山。醉鄉策鶴雲歸碧,仙里啼鵑血灑斑。銀海金鳧多秘賜,麒麟永衛夜臺關。

　　九原可起爲誰歸,感嘆仙踪世德巍。行結善因花雨下,訓深武略陣雲飛。不堪南仲城方日,旋報老萊罷舞衣。莫謂奪情屈子道,龍章鳳誥有光輝。

游涉趣園

會得陶公趣，官園神亦清。溉根爲造化，剪蔓見裁成。河子渠循徑，蘭孫石架屏。閑來觀物理，静對樂群生。

種　蓮

酷愛蓮生花，移栽淺水沙。青錢初映日，翠蓋漸籠霞。碧玉摇風韵，圓珠走露華。時來詩酒客，歌嘯擬仙家。

贈松年侄

果有今朝別，相期他日心。汝能解陟岵，我勸咏如琴。嘶馬連鴻切，寒砧動客深。故園足下是，何日遂抽簪。

贈別崔孕華

秋風獵獵動蕭森，別緒離思任不禁。絶塞未嫌官舍冷，他鄉反覺旅情深。相關兒女百年意，獨往雲山萬里心。客裏難堪還送客，鴻聲凄切催寒砧。

酬贈集公張兵憲步韵 公奉制臺命閲兵西夏，是時聲氣符合，互相唱和，誠邊塞之奇遇云。

賀蘭一片石，對峙崑崙東。攬轡雲天□，指麾壁壘雄。亮懷披霽月，高韵灑清風。不盡胸中富，談兵氣吐虹。

子房赤帝師，化得後身奇。百越活丹筆，三秦壯羽儀。論文推領袖，把酒見襟期。雲樹五原近，晨昏繞夢思。

【校勘記】

［1］壁：原作"壁"，據文意改。
［2］茅評語似未完。底本此後當爲第三十三頁，誤入第二十三頁內容，第三十三頁脱。據目錄，第三十三頁爲《春日四絶》《除夕和馬參戎韵》二詩。

附録　黄圖安散見詩文

漢渠春漲①

朔塞井疆自古聞,渠成時雨鍤成雲。源開星宿天邊至,浪泛桃花隴畝分。千里荒邊饒灌溉,萬家渴壤盡氤氳。分來河潤成肥沃,疏瀹春工莫憚勤。

南樓秋色

相攜樽酒坐南薰,潦盡天高爽氣分。萬户清砧敲落葉,千山征雁度寒雲。豐登歲喜村烟接,蜡報時傳賽鼓聞。探騎蕭蕭烽火静,防秋不復遠行軍。

黑寶浮圖

凌霄寶塔鎮禪宫,紫塞關山四望通。座湧蓮峰垂象教,花飛雲牖侈神工。梵聲縹緲諸天外,色界蒼茫一氣中。盛世清平多暇日,閑聽法皷演宗風。

泛　舟

舫閣乘涼一棹通,青山佳色落湖中。霞光倒映荷花水,雲氣低連楊柳風。歌動游魚聞近檝,舞回征雁見浮空。清時游覽襟懷闊,晚景酬呼興不窮。

閑咏二絶

落花天氣半晴陰,好去尋芳傍碧林。是物含情知愛惜,鶯聲聲裏唤春深。

桃花水到報平渠,喜動新流見躍魚。一枕羲皇午夢後,數行小試右軍書。

---

① 此詩及下《南樓秋色》《黑寶浮圖》《泛舟》《閑咏二絶》《劉孝吾鎮臺邀集南塘》七首詩,據《〔乾隆〕寧夏府志》卷二一録。

劉孝吾鎮臺邀集南塘

草木驚黃落,湖天轉净澄。葭聲響淅瀝,秋色高稜層。晚照登舟好,中流砥柱能。蒸徒頗會意,欸乃入菰菱。

黃中丞堂城八景咏①

雀城瑞靄

何歲築城來白雀,至今瑞靄繞城隅。祥雲飛入連鳧迥,皓月匝依映鶴孤。仙觀徘徊枝上見,霜簷芒芴望中無。周家鶍鶍無煩羨,素羽翩翩自可娛。

仙口奇踪

仙家已向白雲去,度狗奇踪此地留。爲捧紫霞游少廣,因看紅雪下瀛洲。人間景促黃粱夢,壺裏春長碧玉樓。東道紛馳多少客,官亭痴想望悠悠。

文筆高峰

歷來高第驚傳臚,峭拔文風鎮里閭。遠世摇空揮雁字,銛鋒沁水占蝌書。劫逢龍火毫無恙,位署管城穎自如。巨手椽筆何足論,請看翰墨灑清虛。

靈碑遠鏡

學海書林多壯觀,靈碑透露拭相歡。倒來射飲行王道,遥映威儀擁漢宮。一鑒攝還伴壁色,滿堂印照冰輪寒。文心靈徹旁通處,頑石點頭可并看。

古刹晨鐘

法宮巍敞恣閑游,花雨繽紛散俗愁。梵韵清微依磬入,香烟繚繞共雲浮。諸天自繞真如樂,净土全空色界憂。最是晨鐘開省悟,瞿然夢覺伍更頭。

漕河夕櫂

一道兼通南北汀,梁鄉風韵響清泠。東南民力勞輪輓,西北軍聲壓幕庭。

---

① 據《〔康熙〕堂邑縣志》卷三録。

幾處撗操湖水緑,數聲欸乃岸峰青。榜人欲宿斜陽渡,隨意忘機最可聽。

青泥異塚

青泥峻削高凌霞,異塚傳來景物嘉。十里春風呼杜宇,千村夜雨吊梨花。百年醉夢客經過,一日清閑仙是家。聞說慢藏曾誨盜,莫訝神器已全遮。

大業遺臺

臺空人去老隋唐,傳得師中築令忙。虎旅佩刀敲夜月,將軍傳箭肅秋霜。瓊花晚謙愁螢火,綵樹春游怨夕陽。一代勛名成底事,空餘頹址説興亡。

條議寧夏積弊疏①

爲欽奉上諭事。

順治十二年二月十九日准吏部咨,本年正月十九日奉上諭:"諭吏部:朕撫育萬方,夙夜祗懼,講求愛民之道,不啻三令五申。乃年來水旱相尋,干戈未靖,民窮莫極,共食不充。上德弗宣,下情壅塞,所以致此,弊非一端。朕已廣開言路,博詢化理。復念天下至大,民情土俗,所在不同,地方各官,身親實歷,凡兵民疾苦、政事利弊,必有灼知於心,耳聞目見,最爲真切。今文官自督撫以下、知府以上,武官自提督、總兵以下,副將以上,管轄之内,職掌事宜,向來積弊,見今整頓如何而可,俱著詳切直陳無隱,以咨采用。司、道、知府、副將,著各陳奏一次。知其病即備其藥,言其害即舉其利,毋得浮泛雷同,苟且塞責,負朕周咨勤民至意。爾部即傳諭行。特諭。欽此。"欽遵到部,備咨前來,臣跪讀嚴綸,措躬無地,仰見皇上愛恤兵民,洞察積弊,令其整頓直陳,可謂周切無遺。臣蒞任十閲月,管轄職掌之事,皆得諮詢明悉。謹條議例款,爲我皇上陳之。

一,寧鎮兵馬,屢經徵調,勇練之人,膽壯之馬,與夫堅甲利器,俱經挑發湖廣、四川。且挑去者俱係戰兵,在鎮者多食守糧。以千里重鎮,邊口扼要處處須防,并應募缺額之數,僅此八千七百餘兵,尚屬單弱。又從來舊例,分撥各營兵丁,多少不等,付給私委操守各官在外堡塞分防。每營原額不過數百,散居各處,存營甚少,演練約束,俱難周悉。此係積弊。見今整頓,宜將各堡塞防兵

---

① 此文與下及《請免加派九釐銀兩疏》二文,據《〔乾隆〕寧夏府志》卷十八録。

撤回本營，其操守名色俱行裁去，便於演練，且查考點驗，甚易清楚。

一，寧鎮餉銀，每兵一歲除領本色糧石六個月外，僅領折色實銀六個月。糧賤銀少，爲兵已苦。從來赴省領餉各官多不安本分，肆意花費，借端名色，扣落侵肥。及到營中，未免將官指名再削，窮兵難堪。此係積弊。見今整頓，凡領餉各官，除應得日費外，不許分文干沒。一到鎮時，即約同公所撫、鎮、道、協并各營將官，跟同算清，按數分領。既領之後，近者仍騐封分發，遠者再密行訪問。期於兵有實餉，不致朘削。此法一行，餉自清肅。

一，寧鎮本色糧石，營兵命脈所關，向來收管，俱無部銓倉官。奸民蠹棍，用賄鑽營，一張委票到手，凡百打點，用度皆費倉糧。既重收以累民，又侵欺以累兵。此係積弊，見今整頓，凡鎮城、中衛收糧各官，俱用本城部銓掌印守備，并管屯千總，彼各有身家，又慎重功名，自然不敢妄索加耗，恣行侵吞。至於外路各倉，無守備、千總之處，據地方公保殷實有德之官，嚴責出納，以絕弊端。

一，寧鎮驛遞，上無專管之官，下無足用之夫，棚廠俱無，器具寡少。又馬匹從前因夏秋放青，率多半支料草，兼以奔蹄之苦，所以易至瘦瘠，每多倒損。此係積弊。見今整頓，每驛委一驛丞專管，增加馬夫，使迎送餵養足用。建立棚廠，置辦器具，夏秋等月，亦全支給料草。倘有倒弊，便於責成賠補，以警惰玩之愆。

一，寧鎮西、北兩面俱屬荒山沙漠，絕無人烟。東鄰慶陽，南接固原，其間荒凉無人者數百里。邊寒苦地，與腹裏人民大殊，僅知餬口度日，率皆不知茶味。自新添官茶四萬觔，額納茶課。雖東北邊隅有橫城市口，僅通山旦部落，每開市口，不過數十餘人易換雜皮羊毛等物，生意不多，無處發賣，商人輸課艱難，因而告苦。扳散民間而邊地窮民多不吃茶，強逼使買。且舊茶未盡，新茶又來，壅滯累商。此係積弊。見今整頓，將寧鎮官茶四萬觔，量減一半，庶商民兩安，地方無害。

一，寧鎮唐、漢兩渠，受黃河水利，灌溉闔鎮地畝，最爲軍民命脈所係。張貴湃、石子工等處，逼近大河，恐懼冲潰，每歲派取柴料，自清明起工修濬築補，至立夏放水方歇。向來委官俱屬本地鑽營，私徇情面，盜賣夫工及一切柴料，有私折銀錢肥己者。所以河工草率了事，不得堅固，每歲有潰決之患。此係積弊。見今整頓，俱責成職官分理親查，不許折賣一束，不許賄放一人，期於物有實用，夫有實工。此河工濬渠利害相關，急宜舉行。

一，寧鎮屯田，本地屯兵一千名，每歲領餉銀六千兩，食倉糧六千石，又費官銀買給車輛、牛隻。算其初歲，十年分所獲不過收屯糧六千餘石；十一年分，所獲亦不過九千六百餘石。率皆糜穀粗糧，難以充餉。是所獲尚不足以抵所食。至所領六千金，并牛、車所費官銀，俱付之不可問，非如腹裏地方，可以本利相權也。往往兵民不得相安，易生訟端。且皆散居山野務農，與各營將絕無干涉，無兵之用，有兵之費。且於本鎮調去鳳翔府地方開屯兵丁五百名，路遠一千五百里。各兵貪念父母、妻子、墳墓、親友，往往逃回。彼處拏逃，寧鎮送逃，終歲擾累。五百屯兵即如五百遣戍罪軍一般，大是苦害。此係積弊。見今整頓，似宜裁去管屯新添二官，但責成屯田司與五衛掌印守備，實實清勘荒熟，漸次舉行。其已開屯田，照衛地一例起科。前督臣孟初議化兵爲農，今即變兵爲民，可以省每歲本折一萬二千之費。至調屯鳳翔五百兵丁，可俱放回寧家，責成鳳翔土著開屯，庶兵無逃竄，各獲樂土之願。

一，寧鎮地脈鹹鹵，收穫薄少，雖連歲有秋，荒歉所當蚤備。查實在河東捐賑穀糧一百一十七石，河西捐賑穀糧二百一十九石，存貯不多。除舊例春夏積銀，該道廳報布政司充餉外，其秋冬積穀一項，有名無實，稍有些須，不在正項查考之內，每供蠹役侵吞，無益於民。此係積弊。見今整頓，遇秋冬積穀之時，將問擬罪贖實，實收穀入倉，不許官吏私折銀錢。入倉之後，與正項同類查考。值豐收之年，仍令地方有好義官民，鼓勸樂輸，另貯倉廠，不得輕動，專備荒年賑濟。臣與兩道，更多方設處，務期每歲蓄積有餘，不患旱潦。

以上八款，經臣灼知真切，伏乞皇上采用，敕部議覆上請行，臣遵奉施行。

請免加派九釐銀兩疏

題爲有司考成無例，國稅拖欠日多，懇乞聖明定制，以裕軍需事。

臣看得慶陽衛驛所堡等加派玖釐壹案，本朝十年以前，考成在慶陽各官，十年以後，改催在寧夏各官。是九釐原屬慶陽者，當年加派之正自布政司定之，初未嘗加於寧夏。其改催寧夏者，後來更張之變，自慶陽衛推之，遂至諉卸於寧夏。以慶陽府轄慶陽衛，其錢糧派於慶陽衛者，宜也。明末乘亂，官吏多弊，以慶陽衛帶管河東地方，隔屬兼攝，事出理外。因將本衛錢糧混派於帶管之地者，弊也。且此慶陽一衛,既爲分守河西道所轄,何得以河西道考成之錢糧,混派於寧夏河東道之地方。因前有混派之弊,致後有改催之變,此弊源昭著者也。況石溝等驛,自遭兵火之後,人亡堡空,故改驛河西,可謂明證,而加增一項委無著落。至於瓦渠、金積之民,查係前代招住近邊土達,令其耕種,故作籠絡,其地瘠磽,所以每畝止納糧肆升。自本朝起科,裁軍爲民,照例當差,糧增八升,又兼銀草,比前數增苦倍。

夫寧鎮之地畝錢糧,詳考志書及本鎮題明經費錄、歷來考成疏章及易知由單,皆彰明較著,無此一項錢糧。即近日據《藩政考》壹書,指爲寧夏河東,終不能删去"慶陽衛帶管"數字,欲混而難混也。今若一旦催納,恐石溝等堡,招徠一二殘喘,住沙磧不毛之土,難供從前未征之賦。即瓦渠、金積增糧倍重之土達,勢必逃亡,殊非臣子仰體皇上恤民至意。此等荒殘情形,按臣巡視最真,臣亦詳查確實,不敢毫有欺飾。至從前未經開徵,職名難以查報。時督臣李因錢穀細事,委不兼攝,奉有俞旨。臣謹會同巡按陝西兼管屯田監察御史加一級扈合詞據實具題,伏乞皇上敕部議覆,從前混派未征之加增,倘蒙皇上憐窮寬豁,俾河東之殘黎可以安居荒漠,而無偏苦代累之悲矣。

黄圖安奏爲遵旨任事竭力巖疆本①

順治二年四月二十七日

甘肅巡撫黄圖安謹奏,爲恭謝天恩事。

竊照臣本山左庸儒,智疏才短,乃蒙皇上菲葑不遺,承乏易水,任事以來,夙夜匪懈,期於一清不染,大公無私,以昭陛下鼎新之治。然心有餘而力不足,直太過而鋒易折,方自懼不克隕越,以貽名器羞。乃忽於四月初十日捧讀邸報,奉聖旨:"黄圖安陞都察院右僉都御史、巡撫甘肅等處地方、贊理軍務。寫敕與他。欽此。"欽遵,隨即焚香叩闕,拜舞君恩,不自知庸拙之何以濫冒至此也。夫用濫於才,受過乎器,不無鑒窮衡殆之憂,故有俸淺親老一疏。竊實自揣,惶悚未安,復奉聖旨:"甘肅重鎮,黄圖安著遵旨任事,不必控辭。該部知道。欽此。"臣縱譾劣,不堪謬膺,聖眷隆重,敢不捐軀矢報,竭力巖疆,謹列衷言,仰謝高厚。至關切事宜,俟另行呼籲,不敢瑣陳。臣不勝感荷翼戴之至。謹具奏聞。

---

① 據《清代檔案史料叢編》第十三輯錄。

順治二年四月二十七日奉聖旨："黃圖安著遵旨速赴新任，以鞏嚴疆。該部知道。"

黃圖安爲寧夏地方驛傳考成情形揭帖①

順治十一年九月

欽差巡撫寧夏等處地方、贊理軍務、都察院右僉都御史黃圖安爲協濟本可通融，衝僻不難酌量，請嚴定驛傳考成之法，釐夙弊以飭郵政事。

案照前任撫臣孫茂蘭，於順治拾年拾壹月拾三日，准兵部咨車駕清吏司案呈奉本部送兵科抄出，該本部覆户科給事中周曾發題前事部覆，該臣等看得各省驛遞，臣部已經題請設立迴圈文册，以杜冒濫横索等弊，見在通飭查核在案。

今應從科臣之議，以驛政考成驛傳道，令各州縣按季造册呈繳該道，該道按季呈繳該督撫，該督撫年終核實題參，敕下臣部分别考成。至各驛衝僻不均，宜通融協濟者，總口勘合火牌爲主，應察其應付多寡即定州縣衝僻，由此通融協濟，務期適均，不至偏苦。并督催應協銀兩及期完解，仍將完欠數目，填册以憑考核，如有縱容州縣私加私派，及應付紙票白牌者，事發參處。其直隸地方原無驛傳專官，應責各該本道照例察核造報，該督撫一體考成等因。題奉聖旨："依議行。欽此。"欽遵抄出到部，備咨前來。

又准督臣咨同前事，該前撫臣一面嚴行驛傳道督催協濟，口填站價及期完解，并查有無私加私派情由，一面行令河西、河東兩道，詳查各驛應付差遣有無冒濫横索等弊，屢行催駁，及職到任復催去後。今據陝西分巡關内道帶管驛傳道副使周天裔，開造協濟站價完欠，并無私加私派及催征各官職名前來。又據河西道僉事曹葉卜、河東道僉事牛應徵，各造驛遞應付差遣馬匹與夫，并無冒濫横索等弊，文册俱報到職。

該職看得寧鎮孤處一隅，原無州縣而所設驛遞。在明季時，每年額供站銀玖千之多。該先任撫臣李鑒量差遣之煩簡，酌地里之遠近，而於玖千兩之内，每歲議留三千壹拾伍兩，供應寧屬壹車三驛購買馬驢，并差遣廩給，及新設回馬夫役工食之用，餘充兵餉具題在案。此通融適均并無偏苦，況此項之内，又有除豁□□之數，僅實征銀貳千伍百三拾餘兩，皆取派於長武、白水、郃陽三縣

---

① 據《清代檔案史料叢編》第七輯錄。

之協濟也。中有督催及期完解，自無容議，間有拾年未完，延至拾壹年補解者，部臣自有考成。至於冒濫差遣私加私派，以及應付紙票白牌者，前撫及職飭禁最嚴，據報并無此弊。所有順治拾年分協濟完欠分數，及催征各官職名，應付過差遣馬匹數目，既經該道呈詳造册前來，逐加核明備造青册，咨送户兵二部查考外，職謹會同督臣金礪合無具題，伏乞敕下該部議覆施行。爲此除具題外，理合具揭，須至揭帖者。

黄圖安爲寧夏驛站銀兩清册已開造呈報事揭帖①

順治十五年三月（四月二十四日到文）

欽差巡撫寧夏等處地方、贊理軍務、都察院右副都御史黄圖安爲協濟本可通融，衝僻不難酌量，請嚴定驛傳考成之法，釐夙弊以飭郵政事。

案查順治拾年拾壹月拾三日，准兵部咨車駕清吏司案呈奉本部送兵科抄出，該本部覆户科給事中周曾發題前事部覆。該臣等看得各省驛遞臣部已經題請設立迴圈文册，以杜冒濫橫索等弊，見在通飭查核在案。今應從科臣之議，以驛政考成驛傳道，令各州縣按季造册呈繳該道，該道按季呈繳該督撫，該督撫年終核實題參敕下臣部分別考成。至各驛衝僻不均，宜通融協濟者，總以勘合火牌爲主，應察其應付多寡，即定州縣衝僻，由此通融協濟，務期適均，不至偏苦。并督催應協銀兩及期完解，仍將完欠數目填册，以憑考核。如有縱容州縣私加私派及應付紙票白牌者，事發參處。其直隸地方，原無驛傳專官，應責各該本道照例察核造報該督撫一體考成。等因。題奉旨：依議行。欽此。欽遵，抄出到部。備咨前來，遵照在案。除順治拾三年分經職具題外。又於順治拾三年拾貳月初柒日，准兵部咨爲欽奉上諭事内開，該職題請寧屬各驛馬匹，夏秋全支料草緣由，奉旨部覆，除買馬站銀原係寧鎮驛站銀兩，相應如議動支買草，其該鎮兵馬支剩料豆，俱係兵馬正項錢糧，不便動支，仍照前覆，於兵部項下裁減驛站銀內動用。等因。奉旨：依議。欽此。欽遵，咨行到職。除不足草束動支站銀易買外，至於料豆照依時價行據驛傳道，於富平縣站價裁充兵餉内撥給寧鎮料豆銀陸百壹拾兩柒錢，呈解支放，并應報順治拾肆年分協濟銀兩，備行該道及催促去後。

---

① 據《清代檔案史料叢編》第七輯録。

今據陝西驛傳道副使劉士蘭、寧夏河西道僉事郭之培、河東道僉事韓庭苢，開造協濟驛站銀兩及催征各官職名并無私加私派，亦無冒濫橫索，應付白牌紙票情弊，造報到職。該職查得寧鎮壹拾三驛，每年額設站銀內，除荒糧并漸次墾荒實征銀貳千伍百肆拾玖兩零，在於西安府屬郃陽、白水、長武三縣協濟本鎮在城等驛，通融購買馬匹及諸用之需，并無加派冒濫應付白牌紙票各情弊，所有前項協濟并料豆銀兩以拾分俱已全完，深於驛務有裨。今據呈報經徵收支各官職名前來，覆查明白，除造清冊咨送兵部查核外，相應具題，伏乞皇上敕部議覆施行。

爲此除具題外，理合具揭，須至揭帖者。

田賦公議五條①

一曰代編驛站。《邑志》：田賦除正額編定外，有代編一項，共銀一千六百四十兩五錢，協濟各州縣驛站水夫等。用代編者，代別州縣而加編，明其非正額也。此不過各州縣一時呼籲之情，本府偶爾權宜之計，非上頒一定而不可易者也。況從來協濟他處止有撥補之法，原無代編之法，或更有設處之術，絕無代編之術。撥補者因彼處錢糧不足支用，將此處有餘錢糧挪移彼處，補完缺欠。是撥補原在正額之中，代編者除此處起解存留舊數，代爲彼處加派，是代編全在正額之外。正額中之撥補必須奉有旨意、部文始照數遵行，必無私爲撥補之事。正額外之代編，止係各州縣燃眉，私情申請，本處上臺允其通融代編，代編與撥補固大相懸遠也。上之責下多云設處，下之應上勢難空炊，初雖有設處之虛名，後必滋代編之實禍，但爲設處而代編，是暗累百姓。偶值賢令力行禁革爲協濟而代編，是明累百姓。非遇仁明院司道府，難於更正。竊思此項錢糧若編在各州縣驛站不足之本處，其名爲加派。加派以苦本處之赤子，近而父母必不忍輕加，遠而公祖亦必不敢輕許。獨不念鄰封之赤子，何殊於本處之赤子乎？不願以加派苦困本地之民，獨願以代編困苦鄰封之民乎？更可訝者，各州縣驛站舊額原屬豐肥，後即裁減，時殊事省，亦自足用，何須額外又添協濟，且各州縣驛站中應用水夫亦有定額，原無須多，乃每一驛站卽責堂城協濟水夫四五十名不等，不足異乎？使無驛站州縣俱照此數協濟，將何處應用如許人夫

---

① 據《〔康熙〕堂邑縣志》卷三錄。

乎？倘他處無協濟水夫，或不似如許之多，不幾偏苦而失公平乎？自本朝添設三省部院以來，東西來往絡繹不絕，以從無驛站錢糧之處，當此奔馳，悉索之累較之南北孔道更爲困苦。歷經二十餘年，民窮財盡，堂城爲最，何不憐同此小民不得他人之協濟、反以協濟他人乎？當萬曆年間，賢明知縣高公於清丈地畝釐田賦之後，載在邑志，有云："代編銀兩原非舊額，起於嘉靖末年。因各州縣驛遞差煩，紛紛告擾，當事者遂通融代編，嗣是漸增漸煩，至千六百餘兩。剜己心頭肉，醫人眼前瘡，堂民久抱不平之嘆，矧水旱頻仍，室家懸磬。"今之堂非昔之堂乎。昔日已嗟爲今，今日更不比昔。時方鼎新，正宜革弊舉，以前添加代編銀兩盡行除豁，一遵舊規，正額輸納。庶乎民命得蘇，不致向隅空悲，苦累無告矣。

二曰銀米失平。普天之下，莫非王土，率土之濱，莫非王民。安土重遷，情樂均平。任土作貢，法應盡一。法一則事公，事公則情平。堂邑田賦有大謬不然者。各處田地，或分金銀銅鐵四等，或分上中下三等。至堂邑田地，鹽鹹甚多，飛沙更衆，舊傳下地三千餘頃。查志載，闔縣地共八千六百餘頃，下地僅一十三頃，其俱屬上地。究其實，十三頃不足以盡下地百分之一，反概以下地爲上地，民何以堪。他處地分三四等，其賦之不平，乃所以得平也。今概取平於上地，瘠田下户盡抱不平之嗟矣。更可異者，各州縣每畝納銀二分零，獨堂每畝納銀三分零；各州縣每畝納米六合零，獨堂每畝納米一升九勺。相去懸遠，未識是何緣故。故此在紳士尚不能解，安望小民無怪？其視易知由單，是最難知由單也。或者因代編愈煩，加派愈重，不覺種種溢額，致與各州縣銀兩之數大相天淵。所望循良賢父母據情上申，力求查明更正，庶積來之弊端可清，窮簷之苦累得脫矣。

三曰荒田納租。志載，萬曆九年，奉文清丈，除官堤古道，實在白地八千六百三十頃零，更無他地，昭昭然也。及至明末，正額田地多就荒蕪，因有荒田納租之額。歷來知縣每遇催糧，户頭報完之日即賞給荒地二三畝，責令開墾三年納租；或不賞荒地，逼令捏報開荒二三畝，其間有地遠人惰者，率有納租之名，無受地之實。有捏報之實，冒開荒之名，愈積愈多。每户俱有有租無地之民，是荒田一項，名輕而實重，賞地一例，名利而實害也。荒田不載於萬曆年間清丈地畝之時，萬曆盛時，田盡熟而無荒也，無額外之田，又安有額外之租乎？後來就荒之田，即以前成熟之田，其非額外原有荒田不待辯也。及至以荒田納租,初充按院公費,按院裁減,改充撫院公費。迨撫院急公奏歸,大部定以"額外"二字者,爲其納租稍輕,與大糧有異,不在舊日起解存留額内,故謂之"額外",非真堂邑八千六百餘頃之外更有此等田地也。此項宜清爲查考,除捏報無地准行除豁外,其實有開過荒田盡當收入正額,下田之中每畝納銀一分五釐,不必復留荒田名色,不然以此田爲額外之田,此租爲額外之租,其正額八千六百餘頃之數,見今太平日久,必當盡數開報,以足國賦,不幾一兔而兩皮乎?何處更得二百二十餘頃之田?使有復業之利而無包糧之害乎!里書乘之以高下其手,無可詖爲有,少可易爲多,地不得不日增,糧不得不日重,飽里書溪壑之欲,添窮民振地之悲,何日底止,何時樂利乎?且凡田先有熟而後有荒,若云額外是從未成熟之田,與官堤古道一例,何昔年奉文清丈之時,不明載有額外閑地二百二十餘頃,安在其爲清丈也?更可憐者,當大荒大疫、土寇大亂之年,各地俱准報荒,惟有納租荒田不許報荒,實是供應上臺之須,藉口於荒田無再報荒之例,不念熟田尚且逃亡,豈荒田獨無蓁蕪乎?倘蒙憐念困苦,將納租荒田改入本邑,下田仍歸八千六百餘頃額内,則小民無包糧之害,而地方免振地之傷矣。

　　四曰沙鹹稅糧。按《邑志》載云:"查得縣以西強半沙鹹,稅糧一體輸納,民甚苦之。"賢哉!此愛民如子之言也。特舉縣以西者,不過謂孔道所在,人人目睹,首舉之以明其苦。其實縣之東、西、南、北俱有鹽鹹飛沙之地,不生五穀,曾經本縣前輩鄉官穆文簡公常給事中念地土不堪,民皆逃亡,惟煎熬小鹽可以完糧糊口,已經奏疏,奉旨部文遵行,歲納鍋銀在案。今商人代納鍋銀,嚴禁小鹽,其增商人之利者小,其滋小民之害者大。久荒鹹地不敢取鹽,民無所利,何戀此土?民逃則地愈荒,地荒則賦愈虧,不但病民,兼且病國。當事者不念鹽商之苦,不思引額之重,非所以恤商也;不念鹽鹹之苦,不思田賦之重,亦非所以恤民也,意在恤商,方且代爲散鹽民間,完銷引課,勸民以玉成客居之商,賢父母之事也。意在恤民,亦不難於調停,主客相安,照舊勸商以存活土著之民,更賢父母之事也。商命固重,民命非輕,引額誠急,賦額非緩。今日商富而強,奪民舊業,而代納鍋銀,民甘心矣。使異日民富而強,亦奪商人舊業,而代完引課,商能甘心乎?彼此易地,情有同然,調劑於商民之間,體量於主客之際,務期彼此無礙,公私兩益,乃爲得之。

　　五曰協濟閘夫力役之徵即載田賦之内。志載閘夫一項,不無可議。其梁土二閘額夫五十六名，舊日不用遠處百姓，止就梁鄉土橋二閘近邊用工食額銀招募。夫役原無分外地畝貼費，近有子來之樂，遠無離家之苦，甚爲便也。及後時殊事異，工食不足，繼以地畝貼費。此力役之在本地者也，猶可言也，獨是協濟一項，最爲可異。查得協濟聊城縣李海務閘夫舊二十名，今裁入抽調丘餉二名，改一十八名，又志書不載。近日增加協濟聊城、永通閘夫一十八名，共協濟聊城閘夫三十六名。夫以聊城大縣，地廣二十四里，止於閘口三處。堂邑原是小縣，地窄一十七里，支持閘口二處，最爲苦累。聊城之必須協濟，固也，但可分派無河無閘之州縣，乃反以一十七里自已二閘之小縣協濟二十四里止於三閘之大縣，且爲數如許之多，志書不載，濫爲增加，其苦累更難言矣。尤可憐者，每歲報夫如數解到，奈聊城地係鄰封，隔屬無情，土風欺生，豪強占據，借夫役爲奇貨，視遠民爲魚肉，任赴改之。夫強力能幹，必多端阻撓，巧爲媒蘖，使夫不敢居住，破家大費，轉僱聊城，本閘人民方能相容。似此小民脂膏俱以飽豪民之包攬，赤子之窮苦盡以付異境之剥削，事之不平，傷心莫此爲甚。總之，民間身家爲重，別離爲苦，寧可僱役，不肯見役，此古今之通情，無容言也。但見役於本地，上有共戴之父母，下有鄰近之親友，尚可呼籲求救，稍延殘喘。至身到異域，則苦累多端，未易殫述，甘心棄產，不敢赴役。民有如許隱情困苦，爲之父母不忍不憐恤而善處之。其上，申請遵照志書，止於協濟一閘，其濫加新數，立行除豁。其次，又莫若將協濟聊城募夫工食銀兩照數解於聊城，令其就近招募，彼此甚便。然人同此心，心同此理，己所不欲，勿施於人。歷來冠縣有協濟堂邑閘夫一十六名，令其照數解銀，不須見役，亦可改解聊城，共滿協濟三十六名之數。將堂邑民賦減派一十六名，工食椿草之額一轉移間，而兩邑民命俱享農桑之樂，永免離析之悲矣。

公議五條一時勢難遽行，但刊載志書，異日從容舉行，小民受福無盡矣。

户部郎中楊敬衡諱延宗墓志銘[1]

寧夏巡撫黄圖安撰文曰：嗚呼！楊公乃竟白雲縹緲，夜臺無聞，亡國高節，逆旅孤魂，令余瞻仰思慕，躑躅徬徨，唏呼憑弔，輾轉悲傷。公峨眉毓秀，丰采精明，温如玉潤，皎焉冰清，譚擅詼諧，興高吟咏，飲類酒仙，技工草聖。以其

---

① 據清朝周銘旂纂修《〔光緒〕乾州志稿》卷十録。

先人少司馬崑崙公恩承世廕，祥發司農，奏功輸挽，晋秩郎中，分籌易水，口碑攸同。余濫以菲材承乏趨步，喜登龍門，傾蓋如故，時從晨夕，素心與披，還視而笑，一己相知。間或論及時事，悲憤填膺，忘家憂國，慷慨談兵，謂"寧玉碎而死，決弗瓦全而生"。別袂幾何，流氛糜爛，神京淪亡，衣冠塗炭。當是時，綱紀陵夷，人心中叛，率弱項以屈膝，競改節而從亂。公獨與幼子襄明見幾而作，埋頭遠竄。無奈大數在劫，終為所持，父子挺身不屈，赴難如飴。雖未獲與倪鴻寶、范質公輩同時捐軀，血殷舌戰，然人趨我逃，誓不北面，匿迹深巖，殞首不變，其清白節義、忠烈肝腸亦可以流芳今古，生色芸緗，仰質倪、范諸君子而有光焉。余再撫西夏，道經乾陵，見僕如主，惻然慘興，嘆寄淺土，五內摧崩。念其道梗艱難，允謀客葬，未幾而蜀中親知已爭為以蠲資妥壙矣。余不忍其湮没弗傳，負此良友，遣官勒石，垂諸永久。為之銘曰：南望太華，高不可越。東眺黃河，深不可竭。高深莫儔，維公之節。一抔千秋，代仰前哲。

賀寧夏撫院黄四維先生新任啓①

伏以詔出彤庭，萬里授宗臣之鉞；旌飛紫塞，三陲慰父老之歡。懷梟藻以欣欣，冠彈貢禹；望龍門之業業，袂振彭宣。慶溢瞻雲，虔修賀廈。

恭惟閣下純孝達天，孤忠格帝。系傳江夏，承歡竹馬之年；慕展蘭陔，無替鳴雞之節。明光獻賦，空冀野之驊騮；馮翊典戎，莞漁陽之鎖鑰。爰膺特簡，遂陟中丞。倚長劍於三危，樓蘭授首；指琱戈於西海，疏勒歸心。愛日情殷，令伯抗陳情之表；閑居賦就，安仁有撰仗之娛。白兔紫芝，墓表陳留之異；醴泉冬笋，邑因孝感而名。帝曰予聞，俞廷推於師錫；君其強起，作邊徼之長城。袞帶維容，塞外受降再築；旌旗丕變，磧中斥候無驚。吏凜春冰，一路聞風解綬；民游化日，千家扶杖携筐。洵哉身繫山河，功高社稷；允矣才兼經緯，名在旂常。

某海陬豎子，隴表贅員。竊附維桑，幸近枌榆之里；謬攀叢桂，終慚蕭艾之材。欣聞綸綍之自天，私幸樓臺之得月。遥瞻劍舄，喜紫氣之東來；莫覯衮衣，望彤雲於北斗。敬遴下走，衹叩崇臺。澗芷溪毛，聊攄衷於明信；末流細壤，冀弘納於山淵。

---

① 二書啓均據《安雅堂全集》卷十二録。

又 啟

　　恭惟閣下寰中武庫,天上文昌。馬傳曾經,篤君親之至性;文謨武略,裕將相之宏猷。詔起東山,泉石寧留謝傅;鎮開西夏,旌旄重畀希文。笑比黃河,絕域見革心之化;威騰青海,羌人有破膽之謠。九重西顧無憂,百二長城有賴。

　　某爨後焦桐,溝中斷枿。跼趨轅下,空慚駑步之疲;偃蹇隴頭,未有鉛刀之割。何緣福曜,近接塞垣。眺雲影於雙麾,地隔嫖姚之幕;溯月明於千里,魂依庾亮之樓。祇勒魚箋,肅陳燕賀。南國之蘋蘩采沼沚,敬百拜以介王公;東方之日月頌升恒,歌九如而祝君子。仰惟丙鑒,無任宣恭。

參考文獻

一、古代文獻

(一) 經部

《尚書正義》：(漢) 孔安國傳，(唐) 孔穎達等正義，北京大學出版社 2000 版。

《毛詩正義》：(漢) 孔安國傳，(唐) 孔穎達等正義，北京大學出版社 2000 版。

《春秋左傳注》(修訂本)：楊伯峻編著，中華書局 2016 年版。

(二) 史部

《明史》：(清) 張廷玉等撰，中華書局 1974 年版。

《清史稿》：趙爾巽等撰，中華書局 1977 年版。

《清史列傳》：王鍾翰點校，中華書局 1987 年版。

《〔康熙〕堂邑縣志》：(清) 張茂節修，(清) 黃圖安纂，清康熙七年(1668)刻本。

《〔光緒〕幹州志稿》：(清) 周銘旂纂修，清光緒十年(1884)刻本。

《〔乾隆〕直隸易州志》：(清) 楊芊纂修，(清) 張登高續纂修，《中國地方志集成・河北府縣志輯》影印清乾隆十二年(1747)刻本，上海書店出版社 2006 年版。

《〔乾隆〕寧夏府志》：(清) 張金城修，(清) 楊浣雨纂，胡玉冰、韓超校注，中國社會科學出版社 2015 年版。

《〔民國〕朔方道志》：馬福祥、陳必淮、馬鴻賓修，王之臣纂，胡玉冰校注，上海古籍出版社 2018 年版。

(三) 子部

《老子今注今譯》：陳鼓應注譯，商務印書館 2003 年版。

(四) 集部

《全唐詩》：(清) 彭定求等編，中華書局 1960 年版。
《陶淵明集》：(晋) 陶淵明撰，逯欽立校注，中華書局 1979 年版。
《先秦漢魏晋南北朝詩》：逯欽立輯校，中華書局 1983 年版。
《杜甫全集》：(唐) 杜甫撰，上海古籍出版社 1996 年版。
《全上古三代秦漢三國六朝文》：(清) 嚴可均編，商務印書館 1999 年版。
《范仲淹全集》：(宋) 范仲淹撰，薛正興校點，鳳凰出版社 2004 年版。
《安雅堂全集》：(清) 宋琬撰，馬祖熙標校，上海古籍出版社 2007 年版。
《黃庭堅全集輯校編年》：(宋) 黃庭堅撰，鄭永曉整理，江西人民出版社 2008 年版。
《李太白全集》：(唐) 李白撰，中華書局 2011 年版。
《鮑照集》：(南朝宋) 鮑照撰，丁福林、叢玲玲校注，中華書局 2012 年版。

二、現當代文獻

《清代檔案史料叢編》：中國第一歷史檔案館編，中華書局 1981 年版。
《陝甘地方志中寧夏史料輯校》：胡玉冰、韓超、邵敏、劉鴻雁輯校，上海古籍出版社 2015 年版。

夢雪草堂詩稿

〔清〕郭　楷　撰　　段永恩　輯　　魏　一　整理

整理説明

《夢雪草堂詩稿》八卷、《續稿》三卷，郭楷撰，收入段永恩輯《姑臧李郭二家詩草》，民國五年（1916）鉛印傳世。《中國西北文獻叢書》第六輯《西北文學文獻》第九卷據此本影印。各家書名著録中"姑臧"皆誤作"姑藏"。姑臧，古涼州地，今甘肅武威市。此本原版版框高十八點五厘米，寬十二點三厘米。四周雙邊，細黑口，單、黑魚尾。每半頁十行，每行三十一字。首頁以隸書題"姑臧李郭二家詩草"，牌記以楷書題"時在丙辰秋七月印"。

郭楷（1760—1840），字仲儀，號雪莊，甘肅涼州武威人。乾隆五十七年（1792）舉人，乾隆六十年（1795）乙卯科進士，候選知縣。同年，應楊芳燦之邀任靈州奎文書院院長。任職期間，先後受楊芳燦、豐延泰之托編纂靈州志書。嘉慶三年（1798）書成，爲傳世的靈州舊志中成書時間最早者。嘉慶四年（1799）任河南懷慶府原武縣知縣，以不合於上官，投劾歸，教授鄉里終身。編纂有《〔嘉慶〕靈州志迹》四卷、《夢雪草堂讀易録》五卷、《夢雪草堂讀詩録》、《夢雪草堂詩稿》八卷、《夢雪草堂續稿》三卷，惟《夢雪草堂讀詩録》未畢工。其中《夢雪草堂讀易録》由果勇侯楊芳刊行，有清嘉慶二十四年（1819）刻本傳世。《姑臧李郭二家詩草》收録其《夢雪草堂詩稿》《續稿》，近人徐世昌所編《晚晴簃詩匯》卷一〇九收其詩五首。

段永恩（1875—1947），字季承，一字補之，號北園，行五，係甘肅涼州府武威縣學增廣生。光緒十九年（1893）縣試案首，光緒二十年（1894）入縣庠，光緒二十五年（1899）歲試，考列一等，補增廣生員。光緒三十年（1904），甲辰科河南會試薦卷。光緒三十三年（1907）丁未科舉貢考，中式第一百十八名，覆試三等第一百四十名，欽點知縣分發新疆即用。《武威縣志》亦載"光緒丁未會考，曾任新疆莎車等縣知縣"。著有《養拙齋詩草》，《武威段氏族譜》四卷，《會試硃卷》一卷，編纂刊印《姑臧李郭二家詩草》。段永恩亦是1911年成書的《新疆圖志》一書分纂之一。其中《養拙齋詩草》亡佚。《武威段氏族譜》四卷爲民國三年(1914)鉛印本，前有宣統三年(1911)段永恩自序，現藏於國家圖書館，已被影印收入《中國西北文獻叢書》第三輯《西北史地文獻》第二十四卷。《會試硃卷》一卷爲清光緒三十三年(1907)刻本，現藏於甘肅省圖書館西北文獻中心。其生平可見《會試硃卷》《武威段氏族譜》中張得善撰《姑臧段濟川先生傳》（《段楫傳》），以及朱玉麒撰《段永恩生平考略》。

《姑臧李郭二家詩草》正文前有段永恩《姑臧李郭二家詩草序》一篇，正文內容由李蘊芳《醉雪盫遺草》一卷（附《醉雪盫賦草》）、郭楷《夢雪草堂詩稿》八卷、《夢雪草堂續稿》三卷組成。

《夢雪草堂詩稿》正文前有民國四年(1915)夏段永恩撰《夢雪草堂詩稿序》一篇，簡略介紹郭楷生平，重點論述郭楷詩歌的藝術成就。其後有嘉慶四年(1799)秋八月郭楷撰《夢雪草堂詩稿自序》一篇。據郭楷《自序》云，此詩稿"取丙午(1786)後詩，憶記之所及者，得二十之三，并靈武所作，錄爲一册，以當日記簿子"。

詩稿正文按詩歌文體分類編纂，卷一五言古詩有《雜咏》等九篇，七言古詩有《皋蘭守城歌》等九篇，五言律詩有《奉題松花庵師看花圖册》等十四篇，七言律詩《鄠縣玉蟾臺臘梅花》等十五篇，五言排句有《黃河浮橋二十二韵》等七篇，七言絕句有《馬嵬驛貴妃墓》等九篇。卷二七言古詩有《鵓鴿嘆》等二十篇，五言律詩有《再到劉氏山莊是日立夏用韵得歸字》等十五篇，五言排句有《盆中臘梅初開，忽憶去年今日，盡被春雨打落，感嘆成詩得十一韵》一篇，七言律詩有《野望》等八篇，五言絕句有《古意二首》一篇，七言絕句有《乾荔支》等六篇。卷三五言古詩有《到舍》等二十四篇，七言古詩有《上元節金塔寺作》等十篇，五言律詩有《微雪旋霽》等十六篇，五言排句《燈花十四韵》一篇，七言律詩有《冬中雜感》等九篇，五言絕句有《古意二首》等三篇，七言絕句有《鳳仙花》等二篇。卷四五言古詩有《初至奎文書院奉呈楊蓉裳刺史兼示諸生》等十一篇，七言古詩有《雪蓮花歌分韵得雪字》等九篇，五言律詩有《晏起》等五篇，五言排句有《分賦齋中玻璃鏡屏》等四篇，七言律詩有《次韵侯春塘見贈》等七篇，七言排句有《次韵俞鈍夫首夏遣懷》等二篇，七言絕句有《即事》一篇。卷五五言古詩有《讀史偶述》等七篇，七言古詩有《中秋夜風雨大作二更後忽爾晴朗賦此》等二篇，五言律詩有《文氏園中偕諸同人聊句用松陵集中臨頓里十首原韵》等五篇,五言排句有《有感二首》等三篇,五言絶句有《鳴雁》一篇,七言律詩有《夜雨乍晴秋原遣興和蓉裳刺史》等三篇,七言絶句有《偶過田家四章》一篇。卷六五言古詩有《秋懷四章》等十一篇,其中包括一篇楊芳燦唱和之作,七言古詩有《朔風行二章》等二十篇,五言排句有《瓶菊十韵》等二篇,七言律詩《晚過東村口號》一篇,七言排句《分賦得洮州石硯》一篇,七言絶句《桑椹》等二篇。卷七五言古詩有《禫祭後恭述先孺人遺訓示諸弟》等十四篇,七言古詩有《霜髯行戲贈明月老》等六篇,五言律詩有《大蠱山寺傳是明慶王避暑故宫》等十九篇,五言排句有《北郭園亭看海棠即席成二十四韵》一篇,五言絶句有《湖上二章》等二篇,七言律詩《三月廿四日朝游北郭園主人尚卧》五首,七言絶句有《梟》等六篇。卷八五言古詩有《古詩二十一首》等十篇,七言古詩有《懊惱曲》等二篇,五言律詩有《恭瞻御文廟聖集大成四字匾額竊賦一章》等四篇,五言排句有《無題》一篇,七言律詩有《答程定之》等五篇,七言絶句《即景》等三篇。

《夢雪草堂續稿》卷一五言古詩有《竹筆枕銘》等七篇,七言古詩有《題誠村大將軍畫像》等八篇,五言律詩有《題張植厚明府小照》等五篇,五言排句有《賦得黄花晚節香》一篇,七言律詩有《春去偶憶》等十一篇,七言絶句有《壬午赴蘭途中連日遇雪口占六絶》等十五篇。卷二五言古詩有《偶然作五首》等七篇,七言古詩有《池上觀魚》等四篇,五言律詩有《晴牎花氣》等十六篇,五言排句有《柏》等四篇,七言律詩有《聞牛鏡唐太史典試山東喜而有作》等十二篇,七言絶句有《龍溝驛夜發見月口號》等五篇。卷三五言古詩有《華嶽》等三篇,七言古詩有《楊少府以賓射□囑題》等六篇,五言律詩有《六月四日雨》等七篇,五言排句有《誠村大將軍出征西域長律奉贈》等三篇,七言律詩有《途出靖遠縣過奮威將軍王公進寶故里》等十四篇,七言絶句有《喜聞誠村軍門柯爾坪之捷寄獻鐃歌四章》等七篇。卷末附道光二十年(1840)七月十日楊芳撰寫的《雪莊先生哀誄并輓詩》一篇。

嘉慶十二年(1807)冬,潘挹奎從陝西回到故里武威,"貧病交縈,無以自遣",同里友人孫揆章覓得《醉雪盦遺詩》一卷,潘挹奎作序,欲付梓於世,然其間坎坷艱難,一直未能出版。咸豐年間此稿本爲武威李銘漢所獲,但其奔波一生,亦未能刊印此書。光緒年間,其子李于鍇因缺乏資金而擱置。一直到民國五年(1916),李于鍇得知時在新疆烏魯木齊任職的學生段永恩欲刊刻鄉賢郭楷的詩歌，便將《醉雪盦遺詩》寄去，請求合印，段永恩與同在新疆任官的蘭州人劉紹廷共同校勘，題曰《姑臧李郭二家詩草》。此鉛印本爲存世孤本，現藏於甘肅省圖書館。

《姑臧李郭二家詩草》是目前唯一完整可見李蘊芳、郭楷二人傳世詩文稿的版本。李蘊芳因遭遇胡中藻案，生平著述焚毀殆盡，惟存《醉雪盦遺草》一卷。近人徐世昌在所編《晚晴簃詩匯》中收其詩六首，并言："湘洲博洽群書，胡宮允中藻視學雍涼，以《黃河賦》試士，得湘洲作，稱爲木玄虛、郭景純一流。"其文學藝術造詣之高，可見一斑。《夢雪草堂詩稿序》評價郭楷詩文，其言曰："先生詩則吐言天拔，蕭然塵壒之外，不事雕琢，動中自然。如玉鑒冰壺，一往清迥；又如古琴名酒，淵粹醇潔，挹之靡窮，而味之無極。讀其詩，想見其人，非世士準量行墨、剽剝章句者所可擬也。"可見郭楷詩文清新自然，立意深遠，語句渾然天成。關於郭楷的學術思想，乾嘉時期，考據之風興起，呈愈演愈烈之勢，學者多沉浸於詞章訓詁之中，不置義理、不問道統。而郭楷却能承用"宋、元以來先儒舊說"，"不爲非常可喜之論，而犁然有當於人心"，此等心態和選擇，盡可見於《讀易錄》《夢雪草堂詩稿》之中，值得學界關注。

綜上，《姑臧李郭二家詩草》有助於學界考辨和完善李、郭二人的生平、交游、文學等方面的基礎研究，更爲學界體察乾嘉時期一般西北地方文士的知識、觀念與學術思想等方面，提供相對豐富堅實的文獻史料。

《隴右文獻錄》《甘肅出版史略》《清人詩文集總目提要》《清人別集總目》《中國古籍總目·集部》等書目對《醉雪盦遺草》《夢雪草堂詩稿》《姑臧李郭二家詩草》有著錄。李鼎文等撰文研究過該書，李林山、吳娛等有該志的整理成果。

本次整理主要以標點、校勘、注釋等方式對《夢雪草堂詩稿》八卷、《續稿》三卷進行整理。以甘肅圖書館藏民國五年（1916）印本《夢雪草堂詩稿》《夢雪草堂續稿》（簡稱"甘圖本"）爲底本，以近人徐世昌所編《晚晴簃詩匯》及其他著作中所收的郭楷散見詩文等爲參校材料。部分成果參考中華書局 2016 年版《姑臧李郭二家詩草·燕京雜咏·張玉溪先生詩》。

附錄：《夢雪草堂詩稿》整理研究成果

《李蘊芳詩注》：李林山整理，山東畫報出版社 2015 年。

《姑臧李郭二家詩草·燕京雜咏·張玉溪先生詩》：吴娱整理，《武威歷代詩詞叢書》，中華書局 2016 年版。

《讀姑臧李郭二家詩草》：李鼎文撰，《社會科學》1983 年第 3 期。

《段永恩生平考略》：朱玉麒撰，《敦煌吐魯番研究》2015 年第 1 期。

夢雪草堂詩稿序

先生姓郭氏，名楷，字仲儀，號雪莊，世居武威北鄉校尉溝。乾隆五十七年舉人，乙卯進士，①河南原武縣知縣。以不合於上官，投劾歸，教授鄉里終身。

先生學經義於同鄉孫傋仲山，②學詩、古文於狄道吳鎮信辰。③孫、吳故滋陽牛運震木齋弟子，④傳授淵源，其來有自。顧空山堂詩，[1]以崇壯沉鬱爲宗，《松厓詩錄》承之，不敢稍有出入。先生詩則吐言天拔，蕭然塵壒之外，不事雕琢，動中自然。如玉鑒冰壺，一往清迥；又如古琴名酒，淵粹醇潔，挹之靡窮，而味之無極。讀其詩，想見其人，非世士準量行墨、剽剥章句者所可擬也。

乾隆時，經學號爲復古。先生所著《夢雪草堂讀易錄》《讀詩錄》，所承用多宋、元以來先儒舊説，不爲非常可喜之論，而犁然有當於人心。《易錄》，楊果勇侯芳已刊行，⑤《詩錄》未畢工，他文散佚甚多。然先生之可傳者，終當在詩也。偃蹇百里，所如鑿枘；筆耕墨畬，窮老講席。讀先生詩，益令人慨然於廉吏之難爲矣。

乙卯夏五同里後學段永恩。[2]

---

① 乙卯：乾隆六十年(1795)。

② 孫傋：孫詔之孫，生卒年不詳，字仲山，號韋西，甘肅武威人，求學於牛運鎮。乾隆十六年(1751)進士。

③ 吳鎮(1721—1797)，字信辰，一字士安，號松厓，别號松花道人，甘肅狄道(今甘肅省臨洮縣)人，求學於牛運鎮。乾隆十五年(1750)舉人，官至湖南沅州府知府。著有《松花庵詩草》《松花庵游草》《松花庵逸草》等，後學輯有《松花庵全集》，亦編修《狄道州志》。《〔道光〕蘭州府志》有傳。

④ 牛運震(1706—1758)，字階平，號真谷，一號空山，山東滋陽(今山東省濟寧市兖州區)人。雍正十一年(1733)進士。歷任甘肅泰安縣、平番縣知縣。著有《空山易解》《空山堂春秋傳》《史記評注》等，後收入《空山堂全書》。《詩集》六卷和《文集》十二卷爲其子編刻。《清史稿》卷四七七有傳。

⑤ 楊果勇侯芳：即楊芳(1770—1846)，字誠齋，貴州松桃人。官至湖南提督，晚年獲封一等果勇侯，建威將軍，謚號勤勇。《清史稿》卷三七八有傳。

【校勘記】

［1］空山堂詩：《李于鍇遺稿輯存》作"空山堂集"。
［2］乙卯夏五同里後學段永恩：《李于鍇遺稿輯存》無此句。乙卯：民國四年(1915)。

夢雪草堂詩稿自序

　　余年五歲始受書。先君子口授古人詩歌，輒跳躑歡呼之不置。厥後，年日益長，性日益昏，復汩没於時文者二十載。間雖托興爲詩，率鄙淺不足道，以故隨手散軼，不復撿集。今年初，四十未便云老，而追念往昔，慌忽如夢中事。因取丙午後詩憶記之所及者，①得二十之三，并靈武所作，録爲一册，以當日記簿子。夫秋蟲春鳥豈能選聲而鳴，樵吟牧唱亦止觸興成趣，爲工爲拙而愛我憎我也。

　　嘉慶己未秋八月朔日自記。②

---

① 丙午：乾隆五十一年(1786)。
② 嘉慶己未秋八月朔日：嘉慶四年八月初一，即公元 1799 年 8 月 31 日。

夢雪草堂詩稿卷一

五言古

雜詠

炎靈政不綱,群雄肆雲擾。堂堂諸葛公,高臥何孤藐。當其隆中時,曠然宇宙小。一朝生感激,三顧勤介紹。吴會已東連,巴蜀乃西肇。三分豈其志,六出爲之兆。秋風五丈原,落日啼寒鳥。天心誠難知,臣事竟未了。余亦躬耕人,悲來誦二表。①

荆舒首宋禍,章蔡權相亞。辛苦峨眉人,老儗儋耳駕。名與孟博高,文增昌黎價。黨碑雖可毀,臣罪終不赦。負瓢游近郊,行歌過田舍。慚愧春夢婆,富貴莫相詫。

我有一寸鐵,采之五山精。革囊破不補,往往露光晶。鋩鍔久未試,繡澀苔衣生。豈不貴一割,潛鋒世所輕。昨夜雷電怒,壁上飢蛟鳴。夢中驚拂拭,霜氣亂縱橫。淬以鷺鶿膏,飾我曼胡纓。會須逢歐冶,躍海剷長鯨。

望空同山②

緬想趨風地,倚馬瞻青蒼。不見人天師,雲雷鳴空岡。借問鼎湖

---

① 二表:指《前出師表》《後出師表》。
② 空同山:即崆峒山,位於今甘肅省平涼市。《莊子·在宥》載:"黄帝立爲天子十九年,令行天下,聞廣成子在於空同之上,故往見之。"郭象注:"空同當北斗下山也,《爾雅》云:'北戴斗極爲空同。'"

龍，几時已騰驤。欲控雙元鶴，高飛尋古皇。

楊銀川荷齋招飲

楊子草元地，終朝長閉關。苺苔尚積翠，秋花未全刪。書史潛自味，松桂杳孤攀。有時動高興，雄文駕崔班。當風舒古錦，文藻紛斒斕。伊余塵中客，招攜來此間。開樽泛綠蟻，憑軒眺青山。白雲卷且舒，紅葉成微斑。倦眼豁氛霧，佳景開襟顏。誰知咫尺境，宵焉隔人寰。蒙君能不厭，朝夕當往還。

河干竚立望北山寺即土樓山。①

率爾曳杖屨，野興無西東。步出北郭門，微雨稍濛濛。水寒蘆葦渚，風動兼葭叢。孤烟飛荒蹊，曲折半橋通。草露濕幽翠，林柯綴疏紅。隔河望山寺，土樓窅靄中。岩崖隱雲構，斧鑿勞神功。禪侶自相悅，高流誰與同。何當一登覽，曠焉脫樊籠。

雪叫憶崔五省齋

西風昨夜急，布衾冷如鐵。曉起一推窗，吹落陰山雪。縷縷剪冰絲，霏霏散騷屑。陷地旋成泥，捎檐半凝潔。瘦削東籬花，低枝壓將折。迢遞南歸鴻，寒聲凍不咽。對此清興增，思君憂心惙。美人隔剡溪，倏忽三秋別。緬懷姑射姿，爾來益清絕。泥爪無終淹，輕塵暫飄瞥。安得一樽酒，攜之就明哲。

晴窗雪霽

風靜雪初晴，寒凝霜稍厚。曉日升東窗，杲杲臨窗牖。虛空一塵無，琅函萬卷有。憑几任紛羅，拈來亦信手。激楚對騷人，玄談延莊叟。寤寐敦古情，欣賞得吾偶。羌余慚前修，寂寞甘獨守。既乏青雲

---

① 北山寺在土樓山之上，《〔乾隆〕甘肅通志》卷六《山川‧西寧府‧西寧縣》有載土樓山，位於今青海省西寧市鳳凰山北麓。

委,亦謝彈冠友。眷言懷昔人,寸心庶無負。

雪　夜

曉寒慄肌骨,凝陰集微霰。差可咏撒鹽,未堪儗垂麵。尚隆之對雪云:"麪堆金井,誰調湯餅。"[1] 終朝不成霏,望眼頗勞倦。入暮寒轉急,朔風侵薄薦。晃郎映窗明,紛糅緣階遍。白屋破天慳,斗覺瓊琚賤。呼僮烹雲腴,濕烟裊一綫。憶昔廬陵人,玉堂娛清宴。撿韵羅群仙,哦詩鏖白戰。余亦興不淺,挑燈呵鐵硯。却憐三斗塵,湔滌仍撲面。擬嚼寒梅蕊,清芬和雪咽。庶幾沁吾肝,高躋追前彦。

冬夜示學子

寒夜下簾帷,挑燈披文面。倦眼苦昏翳,步檐看列宿。雲月互吐吞,霜華乍穿漏。隔窗二三子,啾啾習句讀。艱滯類齦踷,急煎歡然豆。各似駒在轅,何時鳥破鷇。嗟余亦疏頑,無計資神授。但勤百倍功,勿矜捷步走。庶其困而通,不至僵以仆。君看承蜩者,至言味疴僂。

歲　宴

明鏡久不拭,錦瑟久不和。君子遠行役,積雪盈山阿。安得一來歸,庶用銷沉痾。

七言古

皋蘭守城歌

石峰之亂,制府東出省垣。官吏少大憲檄書院諸生,願守城者署名,余與焉,乃作歌。

城頭夜語軍書急,城中犬吠人夜泣。制府趁夜東出師,軍家曉向城門集。城門不啓城上呼,一籌傳唱千人俱。書生能作百夫長,夜夜戍樓聽啼烏。

秋風引

萬木驚號秋意老,霜天一夜白如掃。西風肅厲塞草枯,番兒氈裘苦不早。紫燕盡蟄鴻南翔,銜蘆飛度月無光。牧馬失群形縮瑟,子母酸嘶聲斷腸。

題韓侯嶺廟壁上[①]

赤帝争雄真兒戲,一生唯信刀筆吏。項王戰死田王降,欲置淮陰苦無地。淮陰昔出井陘關,背水囊沙樹漢幟。東下七十二齊城,遂使山河歸劉委。真王之封豈是真,偽游之計終成偽。千年遺恨埋孤丘,莫將往事論恩讎。憶昨余從咸陽過,凄風短草長陵秋。牧兒登攀牛羊踐,誰問當年土一抔。黥彭之骨知安在,淮梁無地尋骷髏。君侯遺元寄此嶺,峨峨高冢荒垣周。絳葉蕭騷鳴殿角,雄魂仿佛啼長揪。浩歌一曲日欲落,還持落日弔君侯。

題張孝子傳後[②]

松崖師《湟中四白狼行》,爲其人作。

嶙嶒冰雪盈蓬廬,有客遺我一編書。開緘如誦蓼莪句,反復對之增欷歔。空山夜半斷猿急,孝子銜哀方夜泣。陰風黯黯鬼火寒,荒冢忽睹白狼集。狼來亦何懼?狼去亦何驚?冷冷湟河水,祇作嗚咽聲。湟河水,清如許,張孝子,何處所?槎枒宰樹巢慈烏,日暮啞啞向人呼,吁嗟孝子今已無。

[①] 《〔道光〕直隸霍州志》卷四《山川》有載:"韓侯嶺在縣南二十里,上有韓侯廟。"在今山西省霍州市。韓信(?—前196),西漢開國功臣,軍事家,獲封淮陰侯。《史記》卷九二有傳。

[②] 張孝子:即張遠,字文通,西寧醫學典科。《〔乾隆〕西寧府新志》卷二八《獻徵志·人物》有傳。

春江曲

春江水暖漾朝暉,鴛鴦睡醒貼波飛。美人手把鏤金楫,臨風自整纖羅衣。盈盈一水深如許,脉脉愁心不得語。

敝狼裘歌

家有狼裘,自祖父來,傳之六七十年。至吾身而就敝矣,感而賦此。

鄀城三月披重裘,雪花亂落風颼颼。客子攬衣驚襤褸,春寒不蔽令人愁。皮毛脱裂鞹仍在,問君服之歲幾周。答言年深不記憶,吾祖初製吾父留。族中長老爲余説,隱約六十餘春秋。曾經獻策過燕趙,天都再歷資豪游。宣武門西雪半尺,黃金用盡如羈囚。賴有此裘同冷暖,遂令醉夢得酣齁。季子罷歸顏憔悴,黑貂敝矣難爲謀。杖策孤尋初平子,潼中牧羊川,相傳爲黃初平牧羊處。衝風直到天西頭。此裘猶帶燕山雪,不堪重訴蒙戎憂。五陵年少多豪貴,鮮衣怒馬矜蜉蝣。男兒三十甘鶉結,箕裘緒墜真堪羞。南山豹變何時變,犬羊之質焉足儔。

魏書耕孝廉以詩至盛言南禪寺早秋會飲之樂遂次其韵

斗室忽聞酒氣至,開緘如到銜杯地。秋風捲地山雲飛,知君痛飲南禪寺。山木蕭蕭未變黃,澗草歷歷猶凝翠。當筵把酒興陶然,況有《六逸》且佳致。來書言,以《六逸攬勝圖》較勝負飲酒。何人巧繪仙游圖,若者懽抃若者呼。分曹離坐寒溪石,佳釀頻傾步兵厨。氣酣日落耳復熱,魯陽奮臂迴金烏。狂吟大叫君信娛,還記高陽酒徒無。

秋郊獨步

樹色半黃巾南阡,一畦寒綠野菜鮮。禾稼刈盡登場圃,尚餘細草紛芊綿。牧兒牽牛出土竇,短笙驅飯露水田。雙鵪爭啄籬邊穀,一犬獨吠溪頭烟。野老念我行無侶,邀我直到茅堂偏。呼僮有客速具飲,一椀茗酪青鹽煎。坐中對我言歡悦,屢歲荒歉今豐年。官租私債俱足備,聊得兒輩免扑鞭。

夢歸雪莊歌

昨宵咏罷陰崖雪,襆被孤眠腸凝結。忽夢騎驢歸鄉山,溪橋茆屋尋灣環。田中種得千白璧,林端翔集萬素鵰。冰明水淺橫斷澗,冷雲禿木縈烟寰。入門松竹猶歷歷,褰衣拂帽相牽攀。終年作客苦羈絆,此回頓覺開心顏。寧知夢境留難得,鄰鷄四叫驚飈還。蘭釭殘焰半明滅,旅室淒寒仍閉關。推窗一望前庭雪,酸風射眸泪潸潸。故園幸有三畝宅,擁書却掃堪消閑。春花秋月全抛却,心之紛亂誰能删。用昌黎句。① 倚枕作歌歌聲咽,好夢重尋迷舊轍。

五言律

奉題松花庵師看花圖册

霞滿豔陽天,雕欄物色鮮。看花真富貴,對酒即神仙。露冷陶翁菊,風披茂叔蓮。何如鼠姑好,常得使君憐。

清風吹五馬,步步遠紅塵。坐攬湘南勝,歸逢隴右春。狂歌珠作串,高卧錦成茵。欲繼沉香曲,還須畫裏人。

寶艷繪玲瓏,芳華見幾叢。經壇霑化雨,彩檻坐春風。老句删枝葉,真詮悟色空。花王如有契,含笑對仙翁。

---

① 出自韓愈《雪後寄崔二十六丞公》:"歸來殞涕掩關卧,心之紛亂誰能删。"

湟城春望①

戍堡烽烟静，山川道路歧。大蕃唐國號，土姓漢官儀。文物氈裘古，生涯蓄牧宜。方春饒雨露，濡澤遍華夷。

春　思

游子怨春華，晚風吹絳紗。鄉山迷夜雪，客思散天涯。病酒慵開卷，挑燈欲惜花。今宵有佳夢，歸路莫愁賒。

偶　出

春色將歸日，芳郊獨往時。近村耕較早，貧舍爨偏遲。小雨杏花白，微風蒲葉滋。鳥鳴欣自得，吾亦欲裁詩。

雨夜聞雁

紅崖春向盡，陽雁欲何歸。故國經時別，中宵冒雨飛。影沉關塞黑，夢斷楚天微。客有孤眠者，聞聲起攬衣。

七　夕

一歲幾今夕，偏從離別過。欲尋歸夢去，無余客愁多。酹月影將墜，挑燈詩細哦。翻憐牛女會，烏鵲爲填河。

中秋夜雨

聞道今宵月，陰晴萬里同。鄉心與秋思，并在水雲中。獨寐不能着，狂歌誰爲雄。天涯有諸弟，愁坐一燈紅。

得舍弟書

清秋望來雁，有弟悵離居。瑣細經年事，辛酸一紙書。長貧真累

---

① 湟城：即碾伯縣，清屬西寧府，《〔乾隆〕甘肅通志》卷三下《建置》："碾伯縣，古湟中地，漢神爵二年置……皇清初，裁所設衛。雍正三年，置碾伯縣，屬西寧府。"今青海省樂都縣。

汝,多病轉愁余。安得騎鴻鵠,翻飛到舊廬。

憶陳九疇①

陳公關內傑,雅道愛同袍。五字詩清絶,三杯酒鬱陶。蘆溝分曉月,汧水阻秋濤。一雁孤飛處,相思心最勞。

燈

一點微明夜,三更獨對時。燼長窗影暗,花結睡情遲。書史罷開卷,霜風冷射帷。短檠攜向壁,寒夢照阿誰。

菊影

雅愛霜天菊,懸燈葉亂敷。前身原是夢,瘦影不嫌孤。壁動高人賣,窗移隱士圖。蘭膏乍明滅,醉眼亦糢糊。

初冬

青海已秋盡,元冬迫歲餘。水寒霜落後,山瘦雪晴初。爐炭香然獸,溪橋暖乘驢。梅花何處發,高興咏瓊琚。

朔風

白日霾無色,朔風吹正淒。鐵衣鳴古戍,冰竇吸荒溪。蕃賬羊牛下,陰山虎豹啼。飄蓬愁客子,寒壓類鷄棲。雪氣連朝逼,驚飆入夜號。火爐且自擁,裘具不能豪。閉户聽哀角,翻空捲怒濤。何人麾獵騎,俊鶻掣鞲絛。

殘臘歸覲留別生徒

欲去情還縋,將留計却非。小人家有母,歲宴待兒歸。征騎那堪

---

① 陳九疇:生卒年不詳,山東福山(今山東省烟臺市)人,即乾隆十七年(1752)恩科舉人,乾隆三十七年(1772)到任興文縣知縣,乾隆四十六年(1781)補授綿竹縣知縣,乾隆四十八年實授。《〔光緒〕興文縣志》《〔嘉慶〕綿竹縣志》有載。

縶,離杯聊共揮。琴書君自理,莫使素心違。僕夫嚴風駕,握手一傷神。小別須經歲,當來定及春。篆烟餘講席,短晷促征塵。珍重從茲去,無勞送遠人。

七言律

鄠縣玉蟾臺蠟梅花①

殿最群芳到暮冬,清標落落伴喬松。荒寒野寺誰憐汝,檢點春工且讓儂。庾嶺香銷三尺雪,孤山夢斷一聲鐘。幽魂合寄旃檀界,聊學僧裝物外逢。

望 華②

扶桑曉日動晴嵐,拄笏高瞻峭壁三。赤水東來連少華,白雲西望失終南。仙人自昔騎龍去,名士誰今捫蝨談。我擬攜樽邀謝朓,同登落雁事幽探。

春 草

春陽何事種愁根,剗盡還生碧草痕。南國鵑鳴悲屈子,東風蝶繞憶王孫。輕沾宿露迷芳徑,閑襯飛花護粉垣。謝客詩情來好夢,半塘烟景又黄昏。

贈翟孝廉蒲若③

嶙峋玉笏照瓊筵,稱體宮袍色更鮮。花繞鼠鬚春作賦,香焚龍腦夜朝天。山翁度勝欽其寶,衛叔神清望若仙。勿以署門談往事,群公雅附孝廉船。

---

① 鄠縣:舊縣名,清屬西安府,今陝西省户縣。
② 華:即華山,坐落於今陝西省華陰市。
③ 翟蒲若:即翟敏政,生卒年不詳,皋蘭人,乾隆四十八年(1783)舉人,官鳳凰廳同知。

雨中接覿東太史勉齋同年手書

倚兒傾壺自放歌，連宵淒雨苦滂沱。故人已作經年別，秋色平分一半過。聚散無端塵夢積，纏綿數語怨思多。懷君如隔雲間月，不見清輝奈若何。

夜　讀

樓閣休矜幻指彈，擁書危坐夜漫漫。名心未盡憐蚊睫，故紙猶存供蠹餐。半卷蟲魚燈影暗，中宵風雨柝聲寒。楊雲寂寞侯芭老，枉煞經生心力殫。

籠　鶴

何年養就頂砂丹，羈人樊籠素羽殘。忍向雞群還并立，可能珠樹更孤盤。青田有夢雲心渺，冷露無聲月影寒。多少閑愁君未識，祇將清唳寄辛酸。

瓶　菊

瘦和秋烟折一枝，孤芳乍啓未嫌遲。霞侵秀骨分金罨，露滴寒香入墨池。淡極無言誰似汝，開曾冒雨我憐伊。陶翁仙去羅含老，冷伴書窗又幾時。

哭同年趙敦堂①敦煌人，歿於易州。

玉關生入覓封侯，十載燕山成浪游。正惜黃陽偏厄閏，驚聞碧樹竟先秋。歌傳易水人何在，劍挂吳天泣未休。萬古繫牽君自卸，五花臺畔不堪留。

---

①　趙敦堂：即趙學詩，《〔道光〕敦煌縣志》卷五《人物志·科第》載："舉人，趙學詩，乾隆己亥科。"己亥：乾隆四十四年(1779)。

自都及家

一陳東風送落花,馬蹄踏破萬重沙。貂裘盡敝真無計,蝸舍尋歸尚有家。堂上金舒萱吐萼,階前錦燦棣生華。而今休做浮雲夢,净掃游塵掩碧紗。

南禪寺登高

南禪山寺鬱崔嵬,北望晴川一道開。樹帀寒原迷紫翠,河衝斷岸吼風雷。荒城日暮羌歌起,古戍秋深畫角哀。獨有故鄉愁不見,憑欄強醉菊花杯。

贈李生

大槐阪下共仙舟,李郭當年結勝游。一自高風傳漢史,幾回佳話溯名流。青衫草草吾心折,白馬翩翩君氣遒。勿以早成拋素業,潁川品價足千秋。

休 説

休説浮槎近日邊,濁醪傾倒醉芳筵。求名十載已心折,去國三秋欲眼穿。流水飛花春又過,孤燈小雨夜無眠。人情冷暖渾閑事,記着老親一慘然。

題韓侂冑事後[2]

汴洛空存牧馬場,祇憑天塹守淮陽。邊庭釁啓無中策,僞學名高謫四荒。深院美人呼大諫,寒籬吠犬媚恩王。可憐忠獻巍巍業,落日西風晝錦堂。

長安客舍遇馬佐平尋復留別

秦川樹色杳難分,二月春鴻寄錦紋。讀史有懷還念我,看山何處得逢君。却憐零雨今宵聚,猶憶雄談隔歲聞。燈影半窗酒一盞,可堪明日又離群。

五言排句

黃河浮橋二十二韻

崑崙初發脈,星海舊探源。未試龍門險,先瞻積石尊。萬山皆却立,一派欲平吞。雷轉岩空吼,崖傾沫亂噴。是誰束箭激,此地截鯨奔。椓木圍欹岸,劚基削厚坤。橋開見直渡,戍古列高墩。夾道長緪引,横波巨艦屯。凌虛形夭矯,盪水勢騰騫。彩鷁雲間落,烟虹浪裏翻。蛟宮俯寥閴,鼇背踏蜷蜿。對面朱樓敞,當前白塔蹲。詎鞭東海石,疑偃北溟鯤。鐵柱銘鎸古,金城鎖紐存。人來唯掉臂,車過輒攀轅。竟忘馮河懼,欣聞近市喧。安瀾原帝力,利濟亦神恩。震疊威靈遠,懷柔德意敦。名王通月竁,驛使乘星軒。見說聯鑣去,焉知鼓枻煩。朝宗循禹迹,會極仰天閽。擬獻澄清頌,榮光爥八垠。

九日十六韻

絕塞風威勁,天涯氣候殊。鄉心連日急,飲興一時孤。檻繫仙猿病,樊擾野鶴癯。悲深原澈骨,泪斷不成珠。菊放誰家圃,酒酤何處壚。寒蟬經雨寂,老雁失群呼。學業慚窺豹,生涯歎守株。一瓢甘濩落,三徑久荒蕪。緬想雲山外,言懷弟侄俱。家貧難作具,佳節若爲娛。未預登高會,空披攬勝圖。_{友人以《六逸攬勝園》招飲,亦未克赴。}飛飛憐客燕,泛泛若波鳧。投筆心猶壯,依人計亦迂。可曾嘲落帽,幸不遇催租。自昔彈馮鋏,當年泣阮途。古今同此轍,曰予漫嗟吁。

九月二十八日作

西陸倏移運,朔風凛欲催。久離慈母膝,遠滯異鄉隈。歲月行將暮,生涯亦可哀。封魚徒有願,捧檄恨無媒。作賦憐潘岳,衣斑慚老萊。敢矜裘馬壯，只益鬢鬖攦。此日逢家慶，高堂獻壽杯。雁行唯我缺，鳩杖倩誰陪。歸夢愁難得，名心冷易灰。君看鳥反哺，日暮又飛回。

定邊晚行

一片黃沙地，千秋白骨魂。陰風吹落日，迴首萬山昏。

金山寺晚望

朝日照河干，茆屋炊烟起。時有曬簔人，依稀紅樹裏。

白　菊

妾有白衣裳，秋來試一著。不願嫁東風，罞與陶翁約。

采蓮曲

越女愛紅妝，南湖盪畫槳。不見玉腕輕，只聞金釧響。

七言絕句

馬嵬驛貴妃墓

鼓聲不動喧聲起，將軍立逼蛾眉死。一抔殘土恨難消，夜半香魂泣夢裏。手傾金屑泪汍瀾，《津陽門詩》注言："貴妃甍以金屑酒。"①妾死能教將士安。劍閣鈴聲棧道兩，君王西幸路猶難。

赴湟

長卿游倦厭飄蓬，喜見鄉園落葉紅。却恨辭巢孤燕子，又衝風雨向湟中。

---

① 津陽門詩：即唐鄭嵎《津陽門詩》。

三皇臺醉歸口號

清溪一曲抱層臺，照眼繁花勸酒杯。怪底衣襟飄桂馥，香風吹下月中來。

春晚偶憶

暫別仙源可再尋，緣溪無奈碧波深。隔林飛出桃花片，片片春光傷我心。

春閨曉

紗幮紅影透新晴，寶鴨香微破宿酲。拂罷青蛾臨鏡笑，曉妝樓下賣花聲。

秋閨夜

寒衣未就促金梭，秋月常窗漾素波。一點殘燈乍明滅，起持紈扇撲飛蛾。

秋初郊行

新秋一望客心驚，無數寒蟬隔樹鳴。半雨半晴天向暮，渚花零落不勝情。

夜 雨

一枝殘焰暗長檠，秋雨聯綿間漏聲。雲水無邊鄉夢闊，陰蟲切切到天明。

題 畫

素羽梨花著色新，宣和小璽漬微塵。酒狂自抱青城恨，懶向丹青辨贗真。

【校勘記】

［1］麵堆金井：原作"麵垂金井",據《山堂肆考》卷五改。
［2］韓侂胄：原作"韓胄侂"。韓侂胄(1151—1207),字節夫。南宋權臣,相州安陽(今屬河南)人。韓琦曾孫,以蔭入官,爲汝州防禦使,知閤門事。開禧二年(1206),請寧宗下詔出兵攻金,失敗,遣使議和,金人以縛送首議用兵之臣爲議和條件。次年,將斬首,送至金廷。《宋史》卷四七四有傳。據改。

夢雪草堂詩稿卷二

五言古[1]

鵓鴿嘆

鵓鴿鵓鴿,依我小閣。雄者銜枝,雌者伏納。巢成生子,飛鳴相答。鵓鴿之多,飛鳴交和。雌者伏卵,雄者銜莎。時過不雛,伊當奈何。

雜　詩

芳蘭當戶植,孤根難自全。豈伊無馨色,地逼使之然。君子時語默,藏身尚慎旃。嗟彼櫟社樹,亦得終壽年。

豫章生僻谷,干霄質千尋。鴟鴞巢其巔,豺虎息其陰。匠石所不至,拋擲成荒林。中郎抱奇賞,爨下逢知音。焚餘何足重,乃用徵黃金。

范叔西人關,穰侯歸陶居。客子取卿相,能令骨肉疏。山東有蔡澤,側目瞰其虛。富貴艷相攫,權詐巧成狙。語爾青雲士,致身慎厥初。

聖人貴德化,所願風俗淳。奈何董閼于,牛犬視其民。石邑山中澗,坎阱與為鄰。慘覈韓非子,著書道斯人。

靖邊驛雪中曉行①

朔風撼破屋,旅衾生微寒。酒醒不成寐,驅車出門看。夜黑迷星斗,四垂雲漫漫。拂空霰暗落,向曉雪作團。飄瞥集僕背,輕勻凝馬

---

① 靖邊驛:今屬陝西省靖邊縣西南新城鄉。

鞍。須臾連川陸,徑陌浩無端。方喜塵坌滌,況乃清境寬。獨念北堂人,永言增長嘆。憫兒衣裳薄,憂兒行路難。兒行殊不苦,誰爲報平安。

冰溝山①

一綫尋幽壑,千盤迷故轍。偶逢石罅開,居人聚冰穴。橫嶺亘青冥,危徑隱巀嶭。[2]飢僕足云痡,病馬骨欲折。下車緣棧雲,褰衣攀崖雪。初行道尚夷,數武内已熱。胸頭小鹿撞,眼低飛花瞥。山農顧我笑,黃犢頗不劣。百錢值幾多,乃爾效跛鼈。速令牽之來,蹠角挂精鐵。直上最高頂,忽如浮埃抉。却憐所歷峰,回望等蟻垤。蠢爾西南蕃,跳梁矜勇決。遂令萬馬馳,寒山驚電掣。客行畏鞭箠,引轅就崖缺。崎嶇戎旅間,益嘆身世拙。

老鴉驛夜行失道

夜宿老鴉驛,村鷄纔一啼。客子貪往路,啓行戒輪蹄。稍前若清省,轉眼驚瞀迷。僕夫不返顧,御我投荒溪。夜氣聚還散,原陸高疑低。榛莽逞怪變,秃樹紛無倪。斷橋理難渡,歧徑縈回溪。下車撫僕手,此路似不齊。知非慎勿遂,旋轅尋舊蹊。道傍一茅屋,篝火透蓽閨。叩扉問父老,指示大道西。雖云不遠復,已愧觸藩羝。前途尚昏黑,余懷益愴悽。

楊銀川衙齋小集偶見南山

夢裏就青山,山深迷崖谷。當杯忽遇之,烟光滴芳麴。掀眉酌清芬,蒼翠飲滿腹。春雲作態飛,冉冉媚幽獨。願假區中緣,因之尋層麓。

---

① 冰溝山:《〔嘉慶〕大清一統志》卷二六九《西寧府》載:"冰溝山,在碾伯縣東,接莊浪界。羊腸七十餘里,爲郡境咽喉孔道。"位於今青海省樂都縣東。

宴坐焚香

刻意尋爐香,香氣了不邁。偶從微風過,無心與之就。乃知有爲紛,未能遺諸漏。圓月在窗前,清光暗相逗。

三過劉氏山莊觀臥龍池

邑里辨曉色,岩巒縈宿霧。初陽亂烟霏,望見東營樹。東營屢經過,僕夫熟往路。崖竇攲仄尋,沙隩曲折度。村邊一犬吠,猙獰如豹怒。主人知客來,攜觴遠迎赴。入門叙前歡,登堂陳禮數。禮數本自寬,重整嘉宴具。酒酣暫停酌,起行散幽步。西南一池水,云此神所護。中藏雙碧龍,深黑蟠泥汙。有時噴怪霧,往往千里布。方今憂枯旱,禾苗待甘澍。爲余呼豐隆,起蟄飛霖注。

登土樓山示同學諸子

雲起傍山腰,鑿山架佛屋。攜酌一登攀,披雲入山腹。土樓半傾圮,岩窟乍隱伏。有時隙穴開,窅然送遠目。三川風雨交,積霧霾陵谷。下視寰埃處,游氛空逐逐。東崖更奇絕,側倨如轉軸。懸溜坏道穿,接之以朽木。戰掉不敢前,擬效昌黎哭。井蛙居坎中,醯雞遭盆覆。不窺物外天,焉知眼猶肉。爲語登山人,愼勿止山麓。

午日坐雨

羈居動經年,客館今朝靜。微雨不成霖,隔簾滴疏影。寂坐小窗幽,苦吟清晝永。感懷頗難遣,沉憂益悲哽。念我哲人萎,泪光孤囧囧。長逝十三載,音問阻泉壤。先君子以庚子歲五月六日下世。[①] 余身復飄蕩,汎汎逐斷梗。萱幃亦病衰,終歲曠定省。絺葛不御冬,寸綆難汲井。安得爲鴻鵠,甋翩當風整。朝銜湟水芹,暮度天梯嶺。朝朝復暮

---

① 庚子歲五月六日:乾隆四十五年五月六日,即 1780 年 6 月 8 日。

暮,去來任我頃。

秋蟲篇

隙駒閱駭景,頹波乘奔川。人生俯仰間,有似秋蟲然。秋蟲棲衰草,寸晷爭百年。清霜厲肅殺,腐質銷寒烟。擾擾浮生者,營營幾食眼。短鬢二毛侵,焦心百慮煎。生事方未周,漆棺已束肩。自無彭聃術,翻笑人學仙。悲哉隨物化,感賦秋蟲篇。

擬 古

嘆息復嘆息,人間有恨事。憐儂一寸心,死後憑誰示？憶妾窈窕姿,十年貞不字。慈父偶西游,羨君青雲器。蔦蘿施長松,佳緣結兩地。君肯惠然來,門巷瞻連馴。射雀雙眸穿,奠雁六禮備。黃菊九秋時,遂得巾櫛侍。金城有別業,洞房喜幽邃。鸞帶綰同心,鴛波浴雙翅。行亦必并肩,坐亦必并位。妾意與君情,何曾暫相忌。方欣千載會,不解半途棄。次年君西歸,君歸妾焉置。摘妾耳邊璫,去妾鬢邊珥。君行來無期,妾容復誰媚。妾身留空閨,妾心逐征騎。下簾不見君,思君常涕泗。炎炎見日長,流光五月季。策馬忽來過,君應賢書試。金城重會面,往事猶省憶。羅幔生微涼,與君更把臂。征塵倏往還,坐見秋冬易。為君育驕兒,與君互提戲。君言與子歸,妾寧有他意？慈烏乳哺恩,不忍便離異。君自翩然行,妾身翻為累。浮雲西北飛,中道生讒慧。讒慧爾何人,能令君心恚。君心如逝水,一往不可冀。妾心如藕絲,欲斷還相繫。願隨東南風,遙向君居吹。君居海西頭,海波阻夢寐。魚雁杳飛沉,回紋徒自織。嬌兒為異物,妾顏甘憔悴。青春桃李開,竟被嚴霜萎。空持嫁時鏡,夜臺照魑魅。妾死何所悲,妾生君不至。君去妾如花,花容向君醉。君至妾成泥,荒冢傍纍纍。妾命合夭折,敢將君怨懟。君如思妾時,來灑墓門泪。

七言古

寒食前一日大雪

東風釀雨濁似泔,吹作冰縷飛毿毿。誰信春過六十日,大雪猶滿天西南。柳枝凍折棠梨憨,杏花春睡方酣酣。盆中小梅初破萼,不成齲齒笑仍含。素女颺裾墮玉篸,兜羅綿界幻瞿曇。邊關何人嚴火禁,千里無烟濕雲澿。名園掃徑事幽探,故鄉有夢尋茆庵。餳粥醴酪憑誰設,聊沽白酒傾小甔。

學書

臥龍城北一酒徒,天涯流落硯水枯。學劍不成學書劬,日費硬黃事臨摹。簪花美女傾城姝,望不可即空驚眝。松烟輕磨濃翠鋪,掃殘兔毫雞距瘏。冠巾潦倒眼模糊,腕指庸劣心煩紆。徑欲投筆馳雄圖,虎頭燕頷非吾顱。盆花破蕊初紛敷,頹然相對倒酒壺。男兒志業真全輸,一藝無就慚非夫。

女史惲冰畫菊[①]

蓮衣披拆雨廉纖,東籬花開寒露黏。美人刻意描秋骨,春紅浣褪柔毫銛。清霜泠泠飛吳縑,一腔幽思露指尖。風凄月淡空留影,殘香晚艷倩誰炊。龐眉書客掀蒼髯,裝成小軸標瓊籤。乍看秋烟添素壁,更憶雙蛾顧鏡奩。

九日曉雪

海水飛空作流霰,枯蒲折葦鳴高堰。五更凍結滿林霜,曉隨落葉飄古鄩。古鄩城頭觱栗悲,西風獵獵吹旌旗。雉堞烏啼薄霧集,龍沙

[①] 惲冰:清代女畫家,生卒年不詳。字清於,號浩如,別號蘭陵女史,亦署南蘭女子,武進(今江蘇常州)人,"清六家"之一惲壽平族的後人。

雁落冷雲垂。是時旅枕悲秋客，病骨酸痛呻竟夕。朝來空望土樓山，山寒徑滑無人迹。

寄楊生元津

大海浮瀰盪仙舟，茫茫鐵網何處投。長蛟怒嘯天吴愁，七尺珊瑚爛不收。楊生三赴長安試，蹭蹬青冥屢垂翅。空有健筆賦甘泉，此物區區不爾畀。秋高落葉辭三秦，蹇驢破帽趨風塵。雄豪拓落憑誰許，白眼轉慚齷齪人。天產豫章搆大廈，金鏞終不棄原野。君不見，荆璞未剖卞氏號，會有泣血相明者。

楊花飛

霏霏晴雪撲簾帷，楊花五月漫天飛。天清雨歇風力軟，午烟不動轉輕微。輕微宛轉無定處，飛過紅橋復緑墅。偶來一縷點征衣，游子無端縈心緒。心緒遥遥繫故家，楊花蕩蕩飛天涯。安得楊花返楊樹，傍葉依根永相護。

烏鵲怨

黑雲低捲走豐隆，星河夜漲秋濤洪。天孫欲渡畏飄風，橋成默感烏鵲功。嗟爾烏鵲何悁懵，神仙之事渺難窮。心靈脉脉果能通，誰實使之各西東。不然一水清淺中，相思何難泛雙篷。即曰篙柂乏良工，胡不陳情籲帝聰。飄然有客如秋蓬，十年泥爪隨飛鴻。鍛羽戢翼羈樊籠，裒其豈不與之同。山長水遠思無窮，怨伊施德不能公。安得聯翩結隊屬遥空，仙橋萬丈亘烟虹，送吾歸夢一匆匆。

牡丹雛

名園花叢五色敷，賣花聲動沿街衢。痴僮開簾笑向我，兩錢買得牡丹雛。苞藏嫩香枝帶露，有似金閨十歲姝。錦衣寶鏡誰解試，脱離婢姆心情孤。富貴家風那堪説，茵席藩溷從所驅。維摩居士新病起，朝朝拈斷吟花鬢。案頭銅瓶杯水耳，豈能活爾千金軀。暫傍硯池揮禿筆，吟餘掩泣恨園奴。

五言律

再到劉氏山莊是日立夏用韻得歸字

仙源知不隔，渡水攝輕衣。勝地能重訪，漁人似未歸。茲游真莽蕩，前度記依稀。爲逐媒蜂隊，仍尋花園飛。

慣飲螺樽大，披襟酒在衣。春光誰遣去，醉客我忘歸。添柳綠陰重，落花紅雨稀。狂歌動棲鳥，簌簌滿林飛。

四月朔日郊行

布穀催人急，農家競力田。把犁占土脉，剛草破新烟。暖浪山陂漲，春雲野樹連。豳風圖可繪，儷句漫爭妍。

山家

幾曲秋山轉，柴門隱碧岑。稼禾連屋積，烟火隔村深。落葉貧家掃，寒花羌女簪。桃源復何處，此地足幽尋。

秋思

秋風起木末，對此動離腸。明月夜千里，流人天一方。無書勞遠雁，有恨等寒螿。吟苦雜歌哭，奚僮嘲我狂。

中秋夜陰晦欲雪

佳節空成咏，寒宵早閉門。雲陰霾月暗，雪氣逼燈昏。十載□方夢，三秋客子魂。消愁惟有酒，壺冷不能温。

去湟

客路征塵滿，天涯倦鳥歸。驚風飄落木，羸馬背斜暉。驪曲歌三疊,寒山繞四圍。却憐今夜夢,漸得近慈幃。

清美湟中水,寒光漾碧漪。曾經三歲飲,却與一朝辭。古戍風烟慘,高原草木衰。停驂當峽口,回望寸心悲。

夜雨

緇帷停課讀,倚几漫傾杯。薄暮秋風起,空齋夜雨來。壁蛩鳴窸窣,檐溜激喧豗。縱有思鄉夢,無眠那得回。

孤吟

雅愛孤吟好,其如得句難。開簾半月上,掩卷一燈殘。夜氣侵人濕,秋思入夢寒。鍾期隔千里,流水近慵彈。

野老

結廬雖近郭,野老久忘機。紅葉溪頭釣,黃花籬下歸。山妻炊黍飯,稚子候荊扉。一飽吾何事,西山有落暉。

山徑晚行

谷口尋蒼翠,寒林夾側坳。苔深留鹿迹,葉脱見烏巢。不覺夕陽墜,驚聞人語交。獨行忘近遠,燈火出衡茅。

賦得滿城風雨近重陽

見説重陽近,望鄉仍獨愁。燕鴻辭塞早,風雨滿城秋。元亮唯耽酒,長卿真倦游。黃花爾許瘦,只合伴詩囚。

龍溝夜雪

茅店玉無聲,殘燈酒半傾。前山迷馬迹,寒夜斷人行。此去猶千里,離家方二程。天涯多雨雪,何路向湟城。

早行

玉山照四圍，籠燈更交輝。夜氣岩間白，鷄聲雪裏微。川途寧我迫，心賞不相違。翹首扶桑景，何當暖客衣。

宿東營劉氏山莊

乘興訪桃源，行行日漸昏。岡巒猶積雪，花柳自成村。渚近疑無路，林開覺有垣。主人偏愛客，燈火候柴門。

次日園亭小飲

静夜聞花氣，臨晨啓竹扁。移樽攜勝侶，掃徑到幽亭。弱柳低垂檻，夭桃艷隔櫺。山童驚客語，掩笑乍窺聽。

五言排句

盆中蠟梅初開忽憶去年今日盡被春雨打落感嘆成詩得十一韻

去歲傷飄落，今春忽破叢。避寒頻就日，垂幕爲遮風。細蕊攢金巧，低枝點蠟融。雙眸盈錯落，一斗訝玲瓏。色韵小山似，風流大庾同。艷重逢洛浦，人乍啓珠宮。瘦憶開簾怯，香曾隔座通。畀蘭原是夢，解珮總成空。暫對書窗北，慵移錦檻東。孤懷仍寂歷，好會亦朦朧。離合經年事，芳華轉眼中。玉人須早起，晨雨復濛濛。

七言律

野望

天邊落木似雲屯，老雁號霜度塞門。四望風烟低野屋，千家禾黍積荒原。秋深試馬羌兒健，日暮驅羊海氣昏。正是客心孤絕處，不堪登覽一消魂。

塊壘須澆泛羽觴,村醪初熟菊花香。何人運舫嘯秋月,有客登樓思舊鄉。沙草枯天迷遠白,海風動日落微黃。書傭倚醉顛狂甚,古劍頻摩視鍔霜。

同人邀飲南禪寺即席呈永芬山長四首

長夏酣眠困布茵,偶逢游侶逐輕塵。相將出郭雲烟霽,緩步登山笑語頻。極目三川分野樹,俯臨千尺指城闉。憑高作賦吾何敢,慚愧常年墊角巾。

游塵滾滾遍烟寰,暫向仙臺啓鶴關。老懶漫參名士席,玄談深羨道流閑。綠烟紅雨花三尺,青草白凫水一灣。多少羈情全自遣,從君嘯傲數雲山。

薰風徐動納微凉,布座低依古殿堂。少長分曹呼六博,歌歡竟日醉千觴。平生聚會知逢幾,我輩心情儘自狂。野水添杯君莫問,揮戈誰爲返斜陽。

丹室何來富貴花,一枝穠艷洗鉛華。<small>時階前白牡丹正開。</small>瑤臺月下幾曾見,金谷園中舊莫加。露冷雲衣頻掣曳,香搖玉珮故欹斜。酒人休惜如泥醉,橫臥青苔對素葩。

賈氏園置酒看牡丹

茅籬疏屋枕岩阿,勝友招攜渡北河。宿雨林間清野馬,浮梁水面偃驕騧。百年喬木蒼烟合,十里香風彩蝶過。有酒盈樽今不醉,名花欲老待如何。

百寶雕欄葉葉風,天香和露沁芳叢。休誇洛錦千層艷,細認真妃一捻紅。閬苑仙歸春事寂,唐昌吟罷勝游空。平生夢冷無尋處,爲倩花王問斷鴻。

春　雪

百六芳辰一半捐,東風猶送雪飛旋。輕飄弱柳長堤外,亂落殘梅小樹邊。白玉屏風添曉色,黃紬襪被殢朝眠。阿誰細碾蒼龍璧,石鼎清芬煮綠烟。

旋消還落餘痕在,雜雨迴風素影殘。何處旗亭追雅集,誰家繡闥困輕寒。千畦濕潤草心拆,萬姓嘉祥麥隴寬。但使豐年今有兆,不妨花事待春闌。

春　寒

玄冥北去令猶嚴,春服幾曾單夾兼。隔歲狐裘驚縫斷,小窗羅幙怯風尖。園花浪説蜂媒喜,爐火頻將獸炭添。何日香醪熟村店,青鞋踏雨醉高帘。

烏捎嶺①

絮帽頻將凍面遮,客游渾似忘春華。雪中細路尋烏嶺,天際奇峰露馬牙。行役無端嬰世網,勞生何處是吾家。雙橋溪畔雲林境,辜負瓊瑶幾樹花。

出凉州界寄弟叔衡 時西藏出師官軍經過。

鐵磧風鳴萬馬飛,畏途孤往泪頻揮。懸知舊館遥相待,細聽鄉音漸覺非。老我自慚青鬢改,行人誰折綠楊稀。士龍吟到西流句,漫向天涯泣陸機。晋陸機贈弟雲詩云:"我若西流水,子爲東峙岳。"②

題畫梅小軸

羅浮夢斷憶清樽,留取真容漬墨痕。爲問空山閱今古,曾經斜月幾黃昏。一枝未改荒寒態,半幅能招冰雪魂。擬效廣平哦秀句,書窗醉卧又忘言。

---

① 烏捎嶺:疑即烏鞘嶺,位於今甘肅省武威市。
② 出自陸機《贈弟士龍詩》。

五言絕句
古意二首

良人戍遠道，聞在青海湄。海水秋難渡，良人歸未期。

砧杵連朝鳴，縑素連夜織。邊關少去人，寒衣倩誰寄？

七言絕句
乾荔支

法曲初成內殿香，海南飛騎幾人忙。玉懷歸去蓬山遠，憔悴王家十八娘。

樽　前

雪後旗亭景色幽，雙鬟低顫唱涼州。慚余畫壁輸王渙，辜負樽前第一流。

即　景

近郭山環萬木稠，春風搖蕩正輕柔。就中最愛垂絲柳，一縷青烟散客愁。

魏永芬送牡丹二枝紫白各二詩以謝之

亭北倚欄絕世容，等閑驚向此中逢。姚黃歐碧人爭說，不似君家紫艷濃。

茂叔愛蓮陶愛菊，茲花富貴亦天真。浮雲一片能拋送，雅意如君得幾人。

留　春

小閣明窗事事幽，書聲鳥語散閑愁。垂簾不許微風人，留得瓶花傍案頭。

過南泉隱君山居_{隱君乃書耕孝廉之父。}

暫脫塵機便似閑，尋君我得近青山。寒驢擷過平橋晚，詩在秋林落照間。

半卷道書修素業，三層高閣坐憑窗。襄陽耆舊知誰似，獨向繩床拜老龐。

【校勘記】

［1］五：原作"七"，據詩歌格律改。
［2］龑：原作"薛"，據文意改。

夢雪草堂詩稿卷三

五言古
到舍

凍雀滿林柯,畏寒戢其翮。遠游千里歸,落日照籬柵。入門拜衰親,老眼驚吾瘠。客路足艱辛,況遭夢竪厄。<small>時余新病初痊。</small>兒瘠可復肥,親衰乃益迫。懷哉南陔篇,悲風動檐隙。

客有勸余北上者詩以答之

上京富才彥,天網羅群髦。尚恐滄海外,明珠遺蓬蒿。嚴徐蒙引對,黽賈膺榮褒。顯耀寧不慕,空令拙者勞。由來登選地,何人能倖叨。亮非荊山珍,焉用涕泗咷。頑懦寧我屬,山林豈鳴高。君看南畝上,強半皆吾曹。

阿復見吾讀書輒斂手搖身作吟哦狀賦此

我生好積書,茅屋紛羅滿。每苦塵縛急,輒以書自緩。嬌兒方周歲,文鴛初破卵。語音雖未成,學年咿唔伴。昔者彭澤翁,頗責阿舒懶。余亦汲無懂,對此百憂散。有兒能讀書,前修庶可纂。

責鷄

家畜一雄鷄,終宵不鳴,或曰殺之,舉室無能操刀。放諸鄰家,示薄責焉。

寒鷄號司晨,司晨即其職。如何宵不鳴,坐使昏旦惑。瀟瀟風雨時，慘慘星辰黑。墻角叫鶬鶋，屋隅疑鬼魖。待爾寂無聲，令我中愴惻。羽族三百六，往往遭矰弋。爾無佐鳳資，仍乏搏風翼。金距枉自雄，絳幘空文飾。見食乃爭喧，一飽亦苟得。殺之充朝餐，誰忍數爾肋。縛足放東鄰，聊用懲雌默。

蕩子婦

君去十年餘，妾飢竟不死。欲寄一行書，從人乞片紙。妾命薄於冰，君心冷如水。生女不生男，君後當誰恃？一語動君聽，畢竟歸來是。

癸丑元夜初度①

浮世生有涯，故新歲無異。閱日如奔駒，認能掣其轡。憶當懸弧初，挈家以爲瑞。皇覽厚余期，勉就青雲器。胡爲墮素修，中途甘自棄。撿國剩禿毫，開篇餘訛字。付托竟如何，毋乃等兒戲。瞻彼桃李枝，亹亹含生意。雨露一沾濡，揚華吐鮮翠。百昌欲及時，舒榮貴得地。感嘆在今朝，裁章良自媿。

元 夕

村居慣早眠，皓月扶人起。春街喧咽聲，不到野人耳。荊薪可無御，靜隱烏皮几。瓶罍計已傾，焦渴未能已。呼嬃窺盎中，尚有餘瀝否。

勸 農

嘉種出倉庚，荷耒赴疆畎。靈雨其將零，土膏慶芳軟。趨功成後時，人牛同一喘。先農創樹藝，厥德匪淺鮮。貽此神聖謀，使我菽麥辨。春耕而秋穫，寧云利不腆。惰農羨嬴餘，毋乃計已舛。君看食力

---

① 癸丑元夜：乾隆五十八年元夜，即1793年2月25日。

人,問心寡慚愧。

鞭牛勿太毒,牛疲力難屬。望歲勿太殷,望奢欲難足。竭我終歲勤,披此一粒粟。勿謂我土瘠,農功山已勖。穮鋤苟及時,磽确敵膏沃。離離者新苗,出土抽微綠。好風吹晚阡,濃露明朝旭。有懷囊昔人,沮溺留高躅。

開編

斗酒歷寒溫,半氈卧朝昃。開編散沉憂,翻使憂來逼。仰嘆千古人,捨我去何亟。匆匆一卷書,讀竟不自得。起步庭宇間,巖岳填胸臆。聖資與豪杰,閱世幾千億。青簡垂光芒,所爭在晷刻。而我何蕭條,以身供眠食。慚彼南飛鵬,去乃六月息。驚看垂天雲,不辨培風翼。江湖有頹波,牽挽非吾力。鹽米爾何物,攻心作螟螣。功名事已矣,竹帛行亦蝕。

即景六韵

井陌漲朝烟,陵陂渺若失。定知前村人,觀我亦不悉。微風暝瘴收,洗出沙頭日。萬家森清曠,千林啓蒙密。病眼乍分明,延眺未云畢。家人熟曉炊,呼余入蓬蓽。

丁家灣野寺上方

夜聞前灣鐘,曉問前灣渡。鐘聲猶在耳,野寺宛當路。石壇花雨飄,貝幡法雲護。老僧七十餘,静向一廊住。自言頗善飯,於今猶健步。引我登上方,俯視連村樹。人聚十畝陰,鳥擇一枝附。物情各有托,取適不求足。舉手謝老僧,余亦反吾寓。

葺南軒成

息交倦游業,謀食勤躬耕。新居鮮林木,炎暑薄柴荆。南垣餘隙地,茅棘紛縱横。一朝事剪拔,閱月成軒楹。工徒休役去,灑然清凉生。雖無飛跂勢,頗稱幽居情。余非簪組客,十年勞遠征。艱難飽旅況,茲歲濯塵纓。閉關性有適,開窗觴獨傾。時見營巢燕,繞檐去來鳴。雙棲爾何忌,永締塵外盟。

讀蘇詩消暑

煩暑煎塵膚,渴涎粘燥舌。飲盡百壺漿,不救肺肝熱。静吟蘇公詩,如轉華嚴偈。暖觸緣何生,亦復因奚滅。但見萬斛泉,外內映空澈。我從千載後,邈然緬古哲。興來即高吟,興罷吟亦輟。何必和陶翁,茲習却重結。

花下吟

茅檐植雜花,花枝橋婭奼。奉我長病母,終日坐花下。母笑花枝嫣,折花插鬢邊。花間理白髮,歲歲常復然。

摘禾頭

秋禾尚未長,夏禾高及肘。青黃半垂實,縱橫交隴畝。東鄰窮老翁,提筐偷摘取。摘取不盈筐,畏人却復走。爲我語老翁,爾顏慎勿厚。禾根幸無傷,禾頭我何有。

觀刈

大暑小麥黃,時至敢休暇。農夫乘晚涼,腰鐮一時下。落日半籬分,亂雲千畝跨。秉穗有滯遺,塍阡無隙罅。遠徑暮色蒼,困眠伸脚胯。風入短褐輕,露明斜笠卸。中田蚊蚋靜,膩塊相枕藉。伊余硯田枯,中途復學稼。播穫與人謀,豐穰仰天借。嘉茲銍艾期,繼日須以夜。

蝴蝶爲蛛絲所挂感懷賦此

蝴蝶吸吸飛,花間寄生活。蜘蛛結網絲,墙隅亦疏□。二者不相妨,何緣生膠葛。伊彼翩躚姿,茲焉遭掩遏。展轉益成紛,冒雖終難脱。可憐莊生夢,何時返幽園。我欲解其縛,手無長竿撥。寥寥天地内,世境本空闊。觸綱獨何幸,對此心忉怛。

雨

秋氣何寥蕭,過午益森肅。山根片雨白,倏爾過原陸。遥野山高阜,荒途低灌木。千羊驅不去,嶽崖隱僮牧。委豆幸已收,露積盈比屋。所憂秋禾早,茲焉益霡霂。田家憫作勞,薄酒煮新熟。隔籬呼鄰翁,晝夜卜何如。

秋雨乍晴催人收掐楊禾

寒雨過夜分,茅亭聲不斷。曉風響疏林,凝陰暫解散。天高日色鮮,曠野陰晴半。墟曲斂浮埃,秋容净如盥。村邊人語稠,烟際榔聲亂。積禾急掃除,晨甑不暇爨。乍晴且復雨,滯穗防浸灌。不見變飛鳩,已向枝頭唤。

蓬居

野夫雖蓬居,昂首不無意。譬如鞲上鷹,青冥思暫致。往者走秦燕,揮鞭縱輕騎。結交少年場,耿耿慕明義。朝遇翠館吟,暮卧黄壚醉。春晚落花飛,飄零天各異。舊雨悵分散,新知阻夢寐。寂寞向遠村,靦顏忍顑頷。未免口腹累,遂營錐刀利。秉耒逐耕夫,薙茶懷微覬。胼胝已終年,例得西成賜。所悲數畝田,焉給八口食。病母久龍鍾,殘年須藥餌。稚子學咿啞,朝啼索鋪飼。荆布常不完,難怪妻孥慰。回憶平生歡,隔歲斷錦字。亦復稍干謁,公門勤候伺。貴者閲人多,過眼寧吾記。尋常趨拜歸,慚惡輒再四。乃知褊性人,窮厄天所棄。西風連夜號,蕭颯滿天地。悲聲振荒林,緑葉驚危墜。蒿艾不能芳,蕙蘭亦同萎。懍懍壚莽間,泪花迷睫眥。

殘夜

　　落葉無停響，曉烟沉未起。西風獵獵吹，冷澈半塘水。農夫趣飲牛，荷耒霜月裏。黍禾收穫竟，疆畎須早理。勿辭今歲疲，當念來歲始。

正月十八日與伯兄別却歸北莊

　　桓山有四鳥，本是同巢生。載飛各求食，腸斷作離聲。嗟余方壯齡，生事何索漠。每與親情別，輒作數日惡。北川望南山，相問無百里。終年僅數面，此恨焉能已。舉頭語天公，泪下心怔忡。願得長壽考，白首會相同。

桔槔

　　春晚原田綠，嘉蔬翳中丘。縛木樹桔槔，開渠通微流。靈泉垒千斛，灌溉亦良優。機心久已忘，機事焉足尤。丈人自抱甕，終歲靡盈疇。

悼亡

　　驚飆摧舜華，初陽晞朝露。奇痛傷余心，折此連枝樹。賤子困風塵，貧薄天所付。辟纑爾何辜，亦遭鬼物妒。憶昔初來嬪，桓鮑頗知慕。羅繻却不施，提汲甘荊布。未聞似離章，偶向良人賦。悠悠十八春，歷盡艱辛趣。余如南山豹，終年隱苦霧。又如涸轍魚，與爾沫相呴。吁嗟幽蘭姿，空爲香國誤。銜恨赴重泉，難覓歸來路。北堂有老親，三載嬰沉痼。扶掖須爾能，寢興賴爾護。中途忍相抛，胡寧去不顧。世緣等沙搏，或似游旅寓。恩情日以新，形顏倏已故。香塍土一抔，爲爾識丘墓。我歌爾應聞，我哭爾應㾛。歌哭總無終，腸斷子荊句。

七言古

上元節金塔寺作①

雲開塔殿嵌岩阿,高幡十丈隨地拖。寶蓮法座瞻巍峨,天女雨花飛鬢陀。洪鐘鯨吼鼓靈鼉,鐃鈸爭喧吹海螺。羌兒羌婦躃輕鞾,腰懸編貝奔若波。金錢撒地口吟哦,競趨佛足肩相摩。僧伽高唱百為和,奇形異飾來修羅。鋸牙血口橫雕戈,憑仗法力驅瘟魔。樓門震動聲嘩訛,簫鼓闐咽聞棹歌。彩舫舁行平不頗,錦衣紅粉巧笑瑳。江妃洛女容姱娥,僧侶俗侶群眙哦。連尻接踵登岡坡,村姑不顧擠而蹉,牛車欹側傾脂軻。余亦乘興偶經過,清樽薄醉朱顏酡。黃昏月出光如磨,游人去矣山禽多。

春雨歌

花信風搖柳枝舞,枝上鳴鳩朝喚雨。北山南山同一雲,釀作流膏細入土。荊扉半掩脫蒲冠,春泥徑滑把犁難。蕉窗靜爇沉香火,臥聽茆檐清溜寒。

捕 魚

百頃河塘萬柳栽,塘邊群魚日去來。野人張綱尋魚穴,截河搜捕窮沿洄。一尾駭疾衝碧浪,一尾潛伏遮青苔。須臾雙尾齊入綱,以指抉耳柳穿鰓。清波咫尺不可越,此豈貪餌致生災。霜刀剝割餘紅濕,黔突烹煮留烟煤。釜底已隨蔬茹熟,耳邊猶似聞風雷。為問莊叟濠梁上,尚云魚樂真堪哀。

鴉雛謠

雅雛翅短不任翔,巢邊縮頸待哺忙。老鴉飛去集春陌,伸啄犁溝

---

① 金塔寺:《〔嘉慶〕大清一統志》卷二六八載:"金塔寺,在武威縣西南三十里。"位於今甘肅省武威市。

拾種上聲。麥。陌上巢邊聲啞啞,兒童持竿不忍下。鴉雛飢死待鴉歸,勿惜中田麥苗稀。

鴉雛入夏飛復旋,學母作鴉亦可憐。老鴉反入巢中伏,雛去銜食還相就。柳樹陰陰覆古墻,我每對之生惋傷。君不見鴟梟名字醜,雛欲離巢先食母。

望南山作

萬木蘢葱森如荻,殺氣宵鳴飛鉞鍼。南山秋色兩爭高,刈盡林翳露青壁。霜侵石脊苔蘚剥,雨淋崖谷泥塗剔。曲盤一徑隱蚯蜒,值豎千尋纍瓴甓。我欲因之愜勝游,縛屐支筇事捫歷。岩深路狹無伴侶,隻身試往神先戚。況乃洪濤齧山足,雪水長流聲激激。橫蛟阻隘斷舟梁,飢虎伺人敢袒裼。逡巡斯願良不果,崔嵬古佛竟難覿。塵士枉尋終南徑,仙靈應移北山檄。行當永與猿鶴群,萬丈丹梯庶可覓。

長歌行贈李玉

檐溜淋淋曉不斷,愁人悶坐仰天嘆。忽聞擊破唾壺聲,李玉悲歌吼蛟鯨。昔年落魄事孤征,酒酣夜上肅州城。教舞能排鴛鴦陣,乏食羞隨雞鶩爭。男兒餓死氣不平,肯向人前低首鳴。皮肉瘦消兩足在,行李典盡一身輕。玉門關外黃沙橫,安西幕下學操兵。雪天凍折班生骨,可憐定遠功未成。只今年已廿四五,作此寂寂歸鄉土。秋風不忘都護營,夜夢猶聞催戰鼓。膠角勁纏神臂弩,攜入南山去射虎。白額何處嘯生風,眼底頑石敢余侮。丈夫身不帶三組,七尺昂藏何足數。黃金揮盡還復來,白日西斜雛再午。余亦拓落走風塵,聽君長歌欲損神。蛇蟄蠖屈君休悔,他日雲雷會有辰。

偶　成

涼夜迢迢銷畫燭,清霜冷到芙蓉褥。龍涎炧盡曉雲輕,浴罷凝脂體微粟。越羅衫薄翠眉攢,花樓四面獨憑欄。欄外春光濃幾日,又到秋風捐扇紈。

祀竈

黃楮飛灰遍閭里,椒漿一酹龍駕起。龍駕起,上九天,竈君奏事向帝筵。窮鄉瘠户凡幾千,誰家爨突朝無烟,此事應亦帝所憐。竈君目睹非耳傳,論列無如此宜先。帝之喜,降屢豐。擊黃羊,竈君宮。

打麥行

石碾團團轉秋圃,西風蕭蕭吹林塢。蒲冠側著短褐飄,担杈亂飛荆帚舞。杈頭藁秸半隨風,帚下粟麥紛如雨。老人僂身出矮宇,手指橐囊向倉庾。一穗一粒莫輕拋,爲斗爲升須細數。急將上色輸官租,次者留待充朝餔。今年小麥十分收,大請村巫擊社鼓。轉去聲。

拆屋謠

孝兒營前鵓鴿飛,人家揚塵撒門扉。鵓鴿結巢依人屋,屋折巢傾欲何依。老翁倚杖向人訴,吾鄉積年多逋賦。新穀賣盡不償官,民頑能令官長怒。頸披紐鎖臀無膚,有聲難向公堂呼。餓隸追攝猛於虎,急用拆屋完官租。官租完,暫偷安,露宿空墻敢道寒。妻哭兒號任其寃,老我游魂杖下寬。吁嗟乎!今年輸租拆我屋,明年無屋死敲撲。老翁語罷泪長垂,荒郊凛冽悲風吹。

五言律

微雪旋霽

雪痕纔掩地,晴景已盈川。越犬勞盧吠,羲鵝自困眠。園楡分落照,沙草散寒烟。爲問燒春會,阿誰得句先。

甲寅新歲作①

　　盥櫛嚴清曉,衣冠肅此辰。登堂拜家慶,出舍揖村鄰。兒女三朝樂,烟花萬象春。豐年多釀黍,醉殺太平人。

　　卜宅陽厓返,林間置一丘。春生茅屋暖,坐對紙窗幽。窈窕日華入,委蛇風力柔。銛毫時一弄,妍思似能抽。

　　素兒遺編在,微風散古香。丈夫雖寂寞,文采足縹緗。豐歲璵璠貴,寒年繪帛良。逢時自無棄,有用庸何傷。

　　幽禽相叫聒,春意滿園廬。日氣自濃淡,花容輕卷舒。尋泉理枯瀆,破塊試新畬。土脉東皋發,農祥欣告余。

寒　食

　　漸習村居僻,渾忘節候新。好花難破萼,寒食不成春。爨火清千井,濃陰浹五旬。空懷羅綺隊,紫陌踏香塵。

治圃示弟叔衡

　　學稼兼爲圃,消閑事亦佳。園丁即余是,抱甕有君偕。洗藥分香徑,芸蘭辨紫荄。花開同豁眼,杯酒暢襟懷。

晚　眺

　　落日起層陰,雪天冥倦禽。遠烟浮水白,夜色接村深。寥落悲生事,凄凉發苦吟。東鄰有古柏,獨抱歲寒心。

殘　夜

　　夜色尚微茫,鄰雞啼短墻。殘燈千里夢,落月一庭霜。不寐頻欹枕,安心暫伏床。小窗虛白動,已似漏天光。

---

①　甲寅:乾隆五十九年(1794)。

階前草花

芳信傳香徑，碎紅敷萬花。視伊雖小草，有意擢新葩。莖弱風能偃，姿幽露倍賒。美人恐遲暮，鶗鴂漫爭嘩。

病蝶

閱爐繁華界，偏留寂寞蹤。引來雙伴侶，飛過病芙蓉。戲露魂先冷，尋香夢亦慵。滕土園畫裏，仔細認春容。

築場

白屋千重隘，黃雲一望彌。家家成小聚，擾擾築荒基。麥積斜連塢，舂聲隱隔籬。篝車欣滿願，聊亦便吾私。

立秋日遣懷

霖雨喜晴烘，開關曉望通。荒村多古木，一夕變秋風。門徑榛蕪甚，生涯翰墨窮。親知盼來札，咄咄漫書空。

夜坐

薄薦冷於冰，鳴蛩四壁膺。秋陰妨病骨，夜雨坐昏燈。萬感從生滅，孤懷自寂澄。明朝覽清鏡，未必二毛增。

中秋對月

十載清秋夢，三更旅邸寒。卻憐今夜月，得向故園看。棗栗慈親惠，楂梨稚子歡。揮杯勸蟾兔，與相共圖欒。

雨後

曳履披蓬徑，支筇俯蓽門。白雲低遠渚，紅葉隱孤村。露草明無數，霜畦濕有痕。呼僮收晚稼，趁便剷禾根。

秋望

寥天秋氣清，霜野日華晶。響樹高風遇，衝畦亂水明。寒籬隱披圻，老梗斷縱橫。滿目足淒景，那堪孤雁驚。

居幽

老樹扶傾堵，寒河抱斷圻。烟霜明霽色，天地淡朝暉。境僻人來少，居幽性所祈。褰裳拾黃葉，薄取未爲非。

秋燕

紫燕時來往，雙飛翼乍交。亦知身是客，且復語依巢。度柳捎殘葉，尋花曳斷梢。漢宮人易老，秋思最難拋。

五言排句

燈花十四韵

絳荷舒蕙帳，丹蕊燦芝軒。一點明光吐，三更碎影繁。玉螭蟠細萼，銀鴨護靈根。焰焰流朱貝，煇煇鏤赤璊。賞同金谷植，目亂火蛾翻。碧暈光常滿，黃磁價弗論。隔簾驚煜爛，入夜鬥春温。蒂袅交枝弱，香憐百和麐。然藜分有色，剪彩映無痕。摘藻留才子，吹蘭憶淑媛。心花應并發，眼纈莫愁昏。好夢迷飛蝶，芳衾簇繡鴛。蕊宮誇結實，蓮幙照開樽。爲問齊奴宅，珊瑚幾樹存。

七言律

冬中雜感

斜陽馳隙半窗紅，短景摧頹百慮攻。前輩風流多寂寂，後生年歲益匆匆。疏簾幾度銜泥燕，曠野旋看踏雪鴻。惆悵人間何偪側，不堪翹首憶諸公。

韋西傲骨蛻風塵，孫仲山夫子。寂卧重泉又數春。杯酒論文曾我與，瓣香求道更誰親。神仙路杳瞻鸞鶴，草樹秋荒蟄鳳麟。太息程門身後事，朔風殘雪立無人。

松花庵在古臨洮，髯老詩名一世豪。吳松崖師。曾奉斗山親杖屨，儼懸鐘律補風騷。師以皋蘭課葉所選古唐詩未愜意，故有《風》《騷》補編。[1]湘中遺愛稱三戶，時在楚有"三戶烟消水不知"之句，①人皆稱三戶太守。鏡裏年光剩二毛。何日重披絳紗帳，春風坐我醉香醪。

林園蕭瑟歲成冬，天地莽蒼一氣封。百卉俱隨先隕柳，孤懷獨對後凋松。身攖霜雪如膏沐，氣作風雲吐翠茸。塵界榮枯朝暮異，幾時能到浩然胸。

炧盡爐香夜氣微，宵寒卷體卧牛衣。曾聞釋氏鈎蛇喻，翻悟莊生夢蝶非。霜落渚田浮遠白，鳥啼烟樹待朝暉。柴門久謝高軒迹，尚有村童款我扉。

風捲孤雲悄出村，沙邊老木禿如髡。寒泉水涸冰成竇，矮屋烟消雪擁門。筆墨半荒文字少，詩書具在典型尊。閑來隱几一開卷，餘味津津矢弗諼。

稍厭林柯封蓽關，朝朝昇屋望南山。深藏豹霧岩千疊，雄峙龍城雪半灣。擬擢枯藤成柱杖，輕扶蠟屐叩仙寰。薜蘿懸體充中隱，笑逐烟霞樵牧班。

索 處

顛毛何事雪霜侵，索號難寬一寸心。別後塵韜清瑟錦，當時義重錯刀金。龍城月落千山黑，潞野雲飛大澤陰。欲覓征鴻投簡翰，關河南望遍愁霖。

---

① 出自吳鎮《黃鶴樓》。

夢入西南諸山青翠如畫俄見風雨晦明瞥然驚覺賦此

屏山卧展眄遥青,飛作春雲忘蜕形。曳杖尋幽都入畫,捫蘿自往似曾經。詩題孤嶼誰從和,夢到仙鄉我亦靈。疑有丹書藏石室,烟林一抹雨冥冥。

灌花

墟陌灣環一徑通,荆扉静掩雜花紅。黄昏雨後微微落,高下籬邊密密籠。偶向鄉園稱故主,不將秋思逐飛蓬。晚間聊復勤澆灌,數甕清泉課小僮。

即事

水遶斜橋地勢偏,清秋景物倍蕭然。風前黄葉晚多墜,雨後青山朝更鮮。勝集無人稀對酒,躬耕有隙一開編。朗吟商頌遺文在,金石聲微憶古賢。

治箒

箒草蒙茸如瘦竹,一叢野緑秋萩萩。腰鎌刈取帶餘霜,束縛作箒付婢僕。紙窗微明夜向晨,經冬不雪多游塵。净掃階戺待朝日,地爐樽酒延親賓。侯門擁箒欽野逸,此道千秋邈若失。掃除天下自有人,聊用揮竿掃一空。末句翻用《漢史》陳蕃語。①

曉望

鬖垢蕭然步短籬,東皋曠望一舒眉。因耽野景開關早,漫訝狂夫濯髮遲。初日雪山晴晃爛,淡烟春樹曉參差。眼前無限天游意,記得鴻蒙雀躍時。

---

① 《後漢書》卷六五《陳蕃傳》:"父友同郡薛勤來候之,謂蕃曰:'孺子何不洒埽以待賓客?'蕃曰:'大丈夫處世,當埽除天下,安事一室乎!'勤知其有清世志,甚奇之。"

聞 雁

荊南漠北若爲鄉，秋雨春風幾度忙。古戍月殘留斷影，寥天雲净綴斜行。騷人澤畔行吟苦，思婦樓頭望眼長。恐有音辭附翎翮，好從沙際認微茫。

守 歲

小閣明燈手自挑，屠蘇杯裏泛蘭椒。半生悲樂集今夕，一歲年光餘此宵。文可送窮無奈命，婢呼如願竟成妖。憑君坐守終殘夜，爆竹連村却復朝。

五言絕句

古意二首

香閣重重掩，羅帷悄悄深。不許窗前月，容易照儂心。

儂貌心自知，生憎將花擬。唯有鏡中人，差與儂相似。

秋江曲二首

秋露濕江烟，秋風渡江水。落盡芙蓉花，迴舟摘蓮子。

儂今吟越曲，渠復唱吳歌。借問秋江月，相思若個多。

對月三首

團蒲宴焚香，身心兩無住。棲鳥偶一鳴，月影過寒樹。

人語寂中宵，清輝布階戺。風動草樹枝，搖漾一庭水。

殘夜氣空濛，斜光猶的皪。霜華入葦簾，竹影上齋壁。

七言絶句

鳳仙花

一枝風露特精神，滴滴嫣紅注絳脣。仙吏不歸雲影散，花開猶似鳳臺春。

冬柳三章

寒柳蕭條剪未齊，一株飛絮影全迷。臨風欲吊桓司馬，雪滿琅邪鳥夜啼。

長橋攀折記吾曾，歲晚離愁對爾增。流水半灣朝暮去，絲絲滴泪欲成冰。

憔悴年光忍自支，朔風吹折細腰肢。含淒更待陽關信，不到春來不放眉。

【校勘記】

[1] 詩：原作"時"，據文意改。

夢雪草堂詩稿卷四

五言古

初至奎文書院奉呈楊蓉裳刺史兼示諸生①[1]

靈武稱雄郡,[2]控邊啓奧區。茲邦合多幸,仙吏實分符。文雅觀新政,陽春自舊敷。開堂延教授,闢館聚生徒。卜地黌宮近,分流泮水俱。巍峨瞻廟貌,慎重樹碑趺。禮器儼三古,弦歌猶一隅。修鱗潜密藻,翽鳳待高梧。妙簡真才俊,交推謬腐儒。聲名雖竊黍,學術本荒蕪。未獲喬丹篆,空勞縶白駒。[3]晴窗憑嘯傲,小閣屢招呼。[4]奇字時堪訪,玄言許共娛。每聞霏玉屑,輒似飲瓊酥。[5]觀海從今始,談天哂昔愚。諸君方進步,此道有亨衢。信是朋來遠,方知德不孤。鳴鐘期大叩,鑄劍仰洪爐。勿負文翁化,[6]寧吹齊國竽。經明偕計吏,黼黻重天都。

夜 坐

天寒鳥歸巢,夜靜人兀坐。床席餘清温,適與脛股妥。生徒亦已去,人語無喧哆。暫抛半卷書,且擁一爐火。微紅映齋壁,四顧獨一我。此時心神舒,曠焉無不可。

---

① 奎文書院:《〔嘉慶〕靈州志迹》卷一《公署學校志第五·書院》:"於乾隆五十一年,經署本州廣玉及知本州楊芳燦相繼於城東南文廟傍修建奎文書院。"楊蓉裳刺史即楊芳燦(1753—1816),字才叔,號蓉裳,常州金匱縣(今江蘇省無錫市)人,乾隆四十二年(1777)拔貢生。乾嘉時期著名文學家,著有《芙蓉山館全集》。《清史稿》卷四九二有傳。

鷄鳴行

塒上曉鷄鳴,墻外行人走。游子戒輕裝,登堂辭病母。一解。
病母看兒去,兒去又經年。隔窗還滴泪,不得到門前。二解。
門前杈枒樹,門外崎嶇路。兒在風雪中,行行不得住。三解。
行行不得住,兒去母心慈。謂兒且暫歸,空倉鳥雀飢。四解。
雀飢勿復道,鴛鴦不相保。恨殺白頭鳥,鷄鳴常草草。五解。

春草憶弟叔衡

陰霾逼花朝,花枝尚枯槁。春意迸微綠,隨風著芳草。纖纖初布地,點點已覺好。先生坐齋閣,積塵苦不掃。隔窗聞鳴鳩,循除事幽討。因吟汕塘句,憂心忽如搗。

王明君

關雎哀窈窕,而不淫其色。矧乃求之圖,真色亦難得。妾身在宮中,未得進君側。天與明艷姿,寧教粉墨蝕。君王不余顧,丹青何足殛。

望雨探韵 得渰字。

夕霧濃於瘴,朝霞頳如錦。好雨屢愆期,[7]盲風使人懍。縛屨過東園,蒿目覽群品。游絲冒菜薹,[8]浮埃困桑葚。抱甕園丁勞,閉吻林鴟噤。可憐尋丈間,焦渴亦已甚。而况百里內,萋萋禾與荏。兹鄉仰洪河,灌溉資屢稔。陽侯縮其波,渠口淺似吟。潛蛟蟠窟宅,白日耽酣寢。我擬呼豐隆,立往碎其枕。不然鞭陰石,汗出如流瀋。蒸作漫天雲,散爲連波渰。東井刺已下,南箕命可禀。行看愷澤敷,坐待農官諗。蕉窗清興增,相與鬥茗飲。

偶 興

幽坐苦無悰,起行意尤倦。俯仰小室間,寱言自輾轉。豈無文酒交,往來勤歡醼。飢渴在余心,爲伊不能遣。日晏捲簾高,含情待雙燕。

黃河從西來,滔滔向東注。坻石激迴瀾,狂風正吼怒。余家古河西,臨流指歸路。褰裳一踟躕,徒步那可泝。^[9]隔岸呼扁舟,榜人不余顧。

王氏園亭小憩

振衣出郊郭,清風導前路。尋徑穿茂林,臨流間淺渡。貪緣愜勝游,好景屢迴顧。主人坐精廬,憑兒敦儒素。瑤函借共披,茗椀一傾注。窗外見叢花,雕欄片雲護。幽香不許招,靜中時一遇。寂爾遂忘言,冥心契神悟。

是日同人邀飲遂過魏氏園

勝地復邐迤,佳游忘疲勩。徑轉過溪橋,茅籬鬱清邃。畦藥亂殷紅,叢篁擢幽翠。余心良自適,觸物成妍媚。矧逢折簡招,蘭交并來墍。蠡樽勸我飲,傾懷得一醉。酣嘲倦蝶眠,起和游蜂戲。向晚始言歸,涼颸送餘吹。

喜雨用望雨原韵^[10]

稻秧抽碧毯,菜花纈碎錦。幾日困炎歊,一雨覺淒懍。^[11]滲漉連千畦,滋液遍庶品。^[12]漁舍飽黃鱣,^[13]林鳩醉紫葚。我咏賀雨詩,狂喜忘寒噤。夙昔慣酣嘲,茲寧毋乃甚。浮白鬥老拳,連傾敢内荏。甘澤正及時,嘉禾定當稔。農夫炊粳秔,^[14]入口那能吟。南畝捫腹游,北窗跂足寢。^[15]乍可沾衣履,寧論濕衾枕。昨夜夢中歸,馬鬣帶餘瀋。朝來望遠山,寒雲尚淰淰。天意曠昭蘇,此命神所稟。不爽十日期,焉用符札諗。爲語清澗虹,慎勿垂頭飲。

示諸生

暝坐據橫几,有生俯而前。手執一編文,長揖使我詮。就中聊寓目,乃是棘闈篇。乍看光陸離,詞采爭新妍。點點金碧炫,寸寸繡繪連。繁華豈不多,割裂苦非全。摘句爲訓釋,遺本逐其顛。掩卷長太息,令我懷古先。文章雖薄技,微言垂聖賢。冥心赴的諦,要使百慮捐。槁木不知春,死灰不能然。靜中如有得,落筆飛雲烟。驚濤洶大澤,長鯨吞巨川。斂之尺幅內,秋井澄寒天。不此之爲務,炳烺苟相宣。天吳綴短褐,斯物奚貴焉。所來望爾輩,讀書攻中堅。譬如江海波,發脈由原泉。取材於近市,何如搜層巔。求珠於砂礫,何如探靈淵。孰甘安朴儳,亦不矜雕鎸。吾言尚可昧,試與爾精研。

七言古

雪蓮花歌分韵得雪字。

君不見,曲江千頃紅雲繢,清霜半夜已萎折。[16]又不見,太華十丈翠蓋搴,[17]秋風欲到先淒咽。豈知異域産奇葩,開花直待嚴冬雪。彤雲密布銀海翻,靈根迸出石罅裂。朔風掣曳紗綃衣,[18]寒光凍凝真珠結。凝去聲。六郎佼骨鶴氅披,潘妃巧步履痕滅。佛指幻現兜羅綿,仙芽勁擢矛鋋鐵。[19]結寶從教太液多,撫肌只許姑射絕。吳國嬌娃未解識,烏孫公主定先擷。昔年有客頗耽奇,直令陰山尋窟穴。羸馬新從戈壁歸,[20]輕裝遥自蔥嶺挈。手拈枯帶還自眙,[21]鼻齅生香爲余説。玉蕊曾經三尺埋,冰絲猶帶六花捩。過眼漫詫淞霰寒,[22]入腹能令肺肝熱。[23]我聞此語參信疑,欲訪桐君半訛缺。[24]濂溪夫子倘知名,嗟爾遠來猶可説。

春分後一日微雪初霽邀同蓉裳刺史及春塘蘭豪諸君東園小集分賦

花信風□柳枝軟,綺陌韶光一綫轉。忽驚夜半紙窗明,玉塵輕拂冰花剪。入樹纔看亂黃萼,緣階乍覺侵苔蘚。薄寒中人雖自怯,清景在目那能遣。壓肩鶴氅尚可披,稱體羊裘詎容典。須臾濃陰暫解散,滿眼瓊華消見睍。濕潤微微透屋廬,輕烟漠漠生疆畎。呼伻走報使君來，東園曠望開扃鍵。玉壺冰盡好賞酒，竹爐火熱先炙爓。酒酣耳熱復談詩，何啻清芬飲茗荈。是時春令已平分，一片寒雲歸絕巘。晴暉晃朗天外明，草色微茫沙際辨。檐前幽鳥弄春聲，林下游絲引醉眄。使君搦管新句滿，甕冰絲，抽獨繭。風前瓊樹許相招，雪後山陰興不淺。羌余薄劣守殘篇，當筵強把吟髭撚。少見敢隨越犬吠，畏難還甚吳牛喘。堊鼻幾年思郢匠，醫俗只今遇盧扁。梁園心賞幸無違，更有鄒枚接歡宴。吟成白雪和誠艱，手捧驪珠空自㦬。

花游曲

曉雨濛濛濕遠天，春風無力花搖烟。春花搖烟何綺靡，人帶花香醉花裏。醒來魂夢逐花瓢，手把花枝弄花蕊。花間鶯語苦丁寧，勸君行樂休暫停。更唱春江花月夜，月下頻傾雙玉瓶。

禁烟詞

紫陌游塵清露漵，芳草無烟春寂寂。隔花籬落有人家，欲問晨炊何處覓。樓頭倚望困輕寒，春羅半捲怯衣單。金爐偷爇九微火，一片香心消紫檀。晚來獨把新醪試，寒香沁齒聊薄醉。可憐一縷漢宮烟，明朝偏向侯家賜。

漢長毋相忘瓦硯歌

扶風遺編長與俱，一方石田苦不腴。烏襴錦紙置無用，琉璃匣水從乾枯。偶訪元亭共揮灑，主人開緘出片瓦。舊製流傳自西京，阿誰作硯供詩社。古當樂團識篆文，惺惺悄語幾曾聞。漢家天子爲情死，四字分明說與君。紅樓複道低垂幄，珠簾甲帳承恩渥。幾時翠翼墮榛荆，只今泪眼猶斑駁。銀鉛洗出色青銅，鴛鴦影動墨花融。鸞箋膩寫哀蟬曲，仿佛傾城步故宮。嗚呼！故宮一百四十五，美人殿閣皆黄土。千年瓦礫散人間，不應重作兒女語。君不見，高帝幸愛戚夫人，楚歌楚舞徒傷神。鴻鵠高飛繒繳絶，含涕淒怨雙蛾顰。又不見，武皇河間迎鉤弋,玉手親披尚堪憶。一朝趣引送掖庭,婉轉嬌眸活不得。我思此事心增悲,長毋相忘竟如斯。更饒幽意難訴述,班姬紈扇坐題詩。還君此硯就珍襲,碧霞摻憯青蘚蝕。歸來剪燭作長歌,疑有嬌魂暗中泣。

送羅西溪參戎出征

夢澤鼠竊紛歡呶,秦關羽檄馳雙崤。將軍上馬疾於鳥,翠蕤風動摩雲旓。憶昔金門來校藝,羽衛環視排墙梢。奪取錦標列嘉宴,鑽食往往分天庖。嚴邊出守憑豹略,長城坐嘯聞虎虓。帳下僮奴盡武猛,刀矛擊刺曾親教。昨夜營頭聞吹角,三千戰士鳴弓弰。風雲萬里懍憯憯,鵰鶚九天怒嗷哮。猰㺄鎧結黃金鎖,龍泉劍飾朱文鮫。殺氣高騰肅朔漠,星幢直指趨荆郊。乍震迅霆碎虬翼,擬然烈焰焚鸋巢。浪魚說魂游釜底,敢有螳臂當車交。妖腰亂領就斬縛,腥穢何足勞燖炮。吾聞五溪多毒癘,苗民逆命封岩坳。大澤長岨自辛螫,至今上相煩爬搔。將軍踴躍賈餘勇,洞庭南望揮鞭鞘。顧盼軍門軒士氣,櫌槍射落連飛髇。男兒遂却封侯願,[25]虎皮倒載干戈包。

題水官朝天圖

水官之圖誰所爲,[26]明窗停午收炎曦。[27]陽烏迴曜粟生肌,[28]辰星晉闕羅靈祇。海水壁立層雲垂,驚濤怒捲擁雷輻。矯首奮臂馭者誰,揮手辟歷神光馳。[29]騰駕龍子鞭蒼螭,彩斾高揭搴元旗。珠幡掣曳捎翠蕤,河伯前導驅肥遺。[30]陽侯奔命天吳隨,江妃夾御揚休眉。[31]欹肩鞞袖吹參差,[32]衝波直上黿鼉蠕,蹣跚跛鼇遙相追,縮頸似向天關窺。良工潑墨何淋漓,真精踴現窮毫釐。開卷使我懍其儀,[33]焚香祈禱涕漣洏。不能自嘿聊唧嘻,即今甘霈方愆期。禾苗百里生瘡痍,農夫閔望聲嚘咿。明神俯鑒應先知,我欲叩額通明墀。身無羽翼形孤危,抱此區區竟安施。岳祇瀆鬼嚴分司,牲牢珪璧虔祝尸。以此論列寧云私,陳謨入告帝曰咨。山海之管爾實持,出雲降雨何謁爲。[34]豐隆列缺疇娛嬉,有不用命當箠笞。仰看畢躔占月離,[35]滂敷大澤蘇枯萎。神之降兮肅壇壝,再拜洗爵羞江蘺。

太學重鐫石鼓歌

乙卯得第,①恭詣國子監行釋菜禮。

娲皇煉石剷天根,劃平山骨天無痕。茫寒色正垂星斗,餘者十枚象鼓蹲。歷炎黃唐姚妣子,姬氏踐祚形模存。文顯武承貽謨烈,斤斤成康守其藩。汾王十世流於虩,維十一世生神孫。拜稽對揚命方虎,嵩高峻極毓尹樊。歧陽之蒐恢天業,車攻馬駒似雲屯。當時紀功誰鐫刻,相傳籀篆古而敦。其魚鱮鯉橐楊柳,右驂騅騼左幩幩。四百六十五鸞鳳,字字騰騫雲孤騫。守護無庸勞精魅,留擲岩阿鎮厚坤。苔蘚斷剝春冰裂,光芒夜爛連岡原。褐來十代何倉卒,滄桑遞閱疑朝昏。元和博士得紙本,涕泪滂沱寄煩冤。爾時大官果孰是,婥妸無人籲帝閽。遂令至寶嘆沉陸,碓床舂白湮荒村。聖主鴻文首萬古,垂裳成化齊羲軒。編纂四庫藏五岳,象胥九譯通八垠。辟雍訪道重更老,三千懦服環橋門。摩挲古器資神解,天機獨得自忘言。爰命儒臣重删綴,嚴奥直視西周繁。以鼓仿鼓存舊式,岩岩青玉刓崑崙。嘉禾交穎勢秀發,老蛟噴霧形蜷蜿。舊鼓深欄仍蓋覆,新者配列如弟昆。寶氣旦暮相激射,聯翩焜燿依繚垣。午日當天却翳障,諦觀何啻清氛墩。又取韓歌勒碑版,煌煌法墨輝璵璠。異代君臣有冥契,千年遺迹蒙殊恩。我來觀光欣得路,瞻天雲際羞戴盆。釋菜宮牆盛典禮,得未曾見瑩心魂。欲去不能觀不解,黃繪濡墨倩誰捫。猶幸韓徒去朱遠,長歌聲放無庸吞。

冬赴靈武過中衛縣沙山作

洪河東下緣山行,飛沙不渡墮澗坑。重坡曼嶺莽迴互,陰風吹起

---

① 乙卯:乾隆六十年(1795)。

黃雲平。天公唱籌爲底事,萬恒河數此中傾。寸田尺樹不可見,大似聚米連岡橫。自昔天驕毒威武,控弦游獵驅邊氓。牧馬雲屯狐兔窟,堠烽星舉豺狼驚。聖代恩威暢遐邇,華夷并域涵群生。萬里蠻荒貢琛賫,九邊衝要掃欃槍。我來正值嚴冬節,雙輪遲重過無聲。欲尋漢秦攻戰迹,戈鋋朽骨埋榛荊。朔氣飛空飄淞霰,寒雲翳日韜光晶。回望不辨涼州道,揮車徑向靈武城。

五言律

晏起

宿鳥先人起,飛飛傍小軒。似嗔孤客懶,故作數聲喧。旅夢方迴枕,初陽已到門。呼僮敲石火,暖酒借春溫。

長夏即事

閉閣逃炎暑,塵空境自佳。拋書偶坐睡,忘適得心齋。風動紫荊樹,日長紅葉階。因吟謝公句,處順故安排。

微雨乍止二首

輕雲布四隅,小雨滴如珠。隔牖驚成響,開簾看欲無。花梢幾斷續,草徑未沾濡。辛苦田間老,焚香謝大巫。

蘇物天心急,驕陽帝力窮。如何鳩喚雨,却使燕翔風。失望寧余獨,銜哀與衆同。還欣檐外樹,雲氣尚冥濛。

三月七日蓉裳刺史偕諸同人過劉氏園晚向永寧寺小憩四首[①]

見說穠春景,郊行興欲顚。土膏晴發脉,水浪暖開泉。有客皆同調,無人不信天。舞雩留勝事,雅咏憶名賢。

---

① 永寧寺:《〔嘉慶〕靈州志迹》卷一《壇廟坊市橋梁津渡名勝志第六‧壇廟》載:"永寧寺,在城北門外。"

春鳥語關關，園亭晝日閑。輕烟全借柳，遠黛欲移山。風動軒櫺外，香生坐席間。呼僮煎綠雪，茗椀鷓鴣斑。

　　韶景幾何在，清游那便迴。忽逢林下寺，更傍水邊開。寶蓋飛花雨，山門護錦苔。停鞭且共憩，老衲莫相猜。

　　接袂來初地，追陪得净因。戒壇聊息影，塵界暫抽身。唄梵雲中響，烟花世外春。仙才具無礙，儷句見清真。

春蔬八咏

薺花

　　一歲春蔬好，端宜薺最先。輕花猶帶雪，細葉欲分烟。翠擷墻陰嫩，甘生舌底鮮。茹茶因底事，念爾更垂涎。

菜薹

　　擢秀滿芳町，筠籃菜把青。惠頻叨地主，摘敢問園丁。齒嚼冰霜脆，氣含風露馨。個中滋味別，不許雜羶腥。

韭苗

　　早韭生膏壤，新苗寸寸舒。[36]剪宜乘雨夜，[37]薦得及春初。水餅還堪置，蘭肴恐不如。應憐金作束，先入庾郎菹。

蒲筍

　　莫劚淇園竹，來搜董澤蒲。瑶篸齊插岸，玉指細抽蘆。鼠壤嘲餘嗫，雞腔混野鳧。靈根倘可餌，便擬住蓬壺。

榆莢

　　榆社初生莢，村僮欲作猱。攀枝分鳥粒，摘翠繫筠絛。[38]屑玉資乾糒，蒸雲傲冷淘。阿誰風味似，只合漱松醪。

芹芽

　　半畝南塘外，清香動水湄。泥融春燕掠，味美野人知。碧潤羹初熟，青精飯早炊。鱸魚生作鱠，即此是蓴絲。[39]

菌耳

　　二月春雷動，杉根菌子生。銅釘苔縫坼，珠蓋雨中檠。[40]滑自分香縷,腴能佐大烹。凌虛開宴日,雅得侑飛觥。

蕨　拳

紫蕨逢妍暖,拳舒曉露溥。挑時來曠野,饋處逗春盤。[41]醉擲鸝鵡杓,愁開苜蓿欄。南山吟望罷,太息不能餐。

五言排句

分賦齋中玻璃鏡屏

大秦搜異產,良匠製文屏。不以懸妝閣,而來傍客亭。[42]澄明開寶地,豁達對紗櫺。雅稱檀爲架,驚看玉發硎。鑒空寧作我,[43]友到即忘形。映樹翻移幔,分花却帶瓶。圖書圍四壁,[44]齋閣啓重扃。質薄氣容觸,塵輕莫暫停。此中原雪亮,何處著青銅。[45]野鶴矜毛羽,[46]山雞刷翅翎。火齊同潔澈,雪母讓晶瑩。應共春宵月,流光可一庭。

試墨十六韵[47]

墨客名原重,隃麋世共稱。故人遙惠此,雅製最堪矜。發篋香生席,開緘玉作稜。豹囊聊暫脫,鳳味且先登。彩藉瓊林煥,光由竹露凝。松烟全借竈,蘭爐或分燈。濃翠微微吐,輕螺旋旋增。瓦池霏漠漠,石幾映層層。守黑如難辨,噴花却可憑。研時初滴瀝,泫處漸重仍。毛穎欣成侶,陶生歡得朋。[48]磨人真自惜,顧我實無能。鸜眼空驚眩,龍賓定見憎。筆韜湘浦竹,紙捲剡溪藤。作漆情何忍,揮毫力弗勝。會須傾篋出,持以贈陽冰。

冰　燈

幽吟耽永夜,華館對團冰。朗澈原疑月,光明却是燈。螭蟠鱗乍動,荷展露先凝。質自銀瓶積,輝連雪案增。消中常惕惕,燭物益兢兢。刻琢寧非巧,煎熬恐不勝。蚖指焚爛熳,鮫泪滴頻仍。窪處微留燼,然多或作稜。熱心知共見,冷而莫相憎。映壁成霜彩,懸檠待鐵緺。漫傳金鴨重,終讓玉壺澄。爲語懷清客,高寒早服膺。

臘八粥

令節嘉平重,芳羞饘粥添。精堪供净饌,糯合遍窮檐。品并朝餔設,杯宜膡酒拈。二紅参雅製,三白待豐占。翠釜菰菱雜,花瓷粳糯兼。方炊看露滴,既熟比餳黏。不減醍醐美,寧輸炬籹甜。芬流雲子飯,淡着雪花鹽。入頰驚鄉味,當筵嘆歲淹。申椒無宿鑿,鮭菜有新醃。弟妹憐均飫,妻孥定共沾。何當須老我,食罷拂蒼髯。

七言律

次韵侯春塘見贈①

化鶴仙人舞碧霄,霜毛獨整任風飄。一從華表留清唳,幾向通明趁早朝。塵界群鷄妄故我,天涯冷露警長宵。蒼苔白石能相待,日夕還歸不用招。

次韵秦蘭臺見贈②

雄姿逸格重南金,映澈冰壺一片心。韉涴春泥盤駿馬,奩開曉鏡照文禽。當風徐展紅雲錦,對月凉抽白玉簪。好把清言咨樂令,可容疑義滯胸襟。蘭臺係蓉裳先生令坦,故云。

次韵俞鈍夫見贈③

元瑜書記信翩翩,況復詩才壓昔賢。朔漠風雲飛彩筆,嚴冬冰雪綴花箋。金甌滿泛珠江酒,玉麈輕揮幕府蓮。休説木瓜投贈好,愧無瓊玖報神仙。

---

① 侯春塘:即侯士驤,生卒年不詳,字春塘,金匱(今江蘇省無錫市)人,諸生。
② 秦蘭臺:即秦承需(1774—1831),原名嵩源,字蘭臺,號實夫,金匱(今江蘇省無錫市)人。國子生。歷任直隸正統府經歷、承德府經歷、密雲縣知縣、涿州知州、景州知州、天津知府等。
③ 俞鈍夫:即俞訥,生卒年不詳,字木庵,金匱(今江蘇省無錫市)人。

五日遣興

照眼榴花簇艷紅，映階萱草長芳叢。最憐節物都堪賞，可奈天涯莫與同。續命絲倩誰繫臂，招涼葛儘自含風。唯應飲興還依舊，斜日槐陰吸碧筒。

翹首天南望楚城，戈鋋此日尚縱橫。須知羽扇能揮敵，休說靈符善辟兵。波浪九江藏巨鱷，風塵三户鬥餌虹。龍舟競渡年年事，却逐艨衝戰艦行。

次韵楊維政世兄見贈

丹穴遥聞雛喙清，寒烏戢翼避蓬瀛。夢迴仙國春雲渺，風動畫堂夜牗鳴。散質端宜依櫟社，奇珍自合貢神京。君家詩格知誰敵，王後盧前定欲爭。

送張春溪南歸

東來問字子雲居，更喜蘭交識而初。顧我無衣同范叔，憐君有恨等皋魚。危峰阻雪征鞍聳，小驛眠燈旅夢虛。此去江鄉富題咏，梅花飛寄隴頭書。

寒食郊行

簫聲吹徹賣餳天，詞客招邀錦騎聯。爲愛遙林先縱轡，偶逢佳處且停鞭。小橋流水纔通圃，廣陌游塵真漲天。寄語故園吟侶道，客中風景倍堪憐。

七言排句

次韵俞鈍夫首夏遣懷[49]

南風欲作還復休，[50]暫滌塵襟對花樹。花紅濯雨千片飛，葉密和烟幾層吐。[51]乳燕分泥入小巢,戲蝶尋香過別圃。可憐把酒餞春暉,乍似含淒別親故。亦知佳景去難留,[52]翻悔名園來有數。[53]羈心誰倩亂如雲,倦眼吾甘昏比霧。起行香雪任沾衣,歸步芳塵空滿路。見說名流坐嘯餘,[54]題詩備道消閒趣。[55]撿取穠華奪化工,自寫高懷成秀句。便欲同開櫻筍厨,[56]疇敢復坐椒蘭妒。學書蛾眉諒不能,[57]座接仙姿寧弗慕。手把瓊瑤擬報章,[58]空館吟哦自朝暮。

五日過春塘齋頭指瓶中芍藥聯句得十二韵[59]

令節已逢重午日,金匱楊芳燦蓉裳。膽瓶紅藥尚呈姿。楷。花如稱意休嫌少,士驤。[60]開到將離轉愛遲。芳燦。藥圃待招消夏客,楷。蒲觴翻作殿春卮。士驤。隔窗烟冷窺橫影,芳燦。對鏡霞明見亞枝。楷。蟬雀扇搖香澹宕,士驤。蘅蕪珮轉態斜欹。芳燦。羅裙舊曳留仙縐,楷。彩縷新添續命絲。士驤。麗質似含傾國恨,芳燦。韶顏未到退房時。楷。怕消艷雪頻量水,[61]士驤。爲駐嬌雲懶捲帷。芳燦。錦帶一緘封別泪,楷。蠻箋十樣譜相思。士驤。避塵不耐風人謔,芳燦。寫怨應題騷客辭。楷。高格詎宜葵艾侶,士驤。幽懷那許蝶蜂知。芳燦。相看清簟疏簾畔,楷。可是伊家要賞詩。士驤。

七言絕句

即　事

高樹連雲羃四圍,半鈎新月隱斜暉。黃蜂紫燕都眠却,歷亂花陰蝙蝠飛。

碧天如水映虛堂,鼓足當窗乘夜凉。正是小園風動處,棗花簾外送餘香。

槐葉蕭森繞舍鳴,匡床夢斷旅魂驚。他鄉米貴頗憂旱,錯聽長風作雨聲。

【校勘記】

［1］初至奎文書院奉呈楊蓉裳刺史兼示諸生：《〔嘉慶〕靈州志迹》卷四《藝文志第十六下》作"初至奎文書院奉呈楊蓉裳刺史兼示諸生二十韵"。

［2］稱：《〔嘉慶〕靈州志迹》卷四《藝文志第十六下·初至奎文書院奉呈楊蓉裳刺史兼示諸生二十韵》作"古"。

［3］縶：《〔嘉慶〕靈州志迹》卷四《藝文志第十六下·初至奎文書院奉呈楊蓉裳刺史兼示諸生二十韵》作"摯"。

［4］晴窗憑嘯傲小閣屢招呼：《〔嘉慶〕靈州志迹》卷四《藝文志第十六下·初至奎文書院奉呈楊蓉裳刺史兼示諸生二十韵》作"吟成敢屬和，酒熟即相呼"。

［5］每聞霏玉屑輒似飲瓊酥：《〔嘉慶〕靈州志迹》卷四《藝文志第十六下·初至奎文書院奉呈楊蓉裳刺史兼示諸生二十韵》作"琳函披秘藏，寶鑒映清盧"。

［6］勿負：《〔嘉慶〕靈州志迹》卷四《藝文志第十六下·初至奎文書院奉呈楊蓉裳刺史兼示諸生二十韵》作"休負"。

［7］好雨屢愆期：《荆圃倡和集》卷四作"春雨久延期"。

［8］薦：《荆圃倡和集》卷四作"甲"。

［9］沂：據文意，疑當爲"溯"。

［10］用：《荆圃倡和集》卷四作"仍用"。

［11］覺：《荆圃倡和集》卷四作"變"。

［12］滋液：《荆圃倡和集》卷四作"含滋"。

［13］漁舍：《荆圃倡和集》卷四作"漁叟"。

［14］農夫炊粳粃：《荆圃倡和集》卷四作"老農炊香粇"。

［15］跂足寢：《荆圃倡和集》卷四作"企脚寢"。

［16］半：《荆圃倡和集》卷二作"一"。

［17］搴：《荆圃倡和集》卷二作"擎"。

［18］紗：《荆圃倡和集》卷二作"素"。

［19］矛鋋：《荆圃倡和集》卷二作"風歐"。

［20］戈壁：《荆圃倡和集》卷二作"柳塞"。

［21］枯帶：《荆圃倡和集》卷二作"枯臘"。眙：《荆圃倡和集》中作"胎"。

［22］淞：《荆圃倡和集》卷二作"霜"。

［23］肺肝：《荆圃倡和集》卷二作"肺腸"。

［24］欲訪桐君：《荆圃倡和集》卷二作"偶檢方書"。

［25］侯：原作"候"，據文意改。

［26］水官之圖誰所爲：此七字原脱，據《荆圃倡和集》卷四補。

［27］停午：《荆圃倡和集》卷四作"披卷"。

[28] 陽烏迥曜粟生肌：此七字原在"明窗停午收炎曦"句前，據《荆圃倡和集》卷四改。
[29] 揮手：原作"手揮"，據《荆圃倡和集》卷四改。
[30] 肥遺：《荆圃倡和集》卷四作"馮夷"。
[31] 陽侯奔命天吴隨江妃夾御揚休眉：《荆圃倡和集》卷四作"天吴奔命陽侯隨江妃夾御肩參差"。
[32] 欹肩嚲袖吹參差：《荆圃倡和集》卷四作"回眸隱盼揚修眉"。
[33] 開卷：《荆圃倡和集》卷四作"瞻拜"。
[34] 何謁爲：《荆圃倡和集》卷四作"從便宜"。
[35] 仰看：《荆圃倡和集》卷四作"仰視"。
[36] 寸寸：《荆圃倡和集》卷四作"一寸"。
[37] 雨夜：《荆圃倡和集》卷四作"雨後"。
[38] 筠條：《荆圃倡和集》卷四作"藤條"。
[39] 是：《荆圃倡和集》卷四作"當"。
[40] 珠蓋雨中檠：《荆圃倡和集》卷四作"芝蓋雨中擎"。
[41] 逗：《荆圃倡和集》卷四作"薦"。
[42] 不以懸妝閣而來傍客亭：《荆圃倡和集》卷三作"不事安奩具偏宜榜客亭"。
[43] 鑒空寧作我：《荆圃倡和集》卷三作"室空還對我"。
[44] 圍：《荆圃倡和集》卷三作"連"。
[45] 青銅：《荆圃倡和集》卷三作"銅青"。
[46] "野鶴矜毛羽"至下文"雪母讓晶瑩"：此二十字原脱，據《荆圃倡和集》卷三補。
[47] 試墨十六韵：《荆圃倡和集》卷二作"試墨得凝字"。
[48] 陶：《荆圃倡和集》卷二作"楮"。
[49] 次韵俞鈍夫首夏遣懷：《荆圃倡和集》卷四作"首夏信筆束同學諸子索和"。
[50] 南風：原作"南山"，據《荆圃倡和集》卷四改。
[51] 葉密：《荆圃倡和集》卷四作"葉碧"。
[52] 佳景：《荆圃倡和集》卷四作"韶景"。
[53] 翻悔：《荆圃倡和集》卷四作"却悵"。
[54] 見説：《荆圃倡和集》卷四作"忽值"。
[55] 題詩備道消閒趣：《荆圃倡和集》卷四作"詩來備述蕭閒趣"。
[56] 便：《荆圃倡和集》卷四作"我"。
[57] 書：《荆圃倡和集》卷四作"畫"。
[58] 瑶：《荆圃倡和集》卷四作"華"。
[59] 五日：原作"是日"，據《荆圃倡和集》聯一改。
[60] 士驤：原作"無錫侯葵春塘"，據《荆圃倡和集》聯一改。又，本詩聯句作者"士驤"，原皆誤作"葵"，均據《荆圃倡和集》聯一改，不再一一注明。
[61] 怕：原作"帕"，據《荆圃倡和集》聯一改。

夢雪草堂詩稿卷五

五言古詩

讀史偶述

窮困奚所辭，富貴寧苟處。孫卿老闌陵，李斯違南楚。口道帝王術，心艷太倉鼠。秦業亦已成，六國亦已舉。豈知咸陽中，五刑亦具汝。

漢代二奇士，拓落無所施。托身衛氏門，辱與騎奴隨。拔刀列斷席，激昂青雲姿。丈夫雖失路，雄風凛鬚眉。絳衣玉具劍，飾此乳粉兒。公廷下明詔，鞍馬矜華滋。將軍不知人，何責家監爲？

長孺昔坐法，獄吏巧相訾。一朝起徒中，復作梁内史。笑謂田甲言，汝今可溺矣。失勢漫陵侮，此輩安足理。快心一醉尉，惜爾隴西李。

王生一老人，漢廷詔之人。是時省闥間，冠珮儼會立。廷尉既名臣，宜作百僚式。結襪以爲重，此意吾未識。應笑漢諸公，猶餘六國習。

主父少游齊，厥術擅縱橫。歷抵東諸侯，論説一無成。西來謁皇帝，萬乘爲之驚。始議天下事，目無漢公卿。繼乃通賕遺，暴施而逆行。恩怨情已快，只合五鼎烹。却憐狡孔車，附爾垂高名。

魏國西門豹，作令臨鄴縣。下車詢疾苦，笑談窘奸據。引河十二渠，灌溉饒郊甸。此真民父母，應稱循良選。如何褚少孫，補入滑稽傳。

過僕固懷恩墓①

連山鬱黃雲,[1]四塞慘白日。陰風沙石號,短草冷蕭瑟。登高見破丘,[2]蓬蒿荒不銓。云是懷恩冢,年多阡陌失。有唐昔中葉,安史迭侵軼。[3]所賴朔方軍,戮力奮群帥。如何冢中人,功名竟不卒。釁因雲京搆,情與奉先窒。[4]四鎮徒陰謀,六罪漫口實。焚如良自取,猶幸逭斧鑕。勛忝真王封,[5]名污叛臣筆。[6]阿母揮白刃,逐賊蒙優恤。愛女比天潢,[7]遠嫁崇禮秩。忠孝爾兩虧,[8]魂魄應慚慄。千秋遺壙在,已作狐兔室。月夜牧馬歸,何處鬼雄叱。

消夏六咏

松 棚

火輪爍當天,大地爲爐冶。翠色剪虬松,橫空架廣廈。陰森涼雲覆,淅瀝清露瀉。爲語支離叟,此間堪結社。

竹 簾

人語隔湘烟,幽齋垂碧篠。對户訝玲瓏,當窗窺窅窱。風動織文流,月映清波皎。雙燕忽飛來,故向銀鉤遶。

蒲 席

何處訪涼臺,亭午閉珍館。石榻光如鏡,青蒲淨若盥。凝滑膚真宜,澄明腹堪坦。客來看晝眠,應勿嘲余懶。

蕉 扇

薰風有待招,蕉葉行可秉。剪來細雨叢,裁成圓月影。微微動懷袖,塵勞静俄頃。何必竹與紈,佳製珍齊鄁。

籐 枕

涼枕鏤古籐,宛轉時相倚。綾紋微帶赤,玉骨猶凝紫。輕颸一以

---

① 僕固懷恩(?—765),鐵勒僕固部人,唐朝中期名將。世襲爲都督。安史之亂時,從郭子儀、李光弼作戰,常爲先鋒,屢立戰功。與回紇兵平定史朝義叛亂,官至尚書左僕射、河北副元帥、朔方節度使,封大寧郡王。廣德元年(763)叛變,屢引回紇、吐蕃攻唐。後率衆到鳴沙(今寧夏中衛東),患重病,返回時死於靈武,部下焚其屍以葬。《舊唐書》卷一二一、《新唐書》卷二二四上有傳。

過,乍似裂魴鯉。莫漫儗青甆,好夢竟奚似。

棕拂

海棕紺以長,作拂形縷縷。窗間蚊蚋静,莫向手中舞。清言倘不疲,便捉作談麈。想見殷中軍,故是阿龍伍。

夏夜東園偶集用五平五仄體以"荷風送香氣竹露滴清響"爲韵

夕景斂遠嶠,東園炎氛過。小榻熨竹簟,明燈然冰荷。握手并素侶,清吟聊婆娑。[9]

老樹立突兀,[10]孤高掌青空。瞑色亂衆葉,疏枝摇微風。到此一寂坐,何如揮絲桐。

梯山龍城南,六月雪作洞。心清資神游,意往倩孰送。山靈如相憐,畀我以好夢。

攝屐步曲隩,支筇臨方塘。不辨水石影,如聞蕙蘭香。逸興適有托,[11]長歌懷滄浪。

層雲鋪方濃,片月吐尚未。孤螢流微光,曲徑聚夜氣。纖絺雖云輕,此際定爾貴。

銀蟾東方升,[12]萬象已似沐。澄波含蒼苔,瘦影偃翠竹。翛然休塵勞,底事走鹿鹿。

風爐新茶煎,活火爇幾度。銅瓶傾流泉,雪椀滌瑞露。通靈希仙蹤,[13]一啜領此趣。

聯吟歡朋儔,[14]鬥捷鉢可擊。毫飛枯籐纏,[15]石裂翠蘚滴。狂歌余何人,竟爾不避敵。

衆籟寂不作,宵分微凉生。晤語意始暢,形神知雙清。仰首瞰碧落,明河將西傾。

知音逢良稀，竟夜恣咏賞。檐端疏星明，檻外宿鳥響。披懷濠濮間，勝集庶不枉。

古　意

贈君雙條脱，耿耿黃金理。化作玉連環，宛轉無終始。一解。
贈君雙玉瓶，中有堅冰結。試看冰心清，應知儂心潔。二解。
春園桃李樹，枝葉相交加。儂是嶺頭梅，冬來始著花。三解。
鳥有比翼飛，魚有比目游。丈夫諒有志，焉知魚鳥儔。四解。

酬　贈

我生類蠹魚，寄身萬卷裏。神仙字難期，且復餐故紙。枉君瑤華篇，三嘆感知己。赧無五色筆，焉用酬君子。

烈士行

烈士不圖難，志欲清風塵。朝馳塞垣外，暮宿湖水濱。湖濱滿蟻賊，竊發如蜂屯。城泡被破碎，墟里見凋殘。亂民相驅扇，奔涌隨驚湍。將軍軒猛氣，策馬趨前軍。殺賊橫平野，血流津水渾。揮刀刃屢缺，奮顧心猶嗔。直前搜窟穴，一舉靖妖氛。營門夜半沸，飛炬淺雲端。將軍夢中起，戰士火中翻。帳下殷雷動，天邊烈焰燔。煙塵雜血肉，片刻灑川原。茫茫百里內，仰見星辰昏。醜徒乃得意，天道焉可諭。男兒誓裹革，糜軀心所安。徒恨賊未盡，根蒂仍蔓延。湖波深無底，塞風吹正寒。我歌烈士行，喟焉摧心肝。

七言古

長夏偶過適園見庭前蒲萄一架美蔭四布可數間屋漫成長句柬陸雨莊刺史

蒲萄種稱西域殊，[16]插枝引葉盈郊鄩。名園一架勢不孤，幾時分自大宛都。緣階縛木周庭隅,[17]長條掣曳張棚幠。[18]橫空結陣紛盤紆,撐拄直與檐牙俱。軒窗洞敞寨簾幬,[19]文席凝滑編青蒲。[20]坐客仰首迴清矑,碧天無縫翠雲鋪。[21]佳實磊落垂仙樹,華星布列光糢糊。[22]紫垣玉繩繫斗樞,耿耿璣貝羅白榆。我擬指名標躔區,周髀未讀敢自誣。飛龍衙衙張髯鬚,以爪承露抛元珠。攫挐噴薄聊嬉娛,[23]炎官火傘當天趨。[24]融冶大地成洪爐,塵中熱客將焉逋。急向此地解履絢,涼風微動清肌膚。僵布四體蘇焦枯,抵掌縱談忘日晡。主人欲語先唔吁,[25]初經手植纔弱荂。十年宦迹淪江湖,歸來依舊嗟守株。此物蔓延誰所扶,繁陰蔭翳形非臞,[26]馬乳低垂味頗腴,[27]巧偷豪奪防䠋䠡。經秋摘取堆盤盂,[28]寒漿沁齒流瓊酥。[29]饞嚼何煩呼酪奴,便宜千石釀醇酤。藏之十載香不渝,伏天時來傾一壺,[30]升沉消息安足圖。

中秋夜風雨大作二更後忽爾晴朗賦此

羈人每到清秋節,舉頭見月訴離別。嫦娥耳熟頗厭聞,戲遣風雲作眼纈。雷鞭驚掣溜翻盆,綺筵空設慵開樽。天柱峰高杳難即,西風過雨愁黃昏。須臾雨霽風亦止,一綫白毫暗中起。寶奩踴現乍當天,亂雲四散驚濤駛。天公變幻本來空,明河動地瀉沖融。洞敞八萬二千戶,寒光映澈玻璃宮。人間絲管粉如沸,一半香塵雜酒氣。翻恐濃熏滓太清,復使冰輪翳𩃬䨽。書堂遂闃不聞歌,百斛鉛水涵庭莎。飛蟲響絕林樾静,此地清輝應較多。便欲攬身碧霄立,俯瞰大千等稊粒。山河墨點洗澄泓,何處微埃翳城邑。仰天一笑墮清寒,蟾魄西傾夜向闌。却視緣階風雨迹,桂露溥溥綴曉白。

五言律

文氏園中偕諸同人聯句用《松陵集》中臨頓里十首原韻①[31]

秋郊愛明曠,閑訪卜田居。作屋思因樹,看山想著書。芳燦。花

---

① 松陵集:《四庫全書總目》卷一八六《集部三十九·總集類一》載:"唐皮日休、陸龜蒙等唱和之詩。考卷端日休之序,則編而成集者龜蒙,題集名者休日也。"

幽藏倦蝶，[32]萍老覆寒魚。[33]楷。蕭散偕詩侶，行行緩當車。揆。

主人聞剥啄，爲客啓衡茅。砌冷蟲扶户，林疏鵲露巢。楷。翻畦收紫蓼，芳燦。除架落青匏。揆。鬭茗饒清致，崙源。披襟對素交。楊承憲。

偶促張譏塵，閑登向栩床。奇書開眼界，静境養心王。揆。漁子收罾早。芳燦。園丁抱甕忙。楷。興來同覓句。崙源。選韵喜能强。承憲。

野性諳農圃，升沉兩不知。撫琴耽静理，種秫足幽貲。崙源。岩迴猿呼侣。芳燦。波凉鳧引兒。楷。相於得與可。揆。讀畫更論詩。承憲。

樹老横垂杓，藤疏青絡扉。飯香浮午甑，苔潤逼秋衣。承憲。飢隼衝烟出，芳燦。閑雲伴鶴歸。楷。塵囂全不到，揆。人語隔林微。崙源。

林雨頹茶竈，芳燦。溪風響釣車。楷。小松移瘦影，揆。細菊掇圓花。崙源。幾兩吟朋屐，三椽處士家。登臨心有憶，惆悵折疏麻。承憲。

野景堪成賞，芳燦。秋光未覺殘。楷。蘆碕鳴敗葉，揆。竹塢偃修竿。承憲。采菊香生袂，穿林露濕冠。高懷攜二仲，來此樹騷壇。崙源。

日晚空烟淡，芳燦。晴嵐媚遠天。楷。風高能送燕，崙源。[34]樹静不棲蟬。承憲。古帖摹飛白，高文預草玄。故山歸夢裏，別有好林泉。揆。

地僻翻留轍，芳燦。村深不掩門。揆。白雲低澗曲，崙源。紅葉滿籬根。承憲。題句劖苔壁，移花帶石盆。黄昏人客散，劚土護鷄孫。楷。

畫圖看北苑，禪語愛南能。揆。潦倒塵緣重，疏狂俗眼憎。楷。何時鶴料足，更得橘租徵。丘壑從吾好，眠雲任曲肱。芳燦。

獨 往

濁樽傾未已，不惜醉成顛。獨往尋山寺，褰裳涉石泉。秋聲引遠雁，暮色亂寒烟。誰識羈游意，臨風倍慘然。

再 往

西風吹木葉,颯沓半青黃。一片飛秋澗,四山多夕陽。村深聞吠犬,禾熟任禽翔。再往吾仍醉,田家笑渴羌。

古迹三首

賀蘭山

崇山臨朔漠,[35]聳秀障邊陲。[36]石古雲生窟,天低雪壓眉。空同聊倚劍,勅勒漫歌詩。試上危峰望,蒼茫有所思。

受降城

韓公受降地,[37]遺堞至今存。獨展臨邊策,寧誇列騎屯。山形猛虎踞,地勢鬥龍蹲。健筆鑱碑碣,千秋說呂溫。

邊 墻

一帶繚垣峙,雄邊控四鄰。黃沙今夜月,白骨古時人。飲馬窟猶在,鳴刁迹已陳。百年烽戍靜,[38]耕牧樂堯民。

得家書

浪迹天涯客,音書曠莫申。艱難纔一紙,沉滯已兼旬。闊別情多感,訛傳語未真。翻教長病母,憂悶及兒身。

見說焦枯亟,寧涼接壤同。火雲千里布,赤地萬家通。土瘠生原薄,年荒計益窮。啼飢憐稚子,索飯向門東。

鄉園諸弟隔,遠道一身孤。作客嗟吾飽,持家念爾癯。淹留增翰墨,歲月長髭鬚。書到再三讀,愁吟忘旦晡。

五言排句

有感二首

日月開雙曜,乾坤奠九寰。苗民敢逆命,上將怒征蠻。革甲緣岩障,樓船泊渚灣。擬焚蛇虺宅,密誓虎貔班。毒水應須涸,叢篁可盡删。蠢徒翻變詐,挺走尚凶頑。穿穴仍成聚,封坳遽作關。靈旗勞直指,窄徑試危攀。孰肯留根蒂,相期刈草菅。捷書遂屢奏,異數乃重頒。詎意壺頭阻,難窮澤國奸。攻心猷自壯,曳足病誠艱。諸葛空遺恨,文淵竟不還。隕星驚部曲,泣雨慘閭閻。昔握全秦節,曾邀庶政閑。菲才蒙時賞,多士羨歡顏。散質猶如故,名公早邁患。衡巫一南望,矯首泪潸潸。

軍書飛朔塞,楚北滿游魂。螳臂稱戈奮,梟心釋耒奔。烟塵三户暗,氛霧九江昏。攘敓紛漁市,歡呶雜橘村。搖鋒矜虺螫,鼓鬐肆鯨吞。失侶哀衡雁,牽兒竄峽猿。陰風走魑魅,沴氣虐雞豚。劫運遭何酷,民生罹此冤。奇兵已雲集,小醜尚蜂屯。借問魚游釜,敢同羝觸藩。封狐尋綱罟,狡兔就炰燔。自背生成惠,難邀覆載恩。然臍應鄂渚,懸首想荊門。却念剽輕性,曾聞古昔論。幾時潛毒厲,今日究株根。悔禍天心亟,安人吏職存。兼令有苗格,共識聖朝尊。干羽敷文德,輝光遍海垠。

棗花聯句

棗花開滿院,_{芳燦}。標格最矜嚴。自信芳菲晚,_楷。寧知節物淹。[39]疏枝高蔭户,_揆。濃翠暗侵檐。隱葉净無色,_{芳燦}。生香澹不嫌。[40]乍看烟漠漠,[41]_楷。細認態纖纖。[42]含蕊桂同密,_揆。飄央絮共粘。受風輕麝散,_{芳燦}。伴月水沉添。華實知雙得,_楷。清脾讓獨兼。分甘歸緑茗,_揆。依樣織文簾。秀影當窗静,_{芳燦}。微薰入夢甜。仙蹤難遽覓,_楷。禪偈好偕拈。對樹頻敲鉢,[43]_揆。吟成意未忺。[44]_{芳燦}。

賦得穿針乞巧效玉溪生體得十四韵①

澹月瑣窗度,明河綺户臨。鏡臺低映玉,香盒膩塗金。宛轉盤擎果,逶迤珮綴琳。靚妝移檻外,徐步到花陰。悄掩合歡扇,輕拈雙孔

---

① 玉溪生:即唐李商隱(813—858),字義山,號玉溪生,又號樊南生,懷州河内(今河南沁陽)人。開成二年(837)登進士第。《舊唐書》卷一九〇下、《新唐書》卷二〇三有傳,《唐才子傳》卷七有傳。著有《樊南文集》《樊南文集補編》。

針。占星愁霧隱,整縷怯風侵。盼昒慵舒腕,依稀欲墮篸。歸遲情脉脉,立久夕沉沉。乍覺寒生襪,翻憐露濕襟。幾回勞遠望,是處響秋砧。[45]却悵人間夢,難從天上尋。書來唯雁帛,簟冷只鴛衾。艷曲韜齊瑟,[46]痴雲戀楚岑。[47]夫君能不顧,得巧若爲心。

五言絶句

鳴　雁

落月向西斜,鳴鴻亂曉鴉。登樓一相望,秋色滿天涯。

七言律

夜雨乍晴秋原遣興和蓉裳刺史

西風向晚動邊城,吹起洪河夜半傾。幾處野塘秋漲滿,一天涼露曉雲輕。靜憐白鳥沙頭立,閑踏青泥陌上行。最是荒村農務急,烟中人語亂耡聲。

涼雲散捲碧天高,暫值秋清興鬱陶。喜見葦花搖渚岸,驚聞木葉下亭皋。繞籬寒緑滋鮮菜,傍舍濃香泛濁醪。薄醉正宜舒嘯咏,敢將蟲語對詩豪。

登高遠望思無窮,巨野陰晴半不同。雲簿危岩紛漠漠,烟生積水復蓬蓬。秋風旅夢醒寒蝶,落日鄉心低斷鴻。聞説蓴鱸今正好,季鷹也自念江東。

川原迴複亂高低,隔岸人家聽午鷄。紅葉漁莊閑曬綱,青芒稻隴不分畦。開園莫漫嘗新果,障水還須護舊堤。村叟慣看循吏迹,荊扉半倚自扶藜。

登城南樓晚望

薄暮高樓暑氣清,倚欄吟眺豁心情。千重樹色收殘雨,一派湖光漾晚晴。近郭歲登憐小有，比鄰人語帶歡聲。茅籬幾處炊烟合，稚子驅牛望屋行。

夜雨朝霽東園散步

細雨宵過沐衆芳，開門但覺一園香。休辭踏徑芒鞋濕，正喜飄風葛帶凉。花底露明紅欲泫，林梢日上綠微光。短籬尋丈皆詩景，揀取清陰置筆床。

七言絕句

偶過田家四章

幾樹榆枋映户低，數間茅屋隔清溪。欲尋前徑緣坡轉，略徇斜飛接斷堤。

百斛淵泉眼乍明，凉波初汲瀉瓶罌。炎天一掬聊堪借，不信人間暑未清。

蒲葦蕭蕭匝碧池，水居千頃傍魚陂。微風斜日慵垂釣，負手臨波看鷺絲。

野老生平見客歡，黃瓜紫葚并堆盤。莫嫌貧舍無兼味，尚有青青麥索餐。

【校勘記】

［１］山：《荊圃倡和集》卷五、《〔嘉慶〕靈州志迹》卷四《藝文志第十六下·過僕固懷恩墓》作"岡"。

［２］登高見破丘：《荊圃倡和集》卷五、《〔嘉慶〕靈州志迹》卷四《藝文志第十六下·過僕固懷恩墓》作"遥遥見孤丘"。

［３］迭：《荊圃倡和集》卷五、《〔嘉慶〕靈州志迹》卷四《藝文志第十六下·過僕固懷恩墓》作"亂"。

［４］與：《荊圃倡和集》卷五、《〔嘉慶〕靈州志迹》卷四《藝文志第十六下·過僕固懷恩墓》作"緣"。

[5] 勛忝真王封：《荆圃倡和集》卷五、《〔嘉慶〕靈州志迹》卷四《藝文志第十六下・過僕固懷恩墓》作"封忝異姓王"。

[6] 叛：《荆圃倡和集》卷五、《〔嘉慶〕靈州志迹》卷四《藝文志第十六下・過僕固懷恩墓》作"史"。

[7] 比：《荆圃倡和集》卷五、《〔嘉慶〕靈州志迹》卷四《藝文志第十六下・過僕固懷恩墓》作"系"。

[8] 兩：《荆圃倡和集》卷五、《〔嘉慶〕靈州志迹》卷四《藝文志第十六下・過僕固懷恩墓》作"竟"。

[9] 清吟聊婆娑：《荆圃倡和集》卷四作"清詩聊成哦"。

[10] 立：《荆圃倡和集》卷四作"見"。

[11] 適有托：《荆圃倡和集》卷四作"欲有寄"。

[12] 東方升：《荆圃倡和集》卷四作"初東升"。

[13] 通靈希仙蹤：《荆圃倡和集》卷四作"何當呼盧同"。

[14] 朋儔：《荆圃倡和集》卷四作"名流"。

[15] 毫：《荆圃倡和集》卷四作"豪"。

[16] 蒲萄：《荆圃倡和集》卷五作"葡萄"。

[17] 縛：《荆圃倡和集》卷五作"植"。

[18] 張：《荆圃倡和集》卷五作"如"。

[19] 軒窗：《荆圃倡和集》卷五作"窗軒"。

[20] 凝滑：《荆圃倡和集》卷五作"映徹"。

[21] 翠雲：《荆圃倡和集》卷五作"雲翠"。

[22] 華星：《荆圃倡和集》卷五作"明星"。

[23] 噴薄：《荆圃倡和集》卷五作"奮躍"。

[24] 天：《荆圃倡和集》卷五作"空"。

[25] 喟吁：《荆圃倡和集》卷五作"長吁"。

[26] 繁陰：《荆圃倡和集》卷五作"繁枝"。

[27] 低垂：《荆圃倡和集》卷五作"高挂"。

[28] 經秋：《荆圃倡和集》卷五作"爲君"。

[29] 寒漿：《荆圃倡和集》卷五作"寒香"。流：《荆圃倡和集》中作"咽"。

[30] 伏天：《荆圃倡和集》卷五作"炎暑"。

[31] 文氏園中偕諸同人聯句用松陵集中臨頓里十首原韵：《荆圃倡和集》聯一作"季秋過文氏園亭用松陵集中臨頓里十首原韵"。

[32] 倦：《荆圃倡和集》聯一作"懶"。

[33] 萍：《荆圃倡和集》聯一作"蘋"。

[34] 燕：《荆圃倡和集》聯一作"雁"。

［35］朔漠：《荆圃倡和集》聯一作"大夏"。
［36］陲：原作"郵"，據《荆圃倡和集》卷五改。
［37］地：《荆圃倡和集》卷五、《〔嘉慶〕靈州志迹》卷四《藝文志第十六下·受降城》作"處"。
［38］百年烽戍静：《荆圃倡和集》卷五、《〔嘉慶〕靈州志迹》卷四《藝文志第十六下·邊墻》、《〔光緒〕花馬池志迹·藝文志第十五·邊墻》、《〔光緒〕寧靈廳志草·藝文第三十五·邊墻》作"時清烽戍减"。
［39］知：《荆圃倡和集》聯一作"論"。
［40］香：《荆圃倡和集》聯一作"姿"。
［41］乍看烟漠漠：《荆圃倡和集》作"遠聞香冉冉"。
［42］細：《荆圃倡和集》聯一作"近"。
［43］頻敲鉢：《荆圃倡和集》聯一作"争搜句"。
［44］炊：原作"炊"，據《荆圃倡和集》改。
［45］秋砧：《荆圃倡和集》卷五作"疏砧"。
［46］艷曲：《荆圃倡和集》卷五作"曲艷"。
［47］痴雲：《荆圃倡和集》卷五作"雲痴"。

夢雪草堂詩稿卷六

五言古詩

秋懷四章

西風吹寒雨,蕭颯鳴灘急。紅蕖晚披離,露泣江烟濕。芳根素絲揆,敗葉香心浥。美人理蘭橈,悵望陂塘立。莖蘅雖可紉,荷芷猶須葺。日暮空手歸,羅巾對鳴唈。

凉宵始欲長,斜月轉清漢。城中寒杵動,階下悲蛩唤。淒淒益遠情,唧唧增悵惋。空齋坐攬衣,輾轉夜已半。有懷託晨風,無夢到鄉關。沉憂發苦吟,寱言遂申旦。

秋氣入園廬,群木自相馱。驚飆日夜急,顏色能勿改。孤懷感蕭晨,壯士沉精彩。流年一以去,奄忽逾千載。松柏摧爲薪,後凋竟何在。面況柳與蒲,枯朽可立待。

登高顧四荒,撫時悲悄悄。目極浮雲長,心共寥天杳。邊關殺氣橫,曠朗烟霜杪。孤鷹盤遥空,突兀厲吻爪。我擬掣韋韝,沙原試奇矯。軒然搏飛梟,血毛快一摽。

九月十五日曉向太平寺①

出郭望山色,曉景横林烟。寒陂澄積水,秋陰薄遥天。招提宛當

---

① 太平寺:《〔道光〕吴堡縣志》載:"太平寺,在縣西北五十里,據山立寺,雨水環流,地頗幽僻,中建大洞亘山而過,故又呼洞子門寺。"位於今陝西省吴堡縣。

路,鐘梵鳴雲邊。下馬肅儀範,上殿禮金仙。林端陟香榭,延眺臨前川。人語聚墟落,鳥飛散平田。息心塵外境,遂令百慮捐。

落葉感懷

凄風號日夜,客子難爲心。離顏抱慘戚,褰裳步寒林。寒林紛敗葉,颯颯自相語。與爾托同根,分飛各何許。陽春二三月,雨露濡繁柯。終然成乖別,芳華能幾多。今日樹枝頭,明日隨蓬轉。願得迴飆吹,與爾一相見。

九月二十一日同人招飲醉歸即眠夜分後焦渴殊甚乃起呼役烹茶因誦東坡《藤州江下夜起對月》詩身心爽然爲之一快即境賦此

酒渴夢飲泉,百斛猶須益。呼僕煎雲腴,一椀幸非窄。起坐咽清甘,花瓷盈玉液。摰衣復徘徊,仰視寥天碧。庭宇沉寒烟,霜露皓已積。涼月窺破窗,流輝澹床席。我心息煩焦,虛室生瑩白。朗吟海南篇,冷然欲終夕。

王母節壽詩 母姓尤氏,係孝廉曰慎之母。①

鬱鬱冬嶺松,挺挺幽岩桂。勵此冰霜操,方許閱寒歲。有母秉淑姿,嗣徽實再世。少適王氏門,鷄鳴戒伉儷。詎意中道乖,良人痛早逝。高堂有孀姑,素髮餘衰髻。弱息方伶仃,前途悵迢遰。母也矢孤貞,俯仰艱危際。生殉責難塞,死守心已誓。要令君子心,冥壙通神契。茹荼邀餘慶,皇天不終憯。育子繼家聲,宮袍映彩袂。彤史標蘭芳,龍章輝巾帨。母也感寸心,輾轉泪盈眥。曰昔余先姑,苦節世罕逮。一朝徹天聽,表宅彰幽滯。余少邁閔凶,盛年襭珍髢。即今已白頭,芳軌幸勿替。南山石峨峨,積雪冰成窨。爲語世間人,古道以自礪。

---

① 王曰慎:生卒年不詳,涼州(今甘肅省武威市)人,乾隆五十四年(1789)舉人。

三月五日雨

微雨趁朝來,溼我窗前草。空階敷鮮翠,游氛净如澡。始知陰陽力,及物誠浩浩。膏潤遍春期,百卉皆妍好。去歲雨暘愆,禾菽困炎燠。山農頗失業,流離向城堡。攜家作乞丐,跳踉紛蟻蚤。賴得長吏賢,廩食兼稚老。心知非久計,旦夕且相保。却憂播殖艱,焚香祝蒼昊。天意矜疲困,流澤蘇凋槁。[1]已見甘薺生,坐待蒺藜掃。布穀鳴樹枝,歸耕宜及於。救荒無他策,務稼以爲寶。

息園芍藥盛開偕諸同好游賞

細徑入幽翠,小亭隱花路。軒窗四面開,面面微風度。階前半畝餘,一片紅雲布。雙蝶導我前,緣畦趁幽步。今日風氣佳,快心屏塵務。

落日纖雲消,晴霞散餘靄。登臺試引眺,樹木連村會。好風暗相過,杳杳聞清籟。源水繞通渠,曲折林陰外。歸與伴園丁,荷插理畎澮。

布席向花陰,茗飲遣煩暑。花香襲衣袂,禽聲亂人語。曠然發遠懷,對此忘逆旅。身非園林主,坐有吟咏侶。爲問種花人,於今復何處。_{東解主人游宦浙右。}

雨霽早往

宿露濯林皋,初陽凝光晶。獨往背城郭,負手郊原行。遠山滴晴翠,近樹滋鮮榮。茅屋裊浮烟,人語開柴荆。野老荷鋤至,糾笠向風傾。見人不遑顧,塗足勤躬耕。一派野泉流,千里嘉禾生。余本農家者,因之舒遠情。

郊射聯句[2]

東郊有射堂,_{芳燦。}庨豁對平陸。艾蘭修防開,_{楷。}[3]設蕝廣場築。

將軍愛操刺，揆。部卒耻蓄踖。邊障武備嚴，爲漢。營陳軍容肅。唤號先庚傳，芳燦。剛日惟戊卜。聽鼓敢不覆，楷。枕鈴起孔夙。千金募健兒，揆。六郡選豪族。踩野虹霓翻，爲漢。映原荼火簇。揚旌赤羽飛，芳燦。展幕青油覆。高前聳危冠，楷。短後曳衤刃服。黃矢鍭矢分，揆。唐弓楚弓獨。蛇跗纏畫弰，爲漢。魚鱗隱雕箙。勁弦續麟洲，芳燦。精鐵鍊梟谷。雄稜淬石砮，楷。銳芒厲金僕。亭公爭負侯，揆。軍正早設楅。騎士行逡巡，爲漢。旗門開閃倏。分曹兩甄齊，芳燦。比耦群力勍。執臂附櫐枝，楷。凝神植枯木。繹繹奔星流，揆。閃閃狂電煜。彎弧引猿泣，爲漢。中的洞熊腹。初如鶻怒飛，芳燦。未若鶴俛啄。或作飢鷗鳴，楷。或類狡兔逐。氂懸蝨貫心，揆。斡集雀矐目。絶力推熊渠，[4] 爲漢。神技説養叔。石飲一羽强，芳燦。甲徹七重複。角勝八算奇，楷。釋獲十純縮。中權先解綱，揆。北面請擂扑。合樂已歌貍，爲漢。積籌尚執鹿。宜僚罷弄丸，芳燦。票姚愧踢踘。[5] 賈勇試盜驂，楷。張弮起逐肉。驚禽匿遙藪，[6] 揆。賊獸竄深麓。絶脰雕落雙，爲漢。數肋麋麗六。舞劍詫斐旻，芳燦。扛鼎驚夏育。牆排千肩駢，楷。塵漲萬趾蹴。術傳昝君希，揆。手讓陳公熟。著眼賞驍奇，爲漢。捫心奈慚恧。少不習蹶張，芳燦。長惟抱觚牘。聊從壁上觀，楷。僅免床下伏。發狂乞子鵝，[7] 揆。技癢愛野鶩。[8] 結束試登場，爲漢。看君屬鞭鞠。[9] 芳燦。

己未初夏過訪蓉裳刺史於寧夏官舍話舊成詩兼以志別①

朝出北郭門，春花飛遍野。手折碧柳枝，臨風策羸馬。羸馬行何緩，河干日欲晚。念我同心人，積歲阻歡緬。昔爲影與形，今隔林與巘。林巘猶相望，形影竟疏舛。卯歲冬之孟，嚴風吹雪沙。我行自西南，來訪子雲家。秘鑰啟華閣，載脂托後車。食場饒苗藿，溯水咏蒹葭。蒹葭映秋水，徘徊心自喜。霞珮錦雲裳，與君聊相羊。相羊復何許，乃在瑯環境。銅蠡正旦開，仙畫初遙永。晶簾四望低，雲笈萬籤

---

① 己未：嘉慶四年(1799)。

囚。我目所未睹,神會何由領。忽聞仙風過,仙樂聲交和。群仙互拍手,[10]雜珮鳴相摩。我時洗塵耳,心醉紫鸞歌。鸞歌聽未已,鯤鵬欲南徙。培風九萬程,擊水三千里。最憐鶯鳩蜩,搶榆不能起。悵悵秋風日,淒淒暮雨時。遠天積雲水,空齋勞夢思。攬衣自長嘆,離憂當語誰。欲語還成咽,沉吟泪沾臆。翹首空同山,無緣生羽翼。次歲聞君來,南望心眼開。拂我琉璃硯,攜我琥珀杯。杯中雲液滿,硯底墨波迴。有客詣我居,示我錦繡段。好語動人心,佳期訂朝旦。何以慰佳期,整衣戒晨征。入門先一笑,并坐調銀笙。何以慰佳期,列筵飛巨觥。劇談傾河海,拊掌絕冠纓。君忽顧我言,斯樂焉可忘。曩時同心友,半已不相將。我本西鄙人,徒抱窮途慟。譬如燕雀儔,焉能儕鸞鳳。君肯一相顧,與我成周旋。瓊華許折贈,春風手相牽。相牽莫相棄,此會堪重冀。江南丹橘枝,他時倘一寄。

附蓉裳作

朝光泛華薄,好鳥鳴檐楹。林端過微雨,密蔭含餘清。披衣步廣除,曠望生遙情。故人惠然來,失喜倒屣迎。經歲感離索,今來還合并。豈無一樽酒,款曲叙平生。平生記相識,昔在蘭山側。元瑜澹荡人,離塵見標格。精思通渼溙,清詞謝雕飾。耽吟各鈞奇,嗜古同成癖。投分太衷襟,相於略形迹。河苑古靈州,從君載酒游。山明看古雪,澗曲引長流。樹密偏藏屋,雲奇欲礙樓。愛閑尋小憩,習靜接溟搜。談諧忘主客,休澣集朋儔。春風開講院,朋儔盡雄彥。伯仁才語工,_{謂周崤東。}叔起佳言擅。_{謂侯春塘。}茶香碧泛甌,墨瀋濃流硯。落紙粲華星,揮毫驟飛電。開花俄落葉,新鶯催早雁。寧知聚會難,不道寒暄變。寒暄經幾度,去日安能駐。君留薄律城,我陟空同路。遠道苦風塵,遥天黯烟霧。淒凉感遇詩,惆悵懷人賦。頻寄空中書,何由展離愫。□□浩難裁,神交夢屢迴。誰知游宦子,仍到赫連臺。更拂周璆榻,先謀杜老醅。良書憑驛使,卜日盼君來。墜歡猶可補,清譴許重陪。君來適我願,抵掌連昏旦。起我疲茶姿,神明還舊觀。星闌談往事,舊侶搏沙散。天涯良會少,暫笑還成嘆。纏綿五字詩,貽我錦繡段。錦繡誠知重，丹青久不渝。香原合椒苣，根不異槐榆。齒髮寧遲暮，情懷漫鬱紆。願言崇令德，相期廓遠漠。繫余相夫子，不是列仙臞。

七言古

朔風行二章

朔風懍懍，霰雪紛紛。羊裘縫斷，慷慨悲呻。忽登高以望遠，乃四顧而無鄰。羈雌嘯侶，孤獸嗥群。揮涕掩耳，去不忍聞。

朔風起兮摧枯桑，揚砂走石，白日韜光。寒雲四塞天茫茫，洪河凍結冰成梁。問爾遠游客，幾時歸故鄉？

讀同里韓氏家傳書後

二韓將軍真人傑，氣凌風雲薄日月。雖死至今猶如生，黃河波濤天山雪。擒虎兵法傳藥師，五花八門實妙絕。茫茫世宙是何人，三明而後有變烈。

立冬後數日齋中盆菊尚有餘芳賦此

叢菊鮮鮮遍秋野，數種移來小窗下。不妨列坐稱佳賓，乍可披帷呼隱者。橫斜淡影剩幾枝，稜嶒瘦骨無一把。顧我形容獨老蒼，與爾襟情并瀟灑。真味如蘭許共把，韶顏得洒猶堪假。夜聞北風撼庭户，曉見清霜飛屋瓦。殺氣從教落葉多，幽姿未覺纖塵惹。却憶重陽作勝游，喜得吟朋倒瓊斝。題詩敢誇醉語工，劇談莫道知音寡。即今樂事屢經旬，擬對殘花重結社。酒伴不來倩誰覓，孤芳自賞待吾目。玉杯瀲灩真珠紅，更掇寒香一傾瀉。

十月二十一日書院對雪示諸生迴次東坡聚星堂韵

茅齋畏冷朝慵起，青氈半捲稜生鐵。寒夢初回病骨警，吉語微聞奚僕説。掀簾霜氣暗凌侵,過眼風花亂飄瞥。却寒那得披翠裘,巡階無勞灑木屑。床頭佳醖已傾壺,硯底輕水欲成纈。鏤空思作猊虎拏,獵野從教隼鶻掣。畫檐高聳漸重仍,曲徑斜飛看漫滅。林端凍雀噤不喧,亭外古槐壓將折。清賞雅與朋徒集,書堂更喜塵埃絶。二三子好執遺經,午夜開編映窗雪。

是日將暮春塘維政諸君走馬至院登城南樓眺望仍用前韵

有客持鞭過户急,馬蹄亂落如踏鐵。入門攜手便登高,臨風好把孤懷説。我生十年常作客,流光一往真若瞥。踏泥鴻爪任西東,入甕鹽齏憚瑣屑。即今老眼病眵昏,坐對空花抛彩纈。危樓四望心飛揚,暫似飢鷹脱韝掣。擬將歸路指千山,暮色蒼茫微徑滅。回身却笑巾角墊,久立翻憂屐齒折。烟村樹暗犬吠聞,野戍雲深人迹絶。相期驢背帶詩囊,明朝踏破溪橋雪。

冬至後一日征車在道蓉裳先生遣騎 以賀蘭山雪詩囑和走筆賦此

朔方巨鎮瞻龍嵸,積雪峩峩峙不動。陽崖射日色瑩晶,陰壑翻雲勢騰踴。寒光一道侵穹廬,素嶂千尋屏關隴。拏天石骨競相摩,炎夏隆冬常臃腫。峰頭自疑萬靈聚,玄冥玉座遥傾捧。堆阜蜿蟺蟠白龍,沙草微茫失青冢。我來驅馬過山麓,征鞍低抱狐裘擁。輕冰綴鬢膚欲裂,明松撲面神先悚。側身西望向天梯,<small>武威南有天梯山,冬夏積雪。</small>驚風簸盪銀海涌,揮鞭便入雪中去,細路崎嶇認岩孔。藐姑神人乘風游,霓裳縞帶吟肩聳。耽奇不辭躡飛鞚,仙駕招邀墮鶴氄。興酣落墨鐫翠屏,况復吟朋聯壁栱。賀蘭山勢本孤雄,健筆凌空欲雙竦。却憐走伻索和章,呵余僵指慚劣□。詩成山靈應見嘲,迴飆送雪車輪重。

社日郊行即事

春後恰逢五戊日,芳郊景物明朝暾。陂澤輕冰漸消釋,少鹵高下融無痕。勾芒秉令東作急,田家賽社古所敦。叢祠半啓雜巫覡,數番簫鼓鳴烟村。紛紛羅拜亦何有,聊持薄酒兼瘠豚。社公社母例有賜,一犁甘澤滋春原。沐花浴柳真餘事,要當荷耒驅兩犍。游人到此且莫去,比來氣候殊妍暄。夾道香塵散微綠,暖風宿草抽枯根。鳴鳩喚婦聲相應,雙飛乳燕睇衡門。農翁意緒頗款款,泥飲直欲傾汙樽。不須更問治聲否,相與寄興空瓶盆。

觀離騷九歌圖分韵得九字

楚江遺俗傳聞久,神林鬼冢包岩藪。[11]靈風飄渺指翠旗,姣服偃蹇妥丹牖。孤臣放逐游澤畔,披髮行吟顏貌醜。蛾眉謠諑衆固然,婞節好修余非偶。作歌降神共神語,激楚之音常在口。我每開編輒增愁,[12]怨思抑揚獨搔首。擬往江潭吊遺迹,巨鱷難狎蛟鯨吼。[13]山長水遠悵無窮,眼明忽遇丹青手。丹青點染伴真色,峭蒨幽篁雜紅藕。[14]神官儼列燦朝霞,[15]女子妖韶比春柳。潯陽極浦渺潺湲,蒼梧群岫亂岡阜。[16]飛龍聯翩或隱現,[17]文貍赤豹紛左右。精靈紙上并軒昂,疑飫椒糈酎桂酒。明窗指顧生駭怪,慌惚似向湘南走。胸中芥蒂苦未除,試把雲夢吞八九。雷聲填填雨冥冥,側聽清猿引臂肘。陽阿晞髮將安儔,珮遺下女時恐後。澧蘭沅芷任駢羅,鵜鴂先鳴誰折取。[18]楚纍當年空憔悴,狂吠狺狺困痴狗。[19]歌詞淒咽神不聞,人間祠禱亦何有。[20]畫師下筆太佹俶,[21]令我披圖滌氛垢。[22]為問吮丹潑墨時,[23]滿酌醇醪傾幾斗。

薙草

稚圭不剪庭前草,濡露縈烟愛媚好。兩部鳴蛙聽未終,一聲啼鴂嗟已早。火雲燒空大如輪,淹淹生意困浮塵。呼僮持竿痛掃溉,便令刪薙同荆榛。漫憐芳意成荒穢,半寸枯根幸仍在。君不見一雨復青青,形顏肯讓三春黛。

驟雨

旱天頻有欲雨形,雨勢欲合星熒熒。肓飆掣曳雲難停,坐待赤日開東溟。野夫稚子趨神庭,籲聲哀怨垂涕零。帝乃震怒呼玄冥,責以不職貸其刑。速令自效心無寧,水伯約束聚萬靈。老蟆吸霧爬濘汀,怪雲炎起疑生翎。長空一抹迷遙青,金蛇閃倏騰晦暝。一聲破壁聞驚霆,黃河之水傾盆瓶。點滴俱帶魚龍腥,檐溜澎湃飛軒檽。荒園灌注盈畦町,斡回元氣風泠泠。使我神清如醉醒,不辭兩耳徹夜聽。倘能三日濡郊坰,神功真宜名吾亭,淋漓蘸墨請書銘。

九月南城登高歸集綠雲吟舫即席聯句得三十韵[24]

畦菊初開秋欲盡,芳燦。少昊西行令逾肅。偶因時物感蕭辰,楷。喜得吟朋騁遠目。荒榛一徑林下出,揆。危樓百尺城隅矗。祇宜嘯咏豁心胸,芳燦。不許歡呶奏絲竹。澄鮮霽色明千里,楷。杳靄遙天低萬木。高瞻遠岫相隱映,揆。下瞰川原莽迴複。河干波冷偃魚龍,芳燦。沙際雲垂號雁鶩。露凝溪渚兼葭老,楷。水涸陂田秔稻熟。橫斜秉穗挂溝塍,揆。絡繹篝車繞場屋。田家風味自依依,芳燦。羈客心情轉碌碌。傷離怨別空悵惘,楷。對酒題詩且徵逐。觴政糾紛擢蝟毛,揆。句律森嚴排鹿角。清心鳴鏑輒破的,[25]芳燦。適口佳釀頻傾斛。萍蓬浩蕩任飄轉,楷。今古俯仰同閃倏。龍山勝迹已成陳,揆。彭城高宴知誰續。賞會終應我輩在,芳燦。風流肯讓前賢獨。題糕筆健自誇詡,楷。浮白杯深寧退縮。倚醉狂歌欲碎壺,揆。卜夜佳游還秉燭。隔牖霜華澹似烟,芳燦。浸階月色寒如玉。城頭疊鼓鳴紞紞,楷。樹杪疏星搖煜煜。依劉愧說作賦工,揆。留髡未放行觴速。相於接膝形已忘,芳燦。請各放懷言所欲。平生襟抱最蕭散,楷。叵耐風塵長刺促。促未甘苦祇覆瓿,揆。詎屑傾身還障籃。但求名署五湖長,芳燦。不願頭銜八州督。聽歌興肯換中書,揆。飲酒樂原勝令僕。分曹喝雉擲明瓊,揆。聯騎射雕馳駿駁。時邀風月供勝賞,芳燦。更向溪山窮麗矚。難期他日奢望副,揆。却憐此夕清歡足。[26]百年好景幾重陽,揆。且勿孤負看花福。芳燦。

五言律[27]

齋中無菊蓉裳刺史命人移送四種賦謝

菊待高人種,難教塵士窺。秋容空對畫,野興未尋籬。仙吏憐疏懶,名園許送移。慚無元亮句,何以慰清姿。

剛雨根猶濕,移霜葉更稠。花枝全耐冷,天意欲無秋。淡極何妨態,香來只覺幽。兼邀白衣惠,賞酌未能休。

雨窗即事呈蓉裳刺史

雨勢乍湝湝,茅齋正閉關。嘉聲纔到耳,倦客已舒顏。潤逼支琴石,雲濃挂壁山。誰知吟誦趣,此際倍清閑。

暫起臨階望,寧憂衣履濡。挹波添茗椀,掬水濯花盂。隔樹涼生霧,溜檐跳有珠。縈絲輕拂面,早覺病心蘇。

馬鬣誰頻滴,龍潭似欲傾。占雖逾十日,響已度三更。密篠斜垂處,微風故作聲。家山歸夢好,容易可能成。

待澤三農急,流酥一夜滋。秋成猶隔閏,今歲閏六月。甘澍未嫌遲。麥穗青連隴,蔬芽翠隱籬。桑田勤夙駕,良牧善風詩。

歸途即事

旅况又經年,單車歲暮牽。僕夫催曉駕,歸路指遙天。野戍迷深莽,孤村凝片烟。家人勞悵望,屈指待余旋。

俄卜嶺①

名郡武威重，兹山真巨屏。嚴邊控厄塞，瘠馬怯伶俜。雪聳千岩白，松浮半嶺青。畏途兼勝境，頻歲一來經。

曉至裴家營②

言歸貪早發，客舍啓雙扃。霜逼重裘薄，風吹殘夢醒。人烟辨小市，山火亂寒星。莫説征途渺，鄉音喜乍聽。

到　舍

向晚停征騎，柴扉尚閉關。夢歸愁易覺，入舍始知還。冰雪邊城路，風霜客子顔。老親憐到早，喜極泪潸潸。

臘　日

臘日頻爲客，今晨喜到家。明冰敲水玉，仙飯進胡麻。喧嫗已春態，風光待歲華。南鄰欣就我，白酒尚能賒。

晚秋數雨

庭槐紛落葉，芸館正凄然。陰雨况頻夕，寒燈仍獨眠。鴻稀雲外戍，秋盡幕南天。底事鄉音寂，無人到夢邊。

自　笑

自笑尋羈束，終年作旅游。苦吟朝暮事，開卷古今愁。習静憐狙杙，掑華學鼠偷。書成終覆瓿，咕嗶幾時休。

---

① 俄卜嶺：位於今甘肅省永登縣。
② 裴家營：位於今甘肅省永登縣。

五言排句

瓶菊十韵

采得籬東菊,歸從硯北看。烟姿幾日瘦,雲液一甌寬。烏帽檐微亞,花瓷手自安。伊人家在水,壽客几橫檀。映畫枝雙折,挑燈影細攢。蕊分三徑露,天到九秋寒。韵借瑤琴動,書宜錦帙攤。淡心容對塵,陋室愧非蘭。便作壺中隱,寧同域內觀。香爐兼茗椀,好好咏清歡。

歲晏西歸留別蓉裳先生及同社諸公拈得三江成二十韵[28]

短暑殷星昴,翔陽走急瀧。爐深新撥火,屋小舊如艭。名彥簪初盍,吟朋璧有雙。_{時周君崤東初至,兼指春塘。}膩箋朝啓篋,佳醞暮開缸。淺酌神先王,清吟語未哤。詞鋒淬劍戟,雅幟樹旌幢。小鉢驚頻響,寸筳時一撞。霜威指顧折,風力笑談降。暖閣何須閉,閑階偶欲蹱。輕烟垂羃䍥,[29]老樹作株樁。[30]勝賞堪留目,羈愁忽滿腔。歲華催晏節,[31]蹤迹尚他邦。歸夢雖能做,[32]征途暗自憽。[33]層冰横磵壑,積雪竦岟峴。石路畏驅馬,山村聞吠厐。[34]諸君情繾綣,地主惠敦龎。異味兼呼炙,高花屢結釭。解囊分鶴料,虛座待鷄窗。此夕邀歡讌,嚴城擊夜枊。[35]瓶罍那便罄,還擬吸西江。

七言律

晚過東村口號

近郭桑田幾百畝,沿溪茅屋三兩家。老柳卧橋自偃蹇,小桃臨水偏夭斜。鳧雛傍岸眠正穩,塾子歸路語先嘩。杖藜漫指前村去,鼕鼕暮鼓聞遥撾。

七言排句

分賦得洮州石硯

隃糜自昔徵秦產,佳硯仍從洮水聞。共道寶光須刻琢,直臨珠窟辨洄沄。天然密理藏金綫,一派清流漾碧文。[36]彩映朝霞尋近沚,[37]輝連夜月爚幽濆。[38]良工拾得方呈質,妙手拈來好運斤。古字鎸銘偏錯落,[39]聯坳聚墨復氤氲。凝精透徹琉璃匣,發瑩平鋪翡翠紋。管握綠沉形恰稱,案橫青玉影離分。剛掔漫說珍蒼璧,[40]濕潤驚看起鬱雲。隴上詩壇憑作鎮,[41]青州鐵面定愁焚。名標鳳咪知誰敵,寵藉龍賓許樂群。穎禿詎宜還拂拭,田枯且合力耕耘。端溪價重寧歸我,離石封高却待君。求用有時逢草聖,虛懷猶冀助書裙。如渦雅愛揮毫便,無璺尤應滌水勤。[42]慚愧高人能什襲,[43]空齋喜見傍皇墳。

七言絶句

桑椹

椹子甘馨綴遠揚,攀枝摘取正堪嘗。村童也似鳴鳩醉,食罷酣眠藉短牆。

二月枝間綠未稠,春蠶墨瘦令人憂。却憐此日求桑女,紫貝盈筐擷陌頭。

擬古征夫怨

憶昨從軍出玉門,營開列騎似雲屯。沙場夜半鳴刁斗,若個征夫不斷魂。

長戈背負漫吞聲,立馬踟躕空復情。白日當天看鳥去,黃沙捲地送人行。[44]

音書阻絶滯天涯,塞上鴻飛不到家。向晚征人起遥思,月明無際亂吹笳。

出塞幾經二十秋,腰間仍帶舊吳鈎。功圖麟閣期何日,枉負深閨泣白頭。

【校勘記】

[1] 槁：原作"稿",據文意改。
[2] 郊射：《荆圃倡和集》聯一作"校射"。
[3] 楷：此字原位於下句"設蓺廣場築"後。本詩由多人聯句而成,楊芳燦起首句,郭楷承句,作"廖豁對平陸",又啓一句"艾蘭修防閑"。楊揆承其詩句,作"設蓺廣場築",又啓一句"將軍愛操剌"。其他人依次類推,先承上句,吟成一句完整的詩句,再啓下句,在所啓下句句末附作者名。原書不明其例,將郭楷的啓句"艾蘭修防閑"和楊揆的承句"設蓺廣場築"都誤以爲郭楷作,并於楊揆的承句句末附郭楷之名"楷"。其他承句所附作者名依次類推,均誤署名。今據《荆圃倡和集》聯一統改,不一一注明。
[4] 推：《荆圃倡和集》聯一作"説"。
[5] 踢：《荆圃倡和集》聯一作"踏"。
[6] 藪：《荆圃倡和集》聯一作"叢"。
[7] 發狂：《荆圃倡和集》聯一作"狂發"。
[8] 技：《荆圃倡和集》聯一作"伎"。
[9] 結束試登場看君屬鞭轡：《荆圃倡和集》聯一作"結束願從君吾將帶鞭轡"。
[10] 拍：原作"柏",據文意改。
[11] 楚江遺俗傳聞久神林鬼冢包岩藪：《荆圃倡和集》中作"楚江古俗傳來久鬼冢神林遍岩藪"。
[12] 增：《荆圃倡和集》中作"生"。
[13] 巨鱷難狎：《荆圃倡和集》作"陽侯鼓浪"。
[14] 峭蒨幽篁：《荆圃倡和集》作"幽篁蔥蒨"。
[15] 神官儼列燦朝霞：《荆圃倡和集》卷六作"神官儼列爛朝霞"。
[16] 群岫亂岡阜：《荆圃倡和集》卷六作"山高辨岡阜"。
[17] 現：《荆圃倡和集》卷六作"見"。
[18] 鵜鴂先鳴：《荆圃倡和集》卷六作"誰向芳州"。
[19] 痴：《荆圃倡和集》卷六作"瘦"。
[20] 祠禱：《荆圃倡和集》卷六作"禱祝"。

[21] 畫師：《荊圃倡和集》卷六作"畫工"。
[22] 令：《荊圃倡和集》卷六作"使"。
[23] 問：《荊圃倡和集》卷六作"想"。
[24] 九月：《荊圃倡和集》聯一作"九日"。
[25] 清心：《荊圃倡和集》聯一作"精心"。
[26] 憐：《荊圃倡和集》聯一作"喜"。
[27] 五言律：此三字原無，據本書目錄及體例補。
[28] 歲晏西歸留別蓉裳先生及同社諸公拈得三江成二十韵：《荊圃倡和集》卷五作"消暑小集"。
[29] 輕烟：《荊圃倡和集》卷五作"烟輕"。
[30] 老樹：《荊圃倡和集》卷五作"樹老"。
[31] 晏：《荊圃倡和集》卷五作"暮"。
[32] 歸夢雖能做：《荊圃倡和集》卷五作"歸夢誰能作"。
[33] 暗：《荊圃倡和集》卷五作"屢"。
[34] 吠：《荊圃倡和集》卷五作"伏"。
[35] 擊：《荊圃倡和集》卷五作"急"。
[36] 派：《荊圃倡和集》卷五作"帶"。
[37] 彩映朝霞尋近沚：《荊圃倡和集》卷五作"色映朝霞浮近沚"。
[38] 連：《荊圃倡和集》卷五作"流"。
[39] 銘鎸：《荊圃倡和集》卷五作"鎸銘"。
[40] 挚：《荊圃倡和集》卷五作"堅"。
[41] 詩：《荊圃倡和集》卷五作"騷"。
[42] 應：《荊圃倡和集》卷五作"宜"。
[43] 慚愧高人能什襲：《荊圃倡和集》卷五作"多謝高人還什襲"。
[44] 地：原作"他"，據文意改。

夢雪草堂詩稿卷七

五言古

禫祭後恭述先孺人遺訓示諸弟

厥初降命，曰余同生。實維四人，共氣分形。伊余小子，運丁家難。淒風飄木，嘅焉永嘆。永嘆伊何，傷心實多。哀哀鮮民，與死同科。維地蓋厚，維天蓋高。生我云何，負此劬勞。[1]我祖我父，秉誼在躬。行尊迹隱，報薄德豐。余方弱年，慈父見背。匡余成人，維母之愛。余父之逝，家實中落。大廈難支，一木荏弱。母也安安，不改厥度。謂兒勿憂，惟學是務。母謂兒言，爾勉有成。積金如山，不若立名。立名惟勤，不惟希倖。掘井及泉，尚須修綆。岩岩泰山，人陟厥巔。滔滔江漢，舟行溯沿。聖道雖高，庶其奮爾。前哲雖遙，殆將近爾。督兒向學，以慈以嚴。課兒詩書，身任米鹽。自茲以來，垂二十載。兒身日彊，母年不待。母謂兒言，汝名粗植。於汝先德，弗酬萬一。願念此室，汝弟若昆。我實并育，汝道宜敦。琅琅之音，言猶在耳。流光電逝，竟無還理。我生維艱，日走四方。終天流慟，竟死靡償。所願同生，矜余不逮。敬奉遺音，如聞謦欬。桓山之鳥，戢翼相儔。忽焉分散，鳴聲啾啾。田氏之荊，倏榮忽悴。草木同根，與人何異。天命不又，各敬爾身。瞻仰容徵，育子之辛。

出　門

駕車當徂征，臨發心傍徨。稚子窗前戲，不知我遠行。迴身牽我裾，嬌憨戲自如。問爺何所去，爺向城中去。問爺何時還，爺當明日還。舉頭謂阿母，何事涕漣漣。阿母謂兒言，汝生已三歲。汝父在天涯，三歲幾回至。前年生汝時，汝父往靈州。九月當生汝，八月行不休。歲宴盼伊歸，臘盡終淹留。去年冬季云，音信不重寄。念此方憂煎，忽聞停征騎。入門呼汝名，仍未識汝面。汝已立階前，汝父如未見。在家既浹旬，父子稍相親。誰知暫歸客，又作遠行人。今年歸較早，還鄉逾兩月。兩月匆匆過，別離復倉卒。倉卒望行雲，雲停西日沉。居者勿復道，行者難爲心。

沙坡底渡河遇張介侯太史①

洪河天際來，奔濤向東注。客行與之俱，日夜不能住。鳴櫓下中流，順風偃帆布。沙阜黃纍纍，莫辨家園樹。隔岸立巾車，隱隱冪寒霧。褰裳一相就，乃與故人遇。太史余鄉秀，垂髫擅敏悟。弱歲賦凌雲，高坫玉墀步。請假暫西歸，驅車仍北騖。朔方形勝地，時髦瞻振鷺。僕也走風塵，勞攘天所付。踽踽長途間，有似孤飛鶩。搔首懷良朋，及茲獲把晤。飲余壺中醪，餌余橐中餔。余顔方一舒，余懷轉難訴。驚風吹逝波，白日景將暮。徘徊榛莽間，征驂寧久駐。握手一長嘆，泪下已如霆。回首盼故鄉，迢遥阻歸路。賤子頗平安，傳語與君附。

讀韋藥軒師遺稿敬題②

醨風日以扇，雅道浸銷沉。悲娛鮮正性，柔曼苦相侵。夫子明介姿，獨立聳千尋。懷抱冰雪心，吐此金石音。朱絃聆疏越，不覺整衣襟。了了望白雲，遥遥碧山岑。攬之不可即，聊志心所欽。

---

① 張介侯：即張澍（1776—1847），字百淪，號介侯，武威（今甘肅省武威市）人，嘉慶四年（1799）進士，著有《養素堂詩集》。《清史稿》卷四九三有傳。

② 韋藥軒：即韋謙恒（1720—1796），字慎旂，號約軒，又號木翁，蕪湖（今安徽省蕪湖市）人。乾隆二十八年（1763）一甲三名進士，授翰林院編修，官至貴州巡撫。著有《傳經堂詩鈔》《瓦山房館課鈔存》《古文輯要》。

白道士山房

雲外寄丹房，林端挂印杖。山窗夜不閉，皓月自來往。時聞清磬聲，悠悠静塵想。

讀班史淮陰侯傳二首

淮陰往襲魏，心畏周叔將。不如虜豹後，此人竟安向。空令姓字垂，千秋爲惆悵。

左車策弗用，囚虜固所宜。信不委心計，世焉識其奇。始知胯下子，果堪三軍師。

再題白道士山房

足不履塵境，結廬居深山。自爾三十載，迹静心亦閑。日夕見歸鳥，白雲相與還。幽棲滿林壑，人事詎相關。

偶然作二首

木以不材壽，雁以不材烹。材與不材間，我欲安所衡。賢能毀譽至，不肖欺侮生。嘗聞聖人語，天道恒虧盈。驕吝苟不作，世患無□□。

羊腸出地迴，鳥道入雲危。造物亦何心，而爲此險巇。世界原空曠，我懷多阻疑。靈境倘不頗，觸礙皆成夷。至哉平心訓，毗舍真吾師。

查卓亭少府春園開宴醉書四百字呈同席諸公

旭日麗佳辰，華筵卜清晝。烟光開井陌，薄雲歸岩岫。結袂振游氛，攀林掇孤秀。遠峰明似靚，野田錯若繡。行行入幽蹊，遥遥指廣囿。歧途悵阻前，平岡喜夾右。村老時逢迎，朋儔或先後。笑口忽爲開，把臂徑相就。勝地十畝多，歡賞萬緣湊。高丘聊跂足，遠眺且引胭。春風入襟裾,芳氣飄衫袖。淺池生綠波,鏡而光微皺。是時新雨足,百昌競繁富。梨林雪千枝,曉陽融初透。文杏怯輕寒,點點胭脂瘦。最憶嬌小姿,曾向茅籬覯。前於北郭民舍見杏花數株微紅半吐,最爲佳致。穠李玉作鈿,意俗夭桃鬥。爲憐僧舍棠,遂被蜀人詬。赬顔定欲嗔,青眼將無酘。嚶嚶好鳥鳴,切切新簧奏。獨恨雊媒嬌,爭向翳場雊。同類發殺機,此計或者謬。花甌美釀出,未飲鼻已齅。清香暫沾脣,焦渴得一救。廣俎庶羞陳,攢盒嘉穀餡。紅梨雪液甘,丹荔絳紗縐。割腴炙牛心,[2]烹鮮臛鶉轂。主稱壽考頻,賓舉巨觥又。酒酣出歌鬟,復將清樽侑。長裙飛絮拖,舞衣落花糅。論態柳枝饒,問年桃根幼。艷口啓朱櫻,新詞譜紅豆。傳觴更無算,似灌玉卮漏。迴看寶珠花,嫋娜類含酎。中堂張華燈,虛檐儼列宿。顥氣下回合,夜梆苦奔驟。興極須留餘,缾罌況屢仆。我生飽羈旅,良會幾邂逅。斯樂尤難忘,韶顔那堪復。援筆書醉言,請把烏絲鏤。少府極工小帶書,故請錄一紙耳。

叙舊言懷得四百四十字寄秦曉峰太史徐勉齋同年①

自昔謹交游,平生實寡和。同心得幾人,索處鮮一個。望遠悵多違,懷舊情無那。童年始就傅,壯髮初剪髦。家門非牛醫,世業等馬磨。披褐寧辭單,食糠未免餓。誦讀乘朝曦,鈔胥然夜火。遂將敝帚私,敢效夜郎大。賦性自然僻,持論况復頗。蛾眉招妒嫉,玉貌空婐婠。俚俛慚顔低,踖踧忍面唾。僧廊曾畫粥,豪門或薦坐。顛躓理則宜,釜巇遇非坷。年幸未蹉跎,業豈安廢惰。會垣開精舍,名儒踞高座。時松崖師掌教蘭山。前經資講授,朋徒集攻磋。焦脣已就疲,爇鬢未遑臥。是時同門中,教子能先我。秦家兄弟賢,徐氏伯仲可。謂曉峰、鶴

---

① 秦曉峰:即秦維嶽(1759—1839),字觀東,號曉峰,甘肅皋蘭縣人。乾隆五十五年(1790)進士,選翰林院庶吉士,由翰林院編修考選江南道御史湖北鹽道,後遷兵科給事中。著有《聽雨山房詩草》,編有《皋蘭縣續志》。徐勉齋:即徐懋增,生卒年不詳,號勉齋,甘肅皋蘭縣人,乾隆五十一年(1786)舉人,官郿縣教諭。

樓及勉齋兄弟。胡君素豪宕，胡相如上舍。王郎亦磊砢。王子厚同年。搖筆千夫驚，觀書萬卷破。文陣錦麾幢，雄師鐵鉤鎖。屬當勁敵交，不甘小巫懦。談鋒偶擊觸，拊掌聞喧吪。蘭山聳高秀，烟嵐相糅簸。尋雲指遙青，捫蘿掘近堁。琴囊抱無僮，酒榼攜有夥。遂造懸水崖，爲洗游氛涴。真令羽翼生，頓使聲華播。鼠璞倘易觀，名實毋乃過。長安古帝畿，崔馬復接坐。馬佐平、崔省齋。一杯榆社酒，數篇霸橋作。風雨度雙崤，泥塗滿道左。崎嶇百里間，行李共一馱。攬轡笑逾恭，伏枕呻還癉。都門凡三至，風檐被再挫。數米真成珠，典裘聊充貨。良友知余病，炊飯親往裹。余已酉歲困厄郡中，勉齋元日晨起，知余未能舉爨，乃急裹豚蹄炊黍就餉，至今爲不忘也。自爾稍奮昂，中復小轗軻。風流一以散，別離各無奈。升沉事既殊，存歿泪交墮。時胡王二君已下世矣。余復攖羸疾，年來親藥銼。思鄉仿越吟，招魂讀楚些。題詩寄遠道，牽挽赴曩課。

登靈州城南塔

古塔聳七級，高鎮梵天宅。客來拂塵衣，飄舉借勁翮。風鈴語相輪，眩轉動精魄。開窗試延眺，迥引寥天碧。群翳一擴清，大地如重闢。沙際浩茫茫，四顧繚一白。黃河出峽口，嗢噠吞石壁。渠丁類蚍蜉，聚鑿引靈液。俯仰倏已周，怖慄頓亦釋。身界等微塵，何處得險窄。擾擾萬井樹，烟舍連鷄棚。抗手謝諸天，了義不煩析。

東郭凝禧園中花木茂密有長松一株獨植井霤之旁感而賦詩

名園春事繁，紅紫紛煥爛。夾道垂流蘇，當亭挂錦幔。有松獨磊砢，置之厨齋畔。團欒蔭翠蓋，傑卓竦修幹。炊烟日薰燎，雨露罕濯灌。譬如超世才，故令親竈爨。我心爲鬱紆，唶焉動懊惋。松曰有是哉，子亦見其半。天生棟梁用，豈爲耳目玩。古來聖賢人，幾個不蒙難。高節倘無虧，屈抑詎所憚。況當艷陽辰，桃李競蒨粲。物亦各有時，寧云位置亂。君子厲雅操，勿作臨風嘆。

澄懷堂餞春有懷揚邁昆仲

戲蝶戀春暉，雙逐落花飛。落花飛不住，雙蝶自還歸。客子持杯酒，滴淚沾春衣。年年二三月，花蝶弄芳菲。韶光暗中去，朱顏漸覺非。良時可再至，美人阻音徽。花開約同賞，花落仍乖違。借問花間蝶，幾日得相依。

聞鄰子夜讀悵然有作

目倦不呼燭，冥坐到二更。明月照荊花，疏影窗前橫。隔墙老學博，素髮垂冠纓。督兒啓箱篋，詩禮羅軒盈。孫侄三兩人，繞膝俱童嬰。口齒清歷歷，有似雛鳳鳴。余年過四十，破硯仍傭耕。壓架堆籤軸，舊學抛全生。故鄉邈千里，有兒漸長成。大者已知學，耳目頗聰瑩。恨我行役久，無緣親短檠。長養賴伯叔，咿唔伴舅甥。大兒思孝已十歲，時偕伊次舅俱受經三弟處。念兹心斷絶，睫淚熒雙晴。幾時到家閒，隱几聽此聲。

七言古

霜髯行戲贈明月老

明翁晚號明月老，索髯如霜被秋草。千鍾落口都不醉，一語解頤堪絶倒。我謂逢翁何太遲，請翁爲說少壯時。翁言今歲八十二，三十以前不省記。憶昔花月滿揚州，挾策往干東諸侯。鶯歌暮醉秦淮月，鐘聲曉聽景陽樓。此時吾髯正如戟，面目崢嶸顴頰赤。高吟劇笑近千場，到手黃金唯一擲。十年落魄走燕臺，昭王墓下重徘徊。市骨能教來駿馬，論心誰爲然死灰。髯也此日已將變，班白紛紛集微霰。米市貰春腰膂酸，芸閣傭書目晴眩。側身仍向大梁行，信陵門館飄華纓。賓客滿堂待公子，車騎虛左迎侯生。借箸前席過廿載，滾滾流年不相待。只今頷下空餘霜，却喜髯也猶健在。歸來寄家明月灣，夢中烟月已全刪。最憐陷缺留天上，恐數婚嫁誤人間。佳兒佳婦稱雙妙，月老掀髯爲一笑。玉簫金管奏堂前，白髮蒼顏如再少。漫將蜂蝶嘲輕狂，老髯風流不可當。紅閨幾處良緣就，買絲應把霜髯繡。

上巳後二日暮忽大雪夜過東園作

臥覺濃寒侵帳紗，驚飈不住掀檐牙。搴簾試看雪已滿，積素盈寸緣階斜。速呼東園之僕啓扃鍵，吾將乘興窺林椏。曳杖直尋幽徑入，夜色煥朗明無遮。繞欄多竹樹高下，紛騰挐我疑南國。老梅百株開且落，一夕飛度天之涯。又疑太素宮，玉女敲冰花。戲與桃李爭顏色，隨風飄颭白鸞車。棠梨睡未醒，夢中長靈芽。瑤臺玉蕊含天葩，黃鸝紫燕俱驚嘩。園中茅廬縮如蝸，凍雲凝薄冰成窪。久立不定心咨嗟，却恐曉日重來賞，游塵浼盡空泥沙。

息園殘杏

杏園爛熳風花瞥，半是胭脂半是雪。我來相賞嗟彼時，再向花前歌一闋。眼底芳菲如夢過，醉裏年光驚電掣。斜陽半樹益淒迷，曉日繁枝轉愁絕。落蕊輕隨戲蝶飄，傷心擬倩流鶯説。洛陽二月春事動，萬卉簇錦紛成列。公子王孫游騎多，都道此花丰韻別。金谷園中羅騎駢，午橋莊畔絃管咽。即今憔悴在天涯，塞上風沙寒凛烈。幾回不見態便非，一日相思神已茶。餘香芬馥鍼可戀，殘紅低亞那忍折。莫言此事不關懷，安得柔腸剛似鐵。

有　客

有客敲門駭兒曹，長衫斗笠腰橫刀。軀幹八尺垂錦絛，面骨嶽立雙顴高。眉鋒淬厲聳紫毫，星眸烟灼澄秋濤。揖我入屋意氣豪，懸河辯口流滔滔。圯上老人授《六韜》，怡然神解形靡逃。脛股矯捷同飛猱，目睞四座傾芳醪。酒氣縱橫語牢騷，似謂此生苦不遭。丈夫何時建旌旄，先驅駿馬馳如翶，一日千里寧辭勞。君馬一日行千里，我馬羸疲似欲死。腐儒識字徒爲耳，晨燈夜月躬伏几。蟲魚半卷手自理，坐此年已過四紀。奔走饑寒將老矣，疲爾之資振不起。見君磊落對君喜，即今隴蜀烽烟逼。蛾賊紛紛遍都鄙，謂君胡不整行李。腰鞬二弓箙抽矢，白馬江頭漢水涘。殺賊萬人心未已，計安黎兆報天子，勛名奕奕光青史。

轉韵八句

簾前語燕聲聲愕，昨夜梨園風景惡。玉童十五雙蛾青，夢到琳宮呼不醒。猩紅氍毹白團扇，猶憶樽前遮半面。長裙掣曳空留仙，仙乎仙乎幾時旋。

華山謠送青牛道者

華山孤立仞五千，明星玉女聳危肩。瓊漿高捧閱歲年，得上服之即成仙。道僻而險不容前，蜚蠦鼓翼懸崖巔，君欲往游幾時旋。

五言律

大螯山寺 傳是明慶王避暑故宮

大螯山北寺，云是故王宮。佛屋依雲在，僧廊鑿壁餘。松陰無鶴駕，苔徑有蟲書。二百年間事，荒烟滿廢墟。浚谷深爲洞，鐫岩翠作屏。烟雲終古合，苔蘚遇春青。已是空王宅，猶疑帝子靈。鐘聲兼鳥語，仿像出花欞。

峽口放船

青銅峽口試放船，兩山過眼如飛烟。下指欲爭蛟黿窟，高瞻已到雁鶩先。臨深履薄古所戒，如何放情恣一快。莫言瞬息百里間，置到維舟余亦憊。

朝雨憶蒨

閉户聽朝雨，閑庭春草深。遥知遠烟外，紅濕百花林。芳徑誰先往，清樽我獨斟。故鄉文酒侣，此際若爲心。

春　懷

孤舟渡河曲，作客又經時。芳景園廬遍，春懷日夜滋。夭桃舒小靥，細柳鬥纖眉。爲誦縞紵句，賞心匪在兹。

柳

漢苑晴飛雪，章臺曙帶烟。纖腰無一把，倦態合三眠。偶結同心縷，因教别思牽。曉風殘月外，幾處恨綿綿。

夾岸垂垂見，沿溪故故斜。花飛休戀蝶，力弱不勝鴉。翠幕春風早，紅樓宿霧遮。永豐坊底事，過客莫重嗟。

接京結友人寄作

近有青雲客，傳來白雪歌。十年交態在，一夕客愁多。嶽麓窺靈笈，天邊響珮珂。高情能不棄，相憶到烟蘿。

夜宿漁家

青溪深幾曲，隔岸挂魚罾。游棹歸何暮，人家唤欲膺。籬開花外月，犬吠渡頭燈。詎意塵中迹，今宵宿武陵。

雪後苦寒

三月行過五，驚看雪作團。花容舒半面，蝶夢困輕寒。地性冰霜易，天心發育難。莫言春不到，春到已將闌。

聞説二首

聞説蠶叢賊，連延復入秦。驅除知有策，來往竟何頻。大吏多分闉,凶渠尚幾人。西征逾四載,似可静風塵。

聞説龍庭騎,控弦擬效誠。單于親搏戰,天子戒佳兵。獫犬仍南竄,橐駝又北休。行邊勤廟略,定洽遠人情。檄調阿拉善王兵已渡河,奉旨止回。

烏　鴉

青青學舍樹,來往萬鳥棲。幾向霜臺繞,新拈樂府題。碧天微向曙,淡月欲沉西。旅夢愁將斷,堪伊不住啼。

讀洛神賦

陳王昔遷逐,作賦擬朝雲。舉世工謠諑,千秋仰苾芬。微波感宸極,怨思寄幽潰。葵藿傾陽意,何人知爲君。

堂前紫荊花開有懷舍弟

荊樹他鄉宅,同根故國籬。三春花并發,兩地泪交垂。豈曰無杯酒,可堪難共持。裁書盼來雁,我擬寄連枝。

苦　風

日日塵生席,朝朝風撼扉。園林霾宿霧,花草失春暉。暫出妨開眼,深居懶拂衣。朱幡須早樹,處士莫相違。

李東亭先生見規敬識二首

出口能規諷,先生意氣真。居官係理亂,吾道貴經綸。勿以清談勝,而矜學術醇。龔黃古循吏,庶或遇斯人。

前輩典型在,後生心性慵。科名雖附驥,交道愧登龍。世重豐年玉,心欽寒歲松。他時談治行,去聲。寤寐願希蹤。

憶梁菊庵學博①

華原梁學博，官迹苦屯邅。志屈何由展，官微却屢遷。菊庵始官古浪，繼歷奇台、靈武，今在洮州。妻孥仍旅况，兵火寄寒氈。時蜀賊下，隴郡縣多警。最憶論文地，交親歷五年。

麻 雀

麻雀依人屋，檐端日幾巡。祇聞聲一片，豈有粟千囷？躍處心應喜，喧時意未馴。微軀底得失，亦復累貪瞋。

食菜三首

挑 菜

野菜無須種，郊原雨後新。挑時含宿雨，拂處挹清塵。翠人筠籃滿，香分蕙徑頻。溪毛古所愛，明信及時申。

洗 菜

園蔬纔送到，牙頰漫垂涎。烟露姿原潔，泥沙體半連。數莖披脆甲，一掬濯靈泉。小竈誰當養，應須活火煎。

煮 菜

翠釜重重滌，風鑪陣陣颺。水痕添碧浪，火候發幽香。靜裏清齋好，淡中真味長。盤飱猶未設，索箸待先嘗。

五言排句

北郭園亭看海棠即席成二十四韵

佳植珍西府，穠華愛海棠。側聞三里郭，舊有數株芳。好侶還相命，春衫巧自量。暗催鶯燕去，恐致蝶蜂忙。對水臨朱户，沿溪垂綠楊。呼童閑秘鑰，策馬渡浮梁。徑曲神先往，籬深目已望。掀簾珠穗

---

① 梁菊庵：即梁楚翹，生卒年不詳，耀州人（今陕西省銅川市），乾隆三十五年(1770)舉人。

繫，布地錦雲張。名卉亭亭立，微風細細颺。寒輕聊薄醉，睡足且新妝。徙倚雕欄外，夭韶畫閣傍。嫣紅脣欲滴，暖翠袖輕揚。桃李容休妒，神仙字獨當。嬌多更無力，艷極不留香。有客耽吟興，花時逐酒狂。白雲思遠道，紅豆悵江鄉。傾國知安在，孤懷此一償。風流真絕世，賞酌共殊方。彩幕絲牽得，璃壺泪寄將。茜紗邀繫臂，絳雪漫飛觴。爲促驚鴻舞，高燒明燭光。照他形綽約，益我態仿徨。擬向家園植，應須金屋藏。畫傭那辦此，徒自哂披猖。

五言絶句

湖上二章

湖外春草青，湖中春水長。魚子亂跳波，鵜鶘飛下上。

來泛南湖艇，雙槳自相撥。浮萍一道開，烟水四邊闊。

垂　釣

垂釣百花灣，花飛人自閑。游魚任來往，得失我何關。

七言律

三月廿四日朝游北郭園主人尚卧

晴暉一縷引芳塵，樽酒手攜發興新。何事畫簾垂寂寂，從知小閣夢頻頻。香濃帳底人如醉，鈴響花梢鳥欲嗔。休怪游驄來太早，韶光留得不盈旬。

再到湖上

積水瀦爲千畝塘，抱城三里滿湖光。游鱗個個跳新藻，浴鷺雙雙掠野航。波面落花空色相，岸傍垂柳惜年光。行人只説春將盡，盛夏還來看稻芒。

春畫偶成

七寶薰爐八尺床，畫簾春畫覺微長。日暄檐鳥交交語，風静瓶花澹澹香。載酒不逢今雨集，端居且爲古人忙。牙籤萬軸真吾福，忍使中年學殖荒。

寒食踏青

可是逢春態便狂，碧羅衫拂百花香。玉驄嘶去塵生陌，錦鴨飛來烟滿塘。雅戲幾家飄冐索，高吟到處帶奚囊。亭臺十二都游遍，更擬開筵醉舞觴。

偶 題

彩毫濡泪爲題真，翰墨丹青可并神。鏡裏芳顔空自識，夢中幽意向誰親。紅梅子結三更果，碧柳絲牽再世因。説到娉婷重現影，仙心佛語一時春。

七言絶句

鳬

碧草池塘花亂飛，水烟澹蕩弄斜暉。家鳬浴罷眠沙少，自引群雛漫漫歸。

牧 童

牧童生小愛騎牛，牛角蒲鞴繁臂游。日暮烟簑何處覓，聲聲短笛出林丘。

紡車詞

田家少婦聽啼鴉，曉起春閨理紡車。三兩素絲須早起，莫教丁税誤官家。

素腕頻將弱縷抽,落花飛盡懶回頭。却憐昨日廬家女,翠黛新妝陌上游。

即席絶句三章

瓊漿瀲灩映玻瓈,玉腕親斟對我攜。人世幾回逢此集,痴郎猶惜醉如泥。

一度清吟一奈何,臨風玉樹響交柯。紅羅手繫還相問,我爾深情若個多。

燕臺夜雪憶開筵,錦釵芙蓉興欲顛。今日見卿聯復爾,襟懷可似十年前。偶與卓亭談及庚戌都中之游,感慨係之。

再題洛神賦

讒口囂囂困灌均,洛川哀怨含傷神。潛淵默指知何意,却道孤疑爲阿甄。

題語溪女史花卉册子

水　仙

淡中着色形顏瘦,空裏觀花意態多。爲想臨風舒妙腕,仙恣冉冉欲凌波。

山　茶

琳房姹女鍊丹砂,染就深紅鶴頂斜。冰雪影中纔一瞥,却疑飛火散窗紗。

桃　花

千葉桃花帶笑開,口脂香暖印紅顋。去年三月人何在,半尺生綃寄得來。

虞美人

楚帳聞歌泣不休,美人名字恨空留。知卿亦抱虞兮痛,一穗嬌饒萬古愁。

茉莉

素羅衫薄晚妝嬌，一縷幽香繞翠翹。留取鬢邊真色相，怕伊魂夢逐花飄。

杜鵑

優曇鉢內現靈根，聞苑仙歸合斷魂。定有子規花下叫，一枝紅泪漬霞痕。

蜀葵

嫩黃深碧態盈盈，病後嬌娥別有情。識得葵心終向日，教儂怎不對君傾。

剪秋紗

數片紅紗覆翠莖，纖牙點綴最分明。深閨女伴都相戲，幾度金刀剪得成。

秋海棠

秋烟澹澹雨絲絲，弱影當窗泪暗滋。可是懷人人不至，故將幽怨譜花枝。

芙蓉

八月涼秋風思濃，春紅浣裰靚妝慵。朝來試展雙鸞鏡，果爾芙蒼勝妾容。

菊

閱盡穠芳寄素心，西風籬下遇知音。爭言人比黃花瘦，瘦到黃花已不禁。

梅

玉真峰頂何曾見，修到梅花果是難。贏得娉婷留幻影，瑤臺烟露夢中餐。

【校勘記】

[1] 勞：原作"勢"，據文意改。
[2] 炙：原作"灸"，據文意改。

夢雪草堂詩稿卷八

五言古

古詩二十一首

瑤碧梓爲琴,飾以瑪瑢玉。冷冷朱絲弦,耿耿黃金粟。聖人坐南軒,揮作南薰曲。一揮民心和,再揮民財足。始知太古音,堪用敦末俗。

玉膏澤人骨,丹木可休糧。黃軒是饗食,厥位配中央。密榮出佳種,投之鍾山陽。瑾瑜煥五色,濁澤而有光。君子取爲珮,自禦彼不祥。

昔邪生瓦屋,亦復以松名。植根未免薄,得地據高甍。青青擢秀色,鬱鬱連華楹。搖落豈所計,聊博斯須榮。

白苓可血玉,海芊可變金。金玉有本質,胡爲他物侵。世緣誠可畏,磨涅苦相尋。堅白終不改,至哉聖人心。

蝦蟆偶得瓜,乃復化爲鶉。飛伏隨變易,儼然微禽身。昔與蟲魚居,今爲鳩鴿鄰。鼠肝與蟲臂,何者是吾真。那堪更鬥狠,勁俠傷明神。

鳥有作人言,厥性誠慧美。籠之以爲玩,見幽實坐觜。文采不庇身,多言良禍始。悲哉禰處士,終爲黃祖死。

阮公廣武嘆,靖節田園吟。險夷豈殊遇,動靜迥異心。柴桑五柳居,中有無弦琴。撫之如有意,聽之寂無音。寄懷羲皇上,高風邁竹林。

　　梟溪叫秦隴,兵戈森蝟毛。萬姓廢耕作,汩没隨奔濤。我擬往拯之,無處覓連艘。生靡益於時,死亦匪賢勞。

　　鍾山之子鼓,比惡害葆江。違命攖帝戮,巨鶚相與翔。黄文而赤喙,奮翼兩噏張。凶人不終命,死魄猶彊梁。

　　庭堅翼虞后,傅說佐殷宗。主臣皆一德,千秋慶時雍。聖作萬物睹,三五高希蹤。朝陽翽鳳鳴,多士亦寅恭。帝曰予良弼,舊學廸朕躬。蒼生如有幸,此會不易逢。

　　子游本狂士,危語聳宸聽。發口雖激訐,捫心實血誠。甘爲市朝戮,終蒙折檻旌。縱微慶忌救,天子自聖明。

　　翡翠尋羅網,象齒招豐儺。達人以爲戒,明訓垂千秋。鮯鮋爾何道,跳波孕珠球。揚音等鳴磬,卒免剖腹求。懷寶而不積,夫誰以爲尤。

　　有獸曰窮奇,惡直而助醜。禀氣豈獨殊,賦性似非偶。金天亦神聖,何不昌厥後。生子與同名,譖言不絶口。伊耆適倦勤,遄誅亦已久。大哉虞后功,斥與魑魅耦。

　　鶯鳩決地起,婆娑振羽飛。朝日嘯匹侶,既夕復旋歸。仰視大鵬鳥,翼若天雲垂。扶摇九萬里,勞勞欲奚爲。元化渾爲一,小大各有宜。豈以圖南是,而笑搶榆非。至人兩無擇,逍遥乘化機。

　　萬物愛春夏,天地忽秋冬。豈知亭育力,乃在沍寒中。履霜堅冰至,和氣潛冲融。凍閉倘不固,生機何由充。静觀循環理,姤復資無窮。

　　園林冒霜雪,極望皆枯株。那知艷陽日,花葉強敷腴。請君尋至理,此花原有無。生實滅之始,盛乃衰之餘。榮落偶然爾,根荄常自如。

　　平原僅豪舉,漫云能得士。毛遂不自贊,竟亦無所使。按劍登楚

階,驚飈座中起。定從華屋下,雄辯兩言耳。碌碌十九人,縮頸窺朱
扉。因人而成事,此語未爲鄙。古來青史中,强半皆似此。

烹魚豈必鯉,蓺草豈必蘭?美惡無自性,得意即爲歡。蓼蟲終食
苦,蛣蜣善轉丸。彼自適其適,寧謂強所難。冥心遣我累,在物可齊觀。

朝游藐姑射,言訪神人居。冰雪處子貌,和氣守冲虛。酌我一甌
漿,玉色凝瓊琚。飲之後天老,游神造化初。我非出世士,對之空長
吁。君親報未畢,焉能遺其軀。揮手謝烟霞,命駕歸吾廬。

家世西州士,任氣復尚奇。千金裝寶劍,萬里逐旌麾。傳聞霍將
軍,建節陰山陲。羽書下河右,壯士徵熊羆。男兒軒猛氣,擬賦從軍
詩。長衣謁軍門,顧盼凜雄姿。寧知分閫重,禮敷絕等夷。燕然名已
勒,焉用書生爲。

舊居三畝餘,薄田二頃半。秉耒閱冬春,驅牛及昏旦。早納太平
租,晚效貧家爨。節儉教子孫,詩書堆几案。耕鑿得餘閑,長吟一把
玩。俯仰竟天年,窮老非所憚。

燕

去以秋分卜,來當社後覘。安巢睇小榭,戢羽傍深檐。舊侶頻相
引,新泥好共添。虛堂驚入幌,畫閣爲挑簾。徙倚知何意,呢喃只不
嫌。盧家雲鬢顯,漢殿素腰纖。拂柳晴絲裊,穿花落蕊沾。幽棲憐盼
盼,比翼類鶼鶼。欲叶投懷慶,先從協夢占。晝長風力軟,窗静睡魂
恬。偶到烏衣國,言開碧玉盒。瓊波甌并泛,寶墨韻雙拈。却恨遣辭
誤,仍教離思兼。風人悲送遠,佇立起遐瞻。

夜雨有懷

風動庭樹枝,蕩搖枝上雨。瀟瀟夜不斷,感感似相語。平生契洽
人,茲焉悵伊阻。豈謂余不懷,歸期難自主。況當風雨夕,寂寥守孤
旅。寒燈倏明滅,衾枕異處所。夢想關山中,塗潦深幾許。

借宿螺山道院

凉月照幽行,拄杖叩仙館。空山少人迹,户外青苔滿。入室噴清香,雪漚浮茗椀。階前半池水,塵纓可暫澣。風翻偃蓋松,仿佛張雲繳。翠陰鋪滿席,解衣聊裸袒。忽聞笙鶴飄,碧天響瑶管。

農　家

叱牛東岡下,膩塊酥若沃。荒原夜爾過,靈膏半尺足。妻子助扶犁,蓬艾亟相劚。莫愁倉空庾,忍餓待秋熟。麥豆雖云遲,山蕎晚堪續。今年節氣佳,豐穰應早卜。

湖　上

清風時一至,颯然萬木凉。碧波澹瑶彩,澄輝泛衣裳。青青洲中蒲,下依釣魚舫。持竿非吾事,長歌擬滄浪。

齋中即事

何處避炎熱,惟堪閉門居。户外行無屨,室内清有餘。紅藥膽瓶開,暗香來徐徐。静中偶一遇,曠然心神舒。八尺紫藤床,一編漆園書。有時抛卷卧,夢到羲皇初。凉風吹北窗,相況意不疏。

古　意

荆山産良玉,巧匠琢爲人。奇寶雖曠世,亮非余所珍。飄飄湘中客,丰姿超等倫。幽蘭藹芳氣,入室暗相親。巫雲慘不飛,揚蛾嬌翠顰。芳年自多感,況乃趨風塵。瓊琲底用答,清泪盈華巾。

和李東亭刺史登州城懷古原韵

靈州形勝地,控帶實嚴疆。武節於今厲,雄圖自昔張。中興唐事業,多難宋氏羌。一旅猶精鋭,偏隅尚倔强。河山空險阨,徽牧簡良才。刺史仁威并,邊氓樂利長。春渠勤浚掘,秋稼屢豐穰。偶以觀風暖,而傾吊古觴。升高聊引眺,擲筆快成章。向晚烟雲合,連村樹木蒼。回風低稻隴,落日滿湖光。却笑西州客,欣登北海堂。壯心遥激發,逸興正飛揚。不盡千秋意,揮杯儘自狂。

黄烈婦詩①

烈婦靈州農家女,亦農家婦。遭逢不淑,以死全貞。觀其明識烈義,有鬚眉中人所不及者,是可敬也。余既采入州志,因作此詩。

孤麻生蓬中,不爲群邪枉。妾心自貞直,天性非由强。十五寒門女,十六農家妻。夜窗勤紡績,朝饁助耕犁。耿耿抱明義,濯濯露清姿。何物猰㺄子,而來竊自窺。歸家語兒夫,慎勿近凶徒。凶徒貌可悦,甜言實禍樞。妾自甘貧薄,君須戒摴捕。兒夫悄無言,中情不見許。犲狼相噬吞,視若同心侣。今日通問遺,明日貸子錢。子錢積已多,相償料應難。仰視高堂姑,阿姑翻不喜。妾心暗憂煎,此事作何理。凶徒果得計,來往日徵逋。左手攜餅餌,右手攜酒壺。酒盡壺既傾,强來與妾俱。奪杯擲其面,投石擊其軀。我非鳩鴿伍,爾真犬彘如。聲情逾壯烈,鄰舍聞相趨。凶徒怏怏行,狂言相恫愒。我自尋伊夫,看伊何計脱。兒夫闇以弱,凶徒狹以彊。妾不以死解,夫債何由償。狂風吹沙石,黑夜鬼硋磴。魂飄三尺練,命促五更燈。里正報使君,使君驚且懣。凶徒趣禽治,伏法莫教緩。飛章奏天庭,命下膺褒旌。刊碑揭大道,讀者悚心神。

七言古

懊惱曲

西府名品嬌妍極,結蕊垂絲紅欲滴。一朝移人朱門家,無限芳姿

---

① 黄烈婦:吴忠堡人,夫馮延舉。《〔嘉慶〕靈州志迹》卷三《忠孝義烈志第十五》有傳。

失顏色。白石欄干錦四圍，深藏密護掩瑤扉。笑他籬畔雙雙蝶，不許尋香近樹花。朱門有花那解賞，瓊杯狼藉哀絃響。豈知露冷月明間，幾處幽魂勢夢想。酒罷曲終興復闌，塵生金屋無人看。回頭偶見別枝好，又破金錢買懊惱。

題畫山水障子

泉石曾聞寄幽賞，幾人物外撒塵網。我生一日未居山，逢山便作居山想。無錢可買聊自遣，有畫堪障寧云迁。連空巉屼浮黛色，廬阜峨眉競相仿。懸流激觸下危岩，漱石穿雲勢泱濟。高齋臥玩神逾寂，夢中似欲聞清響。數間茅屋結平岡，翠竹青松列森爽。中有二士姿休暇，積書千卷坐抵掌。我擬呼之與共談，笑而不答心惝怳。安得置身於其間，小徑烟蘿任獨往。

五言律

恭瞻御書文廟聖集大成四字匾額竊賦一章

闕里傳心法，熙朝懋典常。天文垂烟爥，斯道益輝光。兩廡宮懸備，三千儒服良。卿雲高揭處，多士效蹌蹌。

夜雨

鳴鳩晚逾急，寒霧隱斜曛。春向愁中盡，雨來花下聞。簷風間曉漏，客夢斷朝雲。休說巫山事，荒言誤楚君。

野望

綺陌飛花處，芳郊極望時。千林紅欲斷，一雨碧全滋。和澤沾無既，皇天詎有私。老農欣自得，理鎡待耘籽。

曉過東村泛棹

風露曉淒淒，繞村鴉亂啼。樹高晴見日，水漲碧沉堤。矮屋隨墻隱，遙川入望低。田翁往來熟，相約泛清溪。

溪路人來少，芒鞋行迹微。水天浮霽色，雲日亂烟霏。乳燕銜泥往，輕鷗拍浪飛。曉炊尋稚子，隔岸喚船歸。

五言排句
無題

有恨如無恨，鍾情似寡情。心輪頓掣曳，眉語未分明。去後香常在，來時酒半醒。佯羞掩紈扇，薄怒却銀筝。悵悵知何意，迢迢惜遠征。見稀愁不數，別又夢難成。紅藥漫持贈，白鷗空負盟。北窗風雨夜，蟋蟀作秋聲。

七言律
答程定之

歷落豐標磊砢胸，淡入偏似十分濃。偶逢佳侶心先醉，未到歡場興早慵。壯志尚留青史恨，名山好教白雲封。他年寄傲花龕下，破衲紗燈手自縫。

早歲心依百尺樓，懶將田舍問朋儔。晨燈夜雨尋常事，朔雪炎風冷暖游。半世文章真畫虎，一生蹤迹類浮鷗。陸澄空做書厨老，讀易三年尚未休。

寄懷二首

客裏芳年忽忽過，非關酒債與詩魔。自來心事蕭騷慣，歷盡人間坎壈多。病後禪參天女偈，樽前泪墮雪兒歌。蓬山境遠知難到，碧海青霄奈若何。

兩滌閑階樹半陰，滿室烟翠夕沉沉。玉簫聲斷人方杳，金鼎香濃夢可尋。鏡裏芙蓉空弄影，釵頭翡翠本同林。定緣塵累俱難遣，一種愁懷兩地深。

白牡丹

碧玉雕欄翠竹陰，一校穠艷曉雲侵。芳華獨喜留真色，富貴難教易素心。羽扇綸巾聊復爾，錦帷繡被莫頻吟。可憐游客爭相賞，都向粉脂場內尋。

同人相約過齡官故居凄然有感因題二律

城西楊柳碧絲絲，再到芳園悵已遲。月缺更無花弄影，窗間舊有客彈棋。歌聲簾外還疑夢，別恨生前總是痴。一曲聞鈴休復溟，傷心說與善才知。

落盡紅棠雨亂飛，斷雲殘夢想依稀。病中驚說容顏改，舞罷早憂氣力微。舊佩尚留雙玉扣，空箱間却百花衣。天涯幾個稱同調，倚遍闌干未忍歸。

接楊蓉裳員外手書

故人分手又經年，每憶清徽輒黯然。面壁尚哦題句在，臨風喜見寓書傳。昔游頻說翻如夢，好會重期合有緣。來書云："俟出省有期，擬作靈武之游，與閣下十日快談也。"直待西窗剪燭日，閑庭夜雨話綿綿。

荊圃聯吟舊主盟，恒持斗酒慰平生。一從南北分襟後，可奈雲山悵別情。列座更無人共語，鐫詩聞說集初成。西州狂客何多幸，附驥能邀一日名。來書云："《荊圃倡和集》已付梓矣。"

七言絶句

即　景

博山烟靄透簾幃，風動閑軒自啓扉。一院落花飛不定，畫梁雙燕又銜歸。

聞　笛

何處飛來玉笛音，讀書堂外暮雲深。怪他吹作關山月，不管天涯客子心。

古怨辭四章

寂寞紅顏歷數秋，聞伊遠道已封侯。封侯可有歸來信，却恐伊歸妾白頭。

亞子欄邊花墜紅，飛狐塞外雪翻風。知君夜臥沙場冷，教妾蘭衾懶復烘。

征人北去燕南飛，最恨書歸人不歸。人已不歸休復道，近來音信又全稀。

自憐生小肅閨儀，羅結束身綺幔垂。未許出簾三五步，欲從何路夢天涯。

夢雪草堂續稿卷一

五言古

竹筆枕銘

刳爾心，礱爾節。濕勿濡，燥勿裂。規可隨，矩可絜。憑以書，陳時臬。

雜感

黃虞世已遠，子氏代幾更。禪征既殊局，篡竊棼交争。齊恒昔創霸，敬仲使爲卿。泱泱表海風，忽聞鏘鳳鳴。釜鍾竟盜國，田氏紛簪纓。譬如木再實，木根難重榮。又如夏方中，微陰已潛萌。夷吾果聖哲，保泰理須明。晏相乃侏儒，顯君徒要名。空言不救禍，坐視權奸橫。盛德百世祀，陳祚胡早傾。姜族又安辜，取償殊未平。廢興理難測，倚伏數有程。物固不兩大，履霜堅冰生。辨之弗蚤辨，吁嗟漢元成。保世在靖亂，談言堪解紛。喜怒不以類，佳兵將自焚。豈謂焚其身，兼亦焚其族。突隙初燄燄，燎原倏及陸。伊昔鞍之戰，釁啓眇跛禿。嬉戲開兵端，怨讎輕殺戮。馬逸而驂絓，齊社幾傾覆。克敵誠有禮，操之何太蹙。質母肆醜言，授璧遭詬辱。天道恒虧盈，憤驕神弗福。温季承餘殃，駒伯苦成叔。三卿一朝尸，市肆鬼夜哭。可憐陌上賓，後嗣罔遺育。善積如登天，機發如轉軸。戒之後世人，凌暴禍所速。

一園即事

麼蟲巢蚊睫，大鵬翔寥廓。二者所托殊，適意各爲樂。平生丘壑志,避喧而就寬。塵事偶來攖,輒作數日惡。泉石發膏肓,到此喜勿藥。澄潭十畝寬,碧畦千頃拓。幽翠積庭陰,迎風撲面落。老懶苦昏霧,卷局等屈蠖。暇日一啓關,壯馬脫覊絡。主人外簪紱,芒履亦學著。軒窗四面開,微凉送觴酌。小徑益造幽,石磴攀陡削。孤亭冠危峰,俯立瞰郊郭。曾覽周王傳,群玉紛鸞鶴。黑河幸通津,仙蹤聊企脚。西母顧而笑,虎齒露齦齶。蟠桃今始花,丹實那可攫。且惠一甌漿,灌爾瓊田涸。

山 石

提署西廳舊累石爲山,相傳國初時湖上李漁所作,邇來頹落四十餘年矣。誠村軍門見而惜之重加整飭,遂成偉觀。爲賦古詩一章,以告來者。

西廳有僵石,三三復五五。或散若墜星,或黝若覆釜。叱起應爲羊,射去定疑虎。鬖鬤猶眠雲,岮岈似飲羽。曾經媧皇煉,無才將天補。不受祖龍鞭,瀛壺那可睹。棄擲叢棘中,甘與鹿豕伍。明公劇愛之,規作山勢古。匠心真獨運,慧眼乃微瞭。既瀹以清泉,仍圍以環堵。抉剔現圭稜,掀揭出泥土。抗峰隱孤樹,置嶺傍深宇。缺宎隨曲屈,矗立雜傴僂。隙底修虺蟠,岩邊執鶚怒。遂令頹散形,峻拔相撑柱。森然欲搏噬,可近不可侮。胸中鬱盤氣,借之聊一吐。廢興各有時,成毀堪歷數。斯物百年前,輦運莫言苦。沉埋更幾歲,零落蔽榛莽。詎知指顧間,神奇出臭腐。茫茫造化機,嗟此誰所主。

感興二首

天意不可測,人事誠難期。備旱而遇澇,智巧將安施。太行雖云高,車馬日逶遲。洞庭雖云廣,檣帆日轉移。所貴君子心,履險而如夷。忠信苟不虧,焉用逆意爲。

少小未聞道,老大空讀書。先幾迷弗悟,事後勞補苴。葛屨始履霜,堅冰旋滿盂。微霰集野草,雨雪尋載塗。乾鵲知風寒,穴蟻知雨濡。物類有靈覺,嗟哉人不如。

去甘留別一園

朝市容隱淪,江湖隔濤瀨。老作初連游,寄迹等方外。散髮或不冠,披衣亦忘帶。主人簪紱貴,緣階列旌斾。言樹蕙與荃,暫屏軒與蓋。而我厠賓筵,文酒輝璣貝。名園一徑開,參天峙老檜。清池環畫堂,水石夐幽籟。小艇盪微風,金碧亂烟藹。夕陽香草榭,鮮翠那可繪。西庭疊僵石,布置頗狡獪。創始者何人,樽酒醑一酹。伊余窮巷士,蝸廬紛埃壒。蠟屐訪名山,道遠情無奈。從誰得此境,享奉抑已泰。豈伊地效靈,庶乃天所勾。歲月倏屢更,風雲有際會。誠村軍門遷任直隸。海運看鵬化,泥蟠笑蛇蛻。鴻爪無終淹,鳳羽看高翽。人生非蛙魚,焉能守瀆澮。君去窺渤碣,始見宇宙大。

七言古[1]

題徐沅舲明府溪南老屋讀書圖①

大瀛海絡九州外,地爲舟輿天爲蓋。我從塞北話江南,青山一髮縈烟嵐。君自江南來塞北,布帆十日阻消息。覽鳳之樓高接天,溪南老屋環溪田。辛夷花開春正好,荆枝棣萼相留連。此屋今經幾百載,柱石軒櫺猶未改。綠雲喬木毓清華,戲水文鱗動光彩。雲水蒼茫作壯游,燕臺綿上兩悠悠。試向河源探星宿,乘槎又到天西頭。昨夜御風過兩浦,好夢依稀墮洲渚。竹爐經卷尚依然,豈知身在畫中睹。江南烟雨暗菰蒲,感念存没增喑吁。沅舲言:"屋自前明先侍御創建,至今三百餘年,代有科第。幼時余兄弟讀書其中,今長兄已殁,可爲嘆息。"他日記我題詩處,塞雲老雁愁相呼。

---

① 徐沅舲:即徐保字,生卒年不詳,字沅舲,號阮鄰,浙江歸安(今浙江省湖州市吴興區)人,嘉慶十三年(1808)舉人。道光四年(1824)、八年(1826)兩度出任平羅知縣。著有《阮鄰自訂年譜》、《抱碧堂詩鈔》八卷、《詩餘》二卷。

題誠村大將軍畫像

　　玉鞭珠勒恩華重,緩帶輕裘結束宜。即今旄鉞西陲擁,鐵崎千群選才勇。龍沙莽蕩雪亂飄,虎帳風飆骨猶聳。十載功名看畫圖,休言頷下添髭鬚。圖中形容甚少,是公三十餘歲時所畫。萬里岩疆歸控馭,九重殊遇許馳驅。驪黃牝牡漫相擬,將軍相士蓋如此。市骨曾聞燕主賢,致禮請從隗也始。蹇驢破帽趨風塵,延入侯門廁上賓。古來千駟知多少,應識麒麟閣裏人。

誠村軍門以眼鏡贈賦此謝之

　　瀛海之隅浩無鄉,沐日浴月洪濤揚。元冰嵬磊堆龍堂,龍君出寶蛟螭狂。劚以玉斧韜珠囊,老儒漆室孤燈張。低頭兀閱名山藏,正苦眯目飛粃糠。感君解贈神洋洋,得之奚翅琮琥璜。雙眸炯若生寒光,秘文丹誥輝琳琅。字出册外稜軒昂,喜而不昧心仿偟。安得將身入書倉,化爲古蠹餐縹緗,憶千萬載作脉望。

瓦硯銘

　　歷劫火,銷寒烟,不爲璧碎幸瓦全。磨礱圭角葆蒼堅,錫之元圃開書田。

飛蛾嘆 感丙子齋空案發而作。[1]

　　茆宇陰沉垂碧蘿,明燈焰焰舒微波。破窗聲動來飛蛾,聯翩競逐形婆娑。殘膏半盞能幾多,驅之不去攖禍羅。焦爛爲期奈若何,緣階濃露溥青草。咽咽寒螿啼秋月,月淡風凄腹常槁。[2]一味清凉得至保,嗟爾聽之苦不早。

---

[1]　丙子：嘉慶二十一年(1816)。

玉硯農都護自西域歸奉命赴蜀過齋見訪感舊言懷賦此①

破衲枯筇無地著，一庵聊寄將軍幕。宵寒夢到蓬萊宫，九關虎豹天難通。仙官拍手閽者怒，側徑欹滑行失步。覺來兀坐心猶驚，壁卒呼門上客顧。客從何來啓雙扃，身如瘦鶴眸如星。眉分秀彩遥天青，貂帽珊瑚孔翠翎，腰懸寶玦光晶瑩。入門握手纔一笑，高談河決傾東溟。君是廿年臺閣臣，文成典誥輝絲綸。内殿傳經開講席，奄尹立侍瞻垂紳。幾時萬里勞安集，一片黄雲西飛急。烏孫昆彌負弩趨，葉河藩王控馬立。馬頭匼匝黄金羈，揮鞭還向東南馳。雪暗隴關傳虎節，雲開蜀道迓熊旗。男兒報國心常迫，但願功名書竹帛。先皇策士五千人，收取奇髦不滿百。零落於今尚幾存，升沉生死不足論。乙卯歲會試得第者僅九十四人，②今所在不滿四十人耳。文鴛矯翼云霄舞，名駒汗血風塵奔。頭白書傭空老醜，青眼故人復何有。感君惠我情纏綿，期君圖畫登凌烟。

射圃有奇石落藩溷者不知幾載余偶撿得之汲泉灌濯雖高不過尺而神骨儼然喜而爲詩

方壺圓嶠挺東瀛，何人能向掌中擎。一峰飛去墮泥滓，胸間塊磊殊難平。塵侵土蝕歲月久，詎有寶氣騰光晶。瞥爾目睹心慘惻，卷袂徑赴披荒荆。僵指那懼虺蛇蠹，雙眸滴泪洪河傾。洗出嶙峋青玉骨，周身孔竅烟雲生。乍似奇材拔幽辱，三薰三沐情非輕。瓶花香鑪作供養，華箋妙墨題鎸銘。嗟爾幾年雜瓦礫，踐藉積壓甘吞聲。偶然滌剔露丰采，智者增嘆愚者驚。擬學仇池伴坡老，還同雪浪垂佳名。他日攜置蓬萊頂，群仙拍手争來迎。

---

① 玉硯農：即玉麟(1766—1833)，字子振，號硯農，哈達納喇氏，滿洲正黄旗人，乾隆六十年(1795)進士。歷任禮部、吏部、兵部尚書。道光七年，兼翰林院掌院學士，充上書房總師傅，加太子少保。八年，回疆既定，晉太子太保，繪像紫光閣。九年，特命出爲伊犁將軍。十三年，年老回京，行至陝西，卒於途次。柩至京，親臨賜奠，贈太保，謚文恭，入祀賢良祠。《清史稿》卷三六七有傳。

② 乙卯：乾隆六十年(1795)。

游五泉山寺次沅舲明府元韵①

海上神山何處三,但見碧霧迷空嵐。破舟幸脱鮫鰐腹,又爲飢驅北復南。山水結習總未已,輒於佳境窮幽探。置身宜在峰壑裏,皈心只向彌陀龕。尺璧千鎰念非寶,金經半偈情所耽。歌舞桐臺謝王或,圍棋別墅惹羊曇。問字那逢浣花叟,題名夢到仙游潭。偶值勝流邀出郭,青衫白袷余亦參。春光乍見濃如許,澹烟疏柳青相涵。千聲不斷答鳥語,一徑直上尋僧龕。老衲開堂正説法,花雨滿院飛毿毿。宗雷周陸機共契,栗里那遽乘歸籃。待看落日千峰外,仍期對月追玄談。夜深倒卧蒲團側,佛燈照壁顛毛髮。

雹壬午五月二十四日。②

炎炎赤日當軒櫺,暑氣煇赫重門扃。一聲破壁聞驚霆,怪雲四起風冷冷。冰丸雪雨傾盆瓶,勢如萬弩機不停。檐溜懸瀑飛中庭,洪河浪漲吞渭涇。星馳電掣川原經,獸駭走藏鳥折翎。近郊菽麥垂黃青,腰鎌計日環村町。如何片刻漂沙汀,豐隆阿香誰使令。忍肆剪馘同蝗螟,田夫籲神神罔聽。漫把巨鐘撞寸莛,此理茫昧辯口熒。或云妖蟆隱身形,陰崖古湫潛毒腥。鼓舞蚓黽來蜈蜒,乘間竊發憑威靈。聖人求莫心常惺,一夫不獲咨明廷。皇天號令惟德馨,疇盜用者千誅刑,胡不縛治遣六丁。嗚呼胡不縛治遣,無人呵壁問蒼冥。

五言律

題張植厚明府小照③

每讀循良傳,仁風繫我思。新圖今乍展,古貌信如斯。麥隴春暉

---

① 五泉山寺:位於今甘肅省皋蘭縣。
② 壬午五月二十四日:道光二年五月二十四日,即1822年7月12日。
③ 張植厚即張士衡,生卒年不詳,山東高苑縣(今山東省高青縣)人。道光元年(1821)舉人,道光十八年(1838)任平羅縣知縣。

遍，桑田靈雨滋。張公爲政樂，又見譜謠辭。

五日

久客余懷倦，淒情祇自知。碧蒲紛翠影，紅藥逞妖姿。漫設靈均黍，空憐續命絲。鄉書頻有約，底事誤來期。

登樓秋望忽憶復申二兒試竣將旋口占一律

登樓秋色滿，極目眺塵寰。黃葉村邊樹，白雲天外山。鴻聲烟共杳，旅邸夢相關。爲問丹霄桂，雙枝可并攀。

夜坐

秋聲何處起，淅淅引微風。樹影搖窗月，笳音亂塞鴻。清心蚊蚋静，閉息地天通。欲識盈虛理，回旋一氣中。

宵行

六十猶爲客，宵行力不勝。馬頭雙耳雪，人面一鬚冰。目亂寒山火，心蘇野屋燈。停車暫相問，有酒可盈升。

五言排句

賦得黃花晚節香

陶令籬邊菊，疏枝綴碎黃。花如矜晚節，天正惜幽香。紉佩人俱瘦，餐英我亦狂。德馨饒郁烈，態老豈頹唐。休訝貌心古，定知滋味長。也曾經雨露，偏許耐風霜。落蕊仍收貯，新芽好護將。明年猶健在，篘酒作重陽。

七言律

春去偶憶

漫言春去便愁余，此地春留四月初。雨後天宜涼燠半，曉來花在澹濃餘。消閑只得一壺酒，小立權拋半卷書。却憶金明池上客，垂鞭計日看芙蕖。

次德遠村學使元韵四首代人作。

入境陳詩誦小戎，歌謠遠播息傳烽。雕蟲敢許舒螳臂，盤馬還愁躓蟻封。惠我明璫光乍煥，飲人醇酒氣先濃。今晨喜得披雲霧，滌硯真堪賃作傭。

祁連山畔仰卿雲，大雅文章自軼群。墨瀋橫流傾萬斛，詞鋒淬厲遏千軍。堤邊弱柳搖春態，檻外名花倚夕曛。清興似公殊不淺，莫教吟袂暫拋分。

三品由來陶範工，祥金只在一鑪中。純鈎啓鍔霜含白，熾焰騰輝雪點紅。清鑪無塵標霽月，諸生有幸坐春風。奇姿雲捲出翠阜，用子由語。① 談笑居然六一翁。

半壁荒園十畝寬，枝頭鳥語結清歡。說詩何處能逢鼎，注易平生雅愛韓。潭鏡暗搖天欲動，杯痕不惜酒頻乾。星軺西去行當轉，誰說邊關道路難。

觀　書

且讀前生未竟書，知他身後又何如。放心誰似求鷄犬，病眼深憂誤豕魚。月影微茫藏薄霧，珠光的爍耀清渠。任教輪扁嗤糟粕，好向荒年作積儲。

立秋次日雨

梧葉飄蕭片影回，天涯歲月自相催。夜分涼意隨秋到，曉起風聲送雨來。遠樹濛濛低草徑，輕雲漠漠繞花臺。金天欲放晶瑩態，故遣

---

① 出自蘇轍《送歐陽辯》："奇姿雲卷出翠阜，高論河決生清風。"

寒霖洗薄埃。

九　日

往歲登高憶諸弟，今秋兼復念諸兒。蘭山較射風初勁，阿益赴武闈鄉試較藝。隴坂揮鞭月共馳。復申二兒此時應過隴矣。紅葉征衫頻入夢，黃花白酒苦吟詩。賓鴻惜我離愁甚，欲向南翔故自遲。

九日後堂樓登高

節署危樓亘十尋，扶攜二子共登臨。兒思敬思廉同侍。憑高試暢迷離眼，望遠徒傷遲暮心。風雨無端鄉夢杳，雪霜有信鬢毛侵。征鴻直向南飛去，斷續空聞檻外音。

又向天涯逢九日，驚看歲月擲飛梭。彭城宴罷賓僚寂，杜老樽空感慨多。絳葉自飄風更勁，黃花當放雨頻過。騷人例作悲秋賦，薄暮憑欄一浩歌。

孔雀冢

提署有孔雀一雙，金翠可愛。畜半年矣，不意犬斃其雄。主人惜之。爲冢埋丁香花下。而雌亦懊悒不食，伏死其旁。嘉珍禽之有偶，甘絕粒以捐軀。感嘆不足，爲二詩以告來者。

奇姿漫愛縷金盤，翠羽空驚委碧欄。牛角古曾悲觸辱，犬牙今竟厄傷殘。夢迴蠻徼清音杳，花覆羈雌隻影寒。香土一抔藏爾骨，他年衹向畫圖看。

三梁有夢可同歸，籠入朱門志願違。莫把金篦重刮目，那堪翠被更牽衣。鴛鴦有恨會雙死，鷄鶩争喧忍并飛。只此一抔花下土，貞魂歷劫合相依。

登玩心樓

樓後居民數家，宛似村洛。蘆汀沙嶼，極虛曠之致。北距城垣，自疑在郊郭也。

　　名園幽勝自無窮，雅喜登臨四望通。山翠濃添連夜雨，簟涼全借一溪風。野橋蘆岸吟情活，矮屋茅檐畫稿同。坐對高墉運樹杪，却疑城外是城中。

　　樓下花枝半有無，開窗景物又全殊。綠陰幾處人垂釣，青草一灣鴨引雛。遠樹雲烟遮佛閣，幽居門巷在仙都。自忘身是侯家客，欲著芒鞋叩野廬。

己卯除夕①

　　六旬方滿歲云徂，慚愧兒孫進酒脯。老矣無能思少壯，窮將自去且歌呼。烟花暗裏換新節，杖屨明朝依舊扶。却意長安游宦客，今宵有夢到家無。申兒會試北上，計今在長安度歲耳。

晉齋公將軍過齋見訪敬步贈誠村軍門元韵賦謝二章

　　隱几人呼南郭生，文章事業兩無成。說經勤補前身過，覓句猶餘未死情。破衲枯筇摩詰室，晨燈夕雨伏波營。多君雅意能相訪，又向邯鄲學步行。

　　撿韵翻嫌擊鉢遲，名章疊出未經時。泉爭湧地真無礙，味有回甘久始知。陶令家貧仍嗜酒，丘翁才退莫談詩。都緣大雅容如海，潦倒顛狂總不嗤。

贈李坦庵學博②

　　同學於今尚幾人，如君品望更無倫。相逢客舍顏皆老，說起師門意倍親。余與君同出松崖門下。浮世功名紈扇冷，廿年離合酒杯頻。仙舟

---

①　己卯：嘉慶二十四年(1819)。

②　李坦庵：即李華春，生卒年不詳，字寶之，號坦庵，甘肅狄道(今甘肅省臨洮縣)人。乾隆四十二年(1777)舉人，官清澗訓導。著有《坦庵詩鈔》。

共濟憑誰羨,慚愧當時墊角巾。

七言絕句

壬午赴闌途中連日遇雪口占六絕①

塞上欣逢驛使回,梅花飛寄隴頭開。一枝春色能如許,萬里黃雲雪滿堆。

征塵碾破萬重山,喜見清暉照客顏。無限柳條齊着絮,春光早度玉門關。

吹面東風故故斜,旋看集霰又飛花。天公爲我添清興,滿路瓊田覆玉砂。

陶家煮茗原非惡,党尉清歌也自宜。爭似灞橋圖畫裏,辛勤驢背覓吟詩。

家山有路夢迢迢,朔雪多情逐處飄。記得故人揮手別,泪痕不斷濕冰綃。

平生愛雪真成癖,此日微吟倍稱心。擬把清言飛玉屑,冰霜莫惜鬢毛侵。

偶題二章

浣花溪上水如天,杜老行歌興欲顛。不遣嚴公來尹蜀,錦城春色若爲妍。

一棹緣溪兩岸春,桃花賺殺武陵人。仙蹤自與凡塵隔,那許歸來復問津。

---

① 壬午：道光二年(1822)。

辛巳上元節赴甘暮渡冰河宿豐樂堡三首①

疲馬遲遲傍水濱,遙天暮景隱征塵。荒途徑滑人蹤杳,遠見燈明意已親。

殘臘東歸歷此程,冰河夾道石縱橫。家園已近心猶怯,況是春宵又遠征。

月影燈輝照夜游,此鄉人號小涼州。醮壇簫管驚離夢,婉轉深宵默自愁。

過水磨關

途橫巨石水縈關,碾破石頭七往還。石已厭君君不厭,定教頑石笑君頑。

過甘泉書院題四絕句②

甘泉池

滾滾清泉日夜流,淵源只向此中求。落花波面皆成趣,莫羨纖鱗下釣鈎。

三台閣

三層高閣俯城頭,四境烟花一望收。春樹萬家甘雨足,綠楊陰外好驅牛。

玩書樓

萬軸牙籤百尺樓,明窗四敞對凝眸。元龍豪氣消磨盡,老向書倉學鼠偷。

---

① 辛巳上元節:道光元年正月十五,即1821年2月17日。
② 甘泉書院:位於甘州府城(今甘肅省張掖市)內。明嘉靖三十一年(1552)御使王誥捐建,後廢。乾隆二十四年(1759)春,知府馮祖悅重建。

臨湖亭

蘆荻蕭蕭一片秋,晨風夕雨好淹留。座中幾個清狂客,起向烟波欲狎鷗。

古　劍

半尺霜華繫觥緱,塵侵苔蝕幾經秋。寧知漬透老蛟血,寒夜燈昏鬼見愁。

落木庵

落木庵前落木多,眼看春去又秋過。平生慣見榮枯態,暮雨朝霜日聽他。

題赤壁圖

滄江日夜自流東,今古長存水月風。却笑孫曹緣底事,爭將赤壁與坡公。

後赤壁圖

節物驚懷秋復冬,先生杖屨又茲逢。橫江孤鶴亦泥爪,漫向丹青覓去蹤。

十一月二十六日雪中步入後園鴉雀無聲皓然四映烟雲澹杳之間樹石樓亭參差隱見宛然一段畫景呵筆微吟以志清興

曉入園廬雪滿陂,飛花撲面眼迷離。孤岑似有梅先放,擬款烟蘿乞折枝。曲沼冰凝十畝寬,澹烟深鎖玉奩寒。高情合讓惟摩詰,揀取綠蕉圖素紈。

題掃雪烹茶圖

竹扇風鑪火候諧,輕烟一縷出茅庵。無端却被姬人笑,別有羊羔飲正酣。

將歸度歲客有出《月傍關山幾處明》畫卷索題者集韵牌字

寒泉枯柳射潺潺,別徑深藏雪幾灣。客子沉吟看壁畫,心隨明月渡關山。

【校勘記】

［1］七言古：原在《題徐沅舲明府溪南老屋讀書圖》後,據本書體例乙正。
［2］月：原脱,據文意補。

夢雪草堂續稿卷二

五言古

偶然作五首

陰陽非二物，一息相乘除。如何天心見，乃在亥之餘。無剝不成復，有斂方堪舒。試從萬禩後，游懷盤古初。屈伸呼吸間，可以觀道樞。

霜葉抱寒柯，深冬未盡脫。亦知非久留，聊復相依托。朔風捲地至，吹向天邊落。暗中春氣回，萌芽故處著。芳華等委蛻，本根幸勿斫。

橘柚來楚地，離支生炎州。楊梅亦吳產，密漬充佳羞。歲時宴賓友，金盤相獻酬。青門五色瓜，種自東陵侯。冰寒不適口，棄擲南陌頭。願君莫貴遠，此物近堪收。暑天六七月，白汗如漿流。君若取鎮心，可以消煩憂。

仙鶴巢長松，霜毛獨整潔。孔翠燦文彩，鷹鸇厲武節。五雉與九扈，鵁鷺成群列。即彼鳩鵲儔，亦各安巧拙。海鳥曰爰居，魯門避風熱。魯人不知名，牲醴勤奠酹。臧孫為魯政，高位良由竊。何怪魯士師，三黜甘摧折。

讀書南窗下，吟聲戛鳴玉。白日易韜光，晝景恒苦促。呼童啟紗籠，繼之以膏燭。須臾還復熄，瞑坐待天旭。古德有微言，性空無不足。暗室懸慧燈，明輝澈心曲。

古　詩

　　洞戶蛛綱啓，廣庭雲錦張。長檠列華燭，四壁搖輝煌。主人出揖客，舉酌傾瓊漿。瓊漿傾未已，庶羞羅甘芳。賓朋起爲壽，歡聲沸滿堂。狐裘嫌太温，不知簾外霜。中有斑白叟，醉語又顛狂。公子青雲器，高門世祚昌。況兹年始壯，令聞正無疆。珠玉不爲美，星斗垂寒芒。綺繡不爲華，文采富縹緗。蘭茝紉爲珮，芙蕖集爲裳。方今埋作睹，登進皆賢良。幽桂擢榛菅，梧桐生朝陽。願言戀碩德，撫時惜景光。冉拜謝誨言，主人更稱觴。今宵樂復樂，陳詩申報章。

終南山館 畢秋帆中丞題額。①

　　雪霽小窗明，幽居塵事鮮。仙館幸非遥，輕冰踐苔蘚。盧堂滿晴旭，烟林杳以緬。憑几坐須臾，頓令浮慮遣。當年霞棲者，俗情苦未免。捷徑闢岩崖，宦途通扃鍵。誰知千載下，有客外軒冕。蒔藥護靈芽，抗峰擬雲巘。或時脱簪紱，攜鐺淪茗荈。富貴而神仙，一念成輾轉。空教姓字留，華屋鎪珉硯。臧獲兩亡羊，交病無一善。茫茫世境內，何處分險坦？得意片時間，安問隱與顯。深山不在遠，此地試孤畎。

小方壺

　　千齡不可許，三山那許到。阮公蓬池上，憑欄且一笑。地接仙館深，竹石頗佳妙。我來動高興，清吟雜長嘯。寒林喧驚鴉，相和不待召。輕烟羃叢翠，積雪戴孤岰。虺蟠徑成曲，猿挂影或倒。觸處延頸脰，迴眸展清眺。掃籜烹茶鐺，倚岩安酒銚。醉後天與游，醒時同雲調。荒哉秦家帝，渡海求仙嶠。衡石自量盡，乃爲方士誚。漢皇揚其

---
① 畢秋帆：即畢沅（1730—1797），字纕蘅，號秋帆，又號靈岩山人，江南鎮洋（今江蘇太倉）人，乾隆二十五年（1760）一甲一名進士，官至湖廣總督。著有《續資治通鑑》，又有《傳經表》《經典辨正》《靈岩山人詩文集》等。《清史稿》卷三三九有傳。

波，瞑眩不可療。焉知朝士內，有地供弋釣。舉步窺滄溟，無為設丹竈。

庚孫生日時以示之

爾身雖九齡，生日方滿八。哲命貽厥初，此理宜加察。譬如千丈松，端自尋尺拔。又如九畹蘭，培滋在萌苖。但使終有成，毋須幼而黠。橐駝善種樹，不學宋人揠。葆厥靈瑩姿，光垢勤磨刮。朝朝拈筆翰，夜夜翻簡札。爾翁過六旬，羽翮中途鎩。爾尚養修翎，鵬翼高頡頏。

晨興出户見有以水仙花棄泥中者感賦

開春苦無悰，雨雪連朝晦。晨興啓齋閣，散步消積痗。瞥見花數枝，聯翩棄荒穢。泥塗污弱莖，榛莽困幽態。珠蕊未全萎，玉璫已半碎。怒焉傷余懷，喟然發深嘅。種植者何人，拋擲嗔奴輩。濯之清冷泉，置之盤盎內。下簾聊静坐，展卷默相對。冉冉凌波姿，已復整湘佩。

臘盡

室內爐火溫，簾外霜威折。和風東北來，吹盡檐端雪。熙熙生意動，藹藹春光泄。曲池冰欲消，陽徑草微苖。衰翁筋骨病，常年畏凛烈。今歲去鄉遠，頓覺寒燠別。此邦地氣暖，重裘真虛設。秦川百萬家，婦子相歡悅。襦袴本自足，荊薪毋勞爇。新年行且至，歌鼓慶佳節。

七言古

池上觀魚

我不似琴高仙，足踏赤鯉游神淵。又不似李太白，身騎長鯨飛采石。平生襟抱蒙莊托,濠濮之間觀魚樂。我知魚樂魚不知,非魚非我相娛嬉。落花鏡面饒天趣,何必把竿垂釣絲。樹影山光映清泚,魚環游之幾千里。浮者自浮沉者沉,相忘江湖亦如此。君不見,泹泹河渭波濤通,會有鱗甲隨雷風,晦冥變化安可窮。

宋芷灣先生行草歌①

淋漓墨瀋驅江湍,崖傾峽東出谷難。沛然一瀉千里勢,瞬息已經十八灘。高堂巨軸挂素壁,睨立未定垂芒寒。座間但有蒼翠色,直從紙上飛眉端。千年怪石峙潭洞,波窞骨瘦青巑岏。老木臃腫餘蠹蝕,修藤夭矯驚蛇蟠。坐卧三日看不足,攜杯就酌敦清歡。嘗謂古人精筆法,非作尋常藝事觀。此書不過數行耳,浩如萬卷胸中盤。腕底疑有精靈集,眼前頓見溟漲寬。屈騷馬史杜韓句,撐拄磊落堆肺肝。迴視美女簪花格,儘教斥鷃嗤鵬搏。

廓爾喀入貢曲②

海日初照雲霞新,堂皇結彩樽俎陳。介者夾道儐垂紳,笙鏞間奏勞遠人。帝曰遠人良苦辛,冒突霜雪冬徂春。豐其宴賚勅守臣,節旄導入靡逡巡。一足跪拜一足踆,襜襘橫被錦為純。彩幘非幘巾非巾,魁顏睢目膚理皴。生成異狀原非嗔,獅象俯首虎豹馴。厥貌猙獰心慺醇,聖作物睹萬國賓。豈有環寶充貢珍,聊以至誠表尊覲。西南之裔棲荒榛,遠與佛國相依因。修羅黑劫迴珠輪,出井瞻天今始真。越裳向化俱吾民,雨露所過沾無垠。圖成王會皇風淳,億萬斯載鎸琳珉。

---

① 宋芷灣:即宋湘(1757—1826),字焕襄,號芷灣,廣東嘉應州(今廣東梅州市)人。嘉慶四年(1799)進士,官至湖北督糧道。著有《紅杏山房集》《滇蹄集》。《清史稿》卷四九二有傳。

② 廓爾喀入侵西藏戰敗,向乾隆皇帝請降,帝允受降。五十八年正月,廓爾喀貢使齎貢物至京師,帝賜宴,命與朝鮮、暹羅各使同預朝賀,封拉特納巴都爾為廓爾喀王。自是五年一貢,聽命惟謹。《清史稿》卷五三六有載。

中秋夜飲步徐沅舲明府元韵

秋霖颯颯秋風清,銀潢瀉地天有聲。壯士悲歌素女笑,會須借爾冰輪明。奚僮驚報緣階走,一綫晴輝檐外有。掀簾不暇問其他,開筵急備百壺酒。花間月露飛瓊瑰,桂香灔瀲盈金杯。飲如鯨吞不計數,玉山那許輕摧頹。虛庭洞敞捲羅幌,纖塵靡隔恣幽賞。廣寒樓殿想嵯峨,仙界草木皆澄爽。情人萬古憐此宵,當杯行樂余亦聊。恨不聳身踊雲表,風爲羽翼虹爲橋。何處一聲笛吹鐵,璚華亂飄似飛雪。焉知斗轉與參橫,俯仰寥天但凝碧。南州豪士停征鞍,草檄歸來心正懽。莫言對影三人共,且許揮毫四座看。臨淮旌節天邊落,壁壘變盡汾陽郭。阿誰醉語敢歡呶,仗爾詞鋒一清廓。我從海內追名流,葛藟縈木低枝樛。愧無健筆酬高咏,喜對清光陪勝游。城頭更鼓休頻馘,衣上冷露從沾灑。夜如何其夜未央,片刻千金可容買。

五言律

晴窗花氣

今日春初霽,室中花亦芳。偶然通鼻觀,時復送書香。靜意徐徐會,幽懷澹澹長。庭蘭與桃李,且各趁年光。

客中除夕二首

鼎鼎緣何事,勞勞過此生。餘年片刻在,萬感寸心并。酒盡天難曙,思深夢不成。家人應未臥,話我客中情。

白髮窮愁遣,朱門樂事饒。衰年遇初度,佳會恰今宵。綠酒添芳酌,紅爐照綺寮。燈花頻送喜,護惜莫輕挑。

元日四首

曉日射朱扉,堂皇捲絳幃。五雲瞻氣色,萬象盡光輝。廣路羽儀肅，通門軒蓋飛。吏人疲謁謝，亦復整冠衣。

　　大地陽春轉，他鄉如故鄉。人心知歲改，天意與年芳。柳嫩搖新態，梅寒試素妝。便從今日始，日日醉霞觴。

　　勝事尋常有，賞心到處隨。但逢佳節至，且共弱孫嬉。不對青銅鏡，從添白髮絲。古稀稱七十，尚有六年期。

　　遠信京華至，嚴凝歲暮深。本來非熱客，那不畏寒侵。申兒來信云：冬十月後京師寒甚。凍閉關生理，周公曰：冬日之閉凍也不固，則春夏之長草木也不茂。[1] 艱難驗道心。今晨春氣轉，擢秀遍芳林。

連雨二首

　　曉雨濛濛濕，春雲淰淰寒。年華纔五日，愁緒已千端。隴外音書斷，涇西道路難。登樓迷遠望，倚遍碧闌干。余連月不見家信，而涼州會試諸公泥於泥淖，倘未一人至陝。

　　一雨連三日，愁中忘却春。鶯花何處有，杯杓向人親。綺閣易爲暮，書窗難及晨。倘徉蝴蝶夢，聊復得吾真。

長安元夕二首

　　今夕燈成市，何須月滿輪。明珠炫花海，耀灩十分春。綠酒家家熟，紅妝個個新。長安佳麗地，寶馬踏香塵。

　　神仙出畫屏，端坐翠輻輧。翹動花枝裊，影搖香霧冥。鼇山空一瞥，人海幾回經。繡幰時相值，無能辨尹邢。

春　草

　　春風吹百草，綠到池邊山。似勸王孫去，其如歸路艱。烟波阻夢寐，雨雪滿可關。南浦多離恨，萋萋第幾灣。

早　雁

　　二月江頭雁，銜蘆向北飛。稻梁雖可戀，鄉國豈忘歸。旅翮倦晨霧,斜行分夕暉。羈人無限泪,送爾只頻揮。

池上小雨

小雨落芳沼,跳珠濺水雲。微風徐以動,薄縠碧生紋。花影淼難即,空香澹與聞。魚游方自得,吾意亦同欣。

廄馬四首

豐芻方在廄,個個說空群。未效馳驅用,安知駑驥分。真龍今有種,似鹿昔曾聞。《淮南子云》:馬之似鹿者千金。① 騎向疆場去,臨□不負君。

尋常千萬輩,翦刻飾毛皮。□遇超群質,翻因瘦骨遺。語云:相士失之貧,相馬失之瘦。② 風塵途自遠,良樂世難期。武子空成癖,終當愧叔痴。晉王濟有馬癖,自謂相馬得其天機。有叔名湛,素謂之癡,及興觀督郵之馬,乃不如湛也。

良材雖自異,一顧豈驕矜。聲價本先定,光榮非頓增。鷥蹌安我節,鴻騫讓伊能。校獵長楊舘,三驅德可徵。

白首幽并客,生平鞍馬間。[2] 慣看毛骨老,幾見厲纓還。銜利休空喜,鞭長亦足患。捫髀恒自惜,對爾泪潸潸。

王公橋③

路繞重崗斷,橋依絕壑通。人蹤摩頂踵,馬足亂虛空。見說鵬垂翼,因思列御風。險夷休復道,坦步任天公。

六盤山

雲外抱征鞍,千山一徑盤。行人非膽怯,此地足心寒。虎嘯風常

---

① 出自《淮南子‧說山訓》:"馬之似鹿者千金,天下無千金之鹿。玉待礛諸而成器,有千金之璧而無錙錘之礛諸。"

② 出自《史記》卷一二六《滑稽列傳》。

③ 王公橋:位於今甘肅省定西市宋家溝。

慄,猿鳴月已殘。廿年甘息轍,今復向長安。

撫著假山大石累成,頗有巍峨之勢。

歷盡真山險,翻來看假山。攜壺頻就酌,拂樹試危攀。水漬苔侵足,烟深翠擁鬟。遠游持自慰,屢許叩仙寰。余十年來歷游甘州提署、蘭州藩署、西安撫署,皆有園亭可玩。遠游碌碌,唯此差堪恐慰藉耳。

殘 菊

移植小山畔,真同叢桂幽。未經騷客采,似爲澹人留。晚節從天付,孤懷對我愁。雪霜難獨立,好向一囊收。

乾 鵲

喜事能多少,朝朝噪向人。先幾爭早覺,遠信恐難真。語默安吾素,行藏豈爾因。獨憐鳩拙性,巢畔許爲鄰。

對 月

亦有懷人賦,吟成懶寄將。開軒見明月,滅燭延清光。塞雁天俱遠,燕雲樹共蒼。離心各千里,目極令余傷。

庚 孫

客舍歲云周,有孫娛遠游。耽書勤把筆,行食喜登樓。去國憐渠小,開懷忘旅憂。長安非久戀,賴此少淹留。

五言排句

柏

老柏如莊士,高標衆木宗。正當黃葉隕,偏愛翠華濃。寒燠天何預,枯榮物自從。孤貞雖克保,冷澹若爲容。直幹千尋拔,寒雲四面封。葉香宜宿鳳,貌古訝蹲龍。偃蹇誰初植,蒼堅氣獨鍾。閱人知幾輩,礪節在深冬。潤挹終南雪,神侔太華松。石交羅後圃,梅信訪遙峰。白社他年別,青門此日逢。旅懷多抑塞,題句豁幽胸。

竹

細竹僅盈指,猗猗歷歲寒。挺纔三兩個,瘦有百千竿。逸態橫烟徑,低枝拂石欄。叢生君莫笑,獨立古來難。過夏饒葱蒨,鳴秋衹惻酸。心虛原可信,節屈恨無端。昨夜風微勁,凌晨雪似團。菁華終弗掩,積壓幾曾嘆。鬱此青雲氣,從他白眼看。清宜供作簟,弱不任棲鸞。王子孤吟劇,文翁醉墨乾。慎毋輕翦伐,留取報平安。

關 中

鶉首封疆大,龍鱗原隰敷。舊邦周樂土,創業漢西都。昔也聲靈地,今之富庶區。稻秔饒陸海,蛙蚌溢弦蒲。百產羅珍品,九州推上腴。市塵千屋合,隧貨八方輸。物盛莠良雜,根深芽蘖俱。南山連楚蜀,大澤有萑苻。設險防誠重,安民理豈無。幾人存碩畫,當事凜艱虞。咨牧重分陝,推賢匪濫竽。天恩勤布澤,吏治有蘇枯。暘雨偶愆節,飢寒正待餔。深林棲雁户,叢棘伏鴞雛。草薙心何忍,巢焚計亦愚。如傷留惠化,孔邇仰前謨。

大中丞入覲

陝右金甌奠,中丞玉節尊。嶽蓮靈作澍,渭竹翠維藩。瓴建真形勝,泥封實忘言。嘉謨兹入告,偉略素能敦。黼扆應前席,瘝瘵可細論。張弛多利病,變革慮紛煩。古有三章約,今猶百度存。衰疲緣積漸,偷惰伏艱屯。澤集鴻哀羽,<small>南山流人宜爲安樂</small>。罝離雉抱冤。<small>渭南柳全堂案拖繫連年,始成信讞</small>。安氓先定宅,飭法在澄源。敷奏誠能動,咨俞語定温。泰交乾下濟,晉錫馬駢蕃。享醴湑蕭露,祖筵開杏園。行旌帶朝旭,歸路正春暄。父老盼來轍,風花迎遠村。高瞻五雲外,佳氣入關門。

七言律

聞牛鏡唐太史典試山東喜而有作①

兖青之野嶧山阿,交學淵源泗水波。奉詔掄才心自炯,開懷對月鏡初磨。仙岩不乏釣鼇手,草澤還聞扣角歌。怪石鉛松俱入貢,海邦奇產古來多。

春 寒

東風不住撼雕闌,吹折竹枝三兩竿。醉裏那知春事減,朝來只覺客衣單。無言穠李關懷甚,善睡嬌棠作態難。秦地鶯花愁寂寞,今年二月雪飛團。

清明後一日作

憑雲西望故山長,又向青門寄薄裝。二月鶯花春思寂,卅年蹤迹客塵荒。[3]老懷吾久忘涇渭,壞塚人誰辨漢唐。閉鎖官齋無一事,金經半偈拜空王。

題王魯臬緣天園圖冊步韵二首

綿蠻鳥語弄春和,喚我芳郊載酒過。勝迹難尋空復爾,鄉園去遠奈愁何。偶從名輩窺新畫,擬向仙源訪舊窩。秦地山川稱陸海,風光似此恐無多。

神仙富貴兩無違,少壯行游老閉扉。吳越分來山水秀,車船載得畫圖歸。烟銷遠岫開生面,竹繞清池漾碧輝。咫尺金天宮畔路,雲霞不斷往來飛。

---

① 牛鏡唐:即牛鑒(1785—1858),字鏡堂,號雪樵,甘肅武威人。嘉慶十九年(1814)進士,官至兩江總督。《清史稿》卷三七八有傳。

題王西泉華山紀游後①

王子高尋落雁峰,天風吹上玉芙蓉。披雲俯視蒼冥外,捫石窮探邃古蹤。漫說危崖難著足,直將全嶽貯於胸。老夫把卷吟兼酌,半醉如聞萬壑松。

煎茶

風鑪活火碧痕交,珍重篛籠始解包。細破雲腴須石碾,收藏雪液自梅梢。一甌香滿詩腸潤,五夜更長旅夢抛。賜得頭綱能幾許,休將水厄浪相嘲。

又示庚孫

二千里外六旬翁,共爾扶攜西復東。白髮頻添巾雪裏,年光暗轉客塵中。容吾矍鑠關天意,愛汝婉孌有父風。自古賢豪不家食,良弓之子善爲弓。

再出 七月廿日作。

梁間燕子語營營,幾日歸巢復遠征。晚節艱辛爲客久,貧家容易出門行。縱無僮僕身猶健,況對雲山眼倍明。九歲弱孫能伴我,扶攜歡笑到金城。幼孫長庚同行。膏車秣馬向山阿,臨發踟躕意若何。客子功名添悵望,今歲申兒會試未第,留復兒鄉試又未知若何耳。天涯歲月易蹉跎。西風蛩語連宵急,北地鴻聲入暮多。別有愁心繫天末,洞庭木葉下微波。

雪中至小方壺二首

雪意方酣欲作團,羊裘雖敝不知寒。暫抛爐火尋清賞,不用壺觴勸晚餐。老子生涯聊復爾,書傭心性本來酸。嗤他党尉粗豪甚,羔酒淺斟博醉歡。

---

① 王西泉即王元相,生平不詳。

莫遣霜風苦射眸,支筇少立小瀛洲。冷雲垂地心隨遠,淡墨行空畫更幽。茶竈輕烟籬外轉,冰池寒藻鏡中浮。梅花消息堪探未,我擬騎驢灞上游。

臘八節

佳日欣逢臘月天,河西舊俗古來傳。人家煮粥持供户,<small>涼州土俗,是日晨起以五色豆和肉米煮粥,煮成先先盛一甌奠餟户前,亦古者五祀之遺。</small>野老敲冰分餉田。<small>農家向河斧冰,載以牛車,散置田間,謂之獻冰。</small>故里風光惟有夢,他鄉節物又經年。誰知暗裏薄寒減,待放春暉到客邊。

五言絶句[4]

題皋蘭周明府自鋤明月種梅花小照①

廿載風塵迹,一腔冰雪心。梅花頻入夢,步月好相尋。

紀行十八章

去 蘭

辭家來金城,道路五百里。誰知非遠行,遠行從此始。

東崗鎮

行次東岡鎮,斜陽在高樹。舉頭望長安,亂山橫前路。

定遠驛<small>俗稱九溝十八坡。</small>

一域復一溝,宛轉爭一綫。攀緣上下問,足掉神欲眩。

車道嶺

宵發甘草店,言登車道嶺。前車漸漸高,寒星亂燈影。

枰鈎驛

枰鈎藏山曲,前復阻坡陀。下車尋別徑,霜滑泥滿鞾。

---

① 周明府:即周礌,生卒年不詳,字仲隅,號又溪,昭文(今江蘇省常熟市)人。官至平涼知府,嘉慶十八年(1813)、道光元年(1821)兩度出任皋蘭知縣。

倒迴溝
平地轉灣環，前車去復還。豈知九里遠，只在對面間。

青嵐山
青嵐山上樹，青嵐山底霧。霧裏有人居，雞鳴不知處。

會寧溝 俗稱七十二道脚不乾。
只此一溪水，紆迴似有情。鴛鴦七十二，相送復相迎。

王公橋
斗徑折山腰，下有王公橋。長繩繫車脚，莫使輕動搖。

青家驛
青關層峰顛，下有不測溪。俯窺魂欲悸，仰攀路無梯。

官道岔口
驅車登山椒，路已十里遥。人馬喘未定，岔口又層霄。

六盤山
静寧至隆德，道途稍平坦。尚有六盤山，宵興不可緩。

平涼府
高平城最雄，秦隴咽喉境。清時靡戰爭，過客忘夜警。

涇州
回中王母宫，丹臺秘石室。停車欲一游，雨雪阻三日。

涇州坡
出門便登山，泥塗深無轍。我行方半程，我馬骨已折。

太峪坡
崎嶇數里間，前途說尤難。若非黃犢健，焉得到長安。出店門行數里已極崎嶇，纔抵坡下，人馬俱困，而山農以黃犢至□之使前，□得健快。

見長安
長安忽到眼，迴望金城樓。金城尚不見，那復說涼州。

已至
三十年前事，裘馬頻經過。白首重來此，故人已無多。余以乾隆丙午舉於鄉，丁未戊申間連歲北上，馬佐平、崔省齋諸君會於此，狂飲劇談，頗稱豪勝，今皆不見。感念存歿，如夢中事也。

七言絕句

龍溝驛夜發見月口號

水樹縈回路幾灣，空濛灝氣鎖岩巒。碧天忽有微明現，待放冰輪貌夜山。

聞騾驛偶成

夜雨蕭蕭夢不成，殘燈閃閃剩微明。僕夫酣臥蚊虻靜，繞耳爭喧騾驛聲。

金城關①

左據洪河右抱山，不由斯路竟安攀。北門鎖鑰真天險，潼峪東西并此關。

邠州口號②

滾滾黃塵薄笨車，蕭蕭白髮亂髭鬚。邠州刺史休勞問，我已埋名廿載餘。行次州界，州官使人來接，向余問余車所在，御者指云後面是，遂馳而去。

祀竈日口占二首

旅食終年飽飯羹，竈君於我豈無情。空瞻馹駕朝天去，不備椒漿酬祀筵。

長安臘雪阻歸程，此夜愁聞爆竹聲。記得年年殘燭盡，兒童列坐待分餳。余家祀神既罷，輒取餘餳分給小兒以均神惠，歲以爲常。

---

① 金城關：源於西漢漢武帝在黃河岸設置的金城津，清代時爲蘭州城的重要關口。
② 邠州：即古豳州，清雍正三年(1725)升爲直隸州，今屬陝西省彬州市。

【校勘記】

[1] 也：此字原無，此句出自《韓非子·解老》："周公曰：冬日之閉凍也不固，則春夏之長草木也不茂。"據補。
[2] 鞁：原作"安"，據文意改。
[3] 卅：原作"卉"，據文意改。
[4] 五言絶句：此四字原無，據本書體例補。

夢雪草堂續稿卷三

五言古

華嶽

觀山不覷嶽,游屐徒浪莽。論交不及古,虛聲謬推獎。太華鎮關右,陡起勢無兩。雄蹲百二區,秀拔千尋上。融成造化爐,擘豈巨靈掌。洪河自天來,一氣相磨盪。有如古豪杰,并世多慨慷。流峙各殊途,不争實非黨。余家河之西,與雍本同壤。三度過恒農,末由稅塵鞅。空令仰止懷,企竚增悵惘。勝事老猶耽,足弱心則強。贏糧二千里,夙吉卜攸往。山靈不我拒,陟碧澄秋爽。鐵鎖垂高空,風動銀鐺響。蓮衣披宿霧,晨旭搴羅幌。諸峰若群從,環拱敢争長。白帝顯真源,金天肅曠朗。緬維飛仙人,可望不可仿。終少近微茫,衡岱遠惝怳。向平婚嫁畢,五嶽通夢想。玉女酌天漿,借我一甌沆。

偶然作二首

小園僅半畝,條蔓動成林。檐端無餘隙,觸目皆蕭森。無風已亂鳴,欲雨先沉陰。輪囷半空腹,拳曲若爲心。斧斤所不及,雪霜懼相侵。嘉植詎在多,梗楠何處尋。

四山滿城頭,杳篠隔深院。墙隅露一角,屢矙目早眩。秋霖偶頹垣,僮僕驚顔變。策杖強來窺,缺處高峰見。譬如同心友,久别忽成面。良覿未及終,白雲橫素練。

十月一日登城遥望有感

秋盡接冬初，林木半凋槁。登臨一舒眺，野景供搜討。茅茨傍城闉，隱映隔桑棗。晚稼雖登場，露積頗草草。貧女惜辛勤，沿塗拾秸槁。雪霜亦已降，時物驚心早。遥見衣冠人，壺漿虔祭掃。因感寒衣節，客愁惄如擣。

七言古

楊少府以賓射圖囑題

高齋底事堪爲樂，偶集賓朋展權謔。大侯既抗弓矢張，鷺鵠停跱鴻舒翔。威儀抑抑容堂堂，柳映花開相媚好。九十春光全未老，羌余白髮精力殫，破的空從壁上觀。

連日風寒大作平地積雪尺餘忽值快晴登城西望衆山環映皓若銀海因賦長句兼憶西征將士庶幾捷音以慰志焉

濃雲壓檐檐角隤，嚴風排窗窗櫺摧。紅爐撥火火半灰，方塪積雪雪成堆。抛書倦坐坐銜杯，愁思鬱紆浩難裁。玉龍戰罷陽烏迴，披裘曳杖尋城隈。徑危石滑罕追陪，前誰引者後或推。風駕兩腋飛層臺，四山映澈無纖埃。晶毯晃朗冰壺開，海濤壁立浮瓊瑰。琳扉凍合高崔嵬，寒林瘦鶴紛㟏崥。逸翮翱翔覽九垓，矯首抗翼延頸顋。使我曠望情悠哉，慇武古通相曰裴。討除淮蔡天綱恢，以奇出險神謀該。雪夜縛賊如嬰孩，西征將士多雄才。冒寒皸瘃聖所哀，紫貂解賜軫宸懷。人歡挾纊馬龍媒，王旅嘽嘽復焞焞。飢鷹脫鞲盧重錦，封狼貙貔罹凶灾。掀窟鉏穴燔蒿萊，太陰殺氣轟春雷。斡回元化雨露培，靈臺偃伯酌金罍。威暢德洽俾毋猜，楊柳依依歸復來。老儒永念心徘徊，久立體栗冰于鬵。[1]

長句泰送毅堂龍十三兄還蜀

隴蜀夾峙聳金天，顓靈蘊秀西南偏。地折山分異境啓，曲盤一徑隱蚰蜒。扶輿醇淑難自秘，鬱積磅礴生材賢。揚馬風流數不盡，眉州父子爭聯翩。老儒僻處梯峰北，欲尋去路無由緣。毅堂胸中抱奇偉，輕裘怒馬游祁連。我時傭書來節署，閑庭杯酒相周旋。雄談劍槊驚摩戛，清文冰雪愁劉鋹。萬里培風隨鵬翼，萍蹤離合幾經年。舊游閉目空能記，新詩出篋已成編。朋簪方喜五原合，別緒又嘆三秋牽。浣花草堂忽入夢，一鞭遙指千山巔。故國生徒多狂簡，聞君欲到頸皆延。文翁石室典型在，經壇化雨沾瓊筵。暇日得句錦江畔，題封莫惜郵筒傳。

題翰林學士余秋室先生藤花畫軸因以志事①

道光二年五月十六日奉上諭："帥承瀛奏耆紳重遇鹿鳴一摺。浙江原任翰林院侍讀余集，年逾八旬，再逢鄉舉，本年尚在停止筵宴期內，除與新科舉人一體，給袍帽靴帶外着加恩賞，給翰林院侍讀學士銜，以示朕嘉惠耆儒至意，欽此。"楷家有藤花掛軸，係先生手筆，藏之逾三十年，蓋先生編修時在館所作也。今於邸報中恭讀明詔，仰見朝廷待士盛典，而先生景星慶雲，彌增筆墨之重云。

都門三月春事昌，藤花壓架縈修廊。名園載酒供吟賞，瓊署清嚴晝漏長。太史風流盛文藻，絲綸百軸輝琳琅。胸中璣珠瀉不盡，氤氳筆彩流古香。紫貝貫纓垂錯落，赤蛾舒翅紛飄颺。鐵簫老人遺法在，_{原署云仿鐵簫老人筆法。}樛枝接葉形老蒼。早歲植根培上苑，幾年零落歸江鄉。前輩典型尚堪數，西清舊夢都已忘。那知雨露晚尤渥，宮袍色映穠葩芳。看花爭說玄都觀，訪古猶見魯靈光。玉堂佳話從今始，豈

---

① 余秋室：即余集(1738—1823)，字蓉裳，號秋室，浙江錢塘(今浙江省杭州市)人。乾隆三十一年(1766)進士，《四庫全書》纂修之一，薦授翰林院編修，累擢侍讀。《清史稿》卷五一一有傳。

獨繪事珍縑緗。却憐溪邊黃葉樹，老儒涕泪立徬徨。

苦節吟

爲何梅生太史繼室黃孺人作。孺人福建人，父官京師，孺人歸太史。適太史以庶吉士改令閩中，孺人隨往，歷二載而太史歿於閩。貧不能歸，孺人扶柩泛海抵天津，遍告同年故舊，始得歸觢。孺人父兄在京師，欲留孺人而別遣僕輿送柩西歸，孺人堅不可，卒同歸凉。立孤守節，雖家無尺椽而甘貧如飴，鄰里不輕覯其面。有以錢米助者，却之。高風亮節，眞無愧古烈女哉。

天山千丈雪，閩海萬重波。衝風一激盪，結爲冰巇凌空高嵯峨。妾本產東粵，明珠耀海湄。夫堉宦轍游京師，濯濯青天海鶴姿。媒妁通其辭，父母爲我親結褵。珊瑚玉樹成交枝，豈曰蓬麻引兔絲。荏苒二三載，夫復宦海疆。妾身隨夫來故鄉，豈知故鄉非我鄉，我鄉安在在西凉。西凉遙遙指大漠，側身西望日欲落。夫命不融妾命薄，妾薄命，夫無子。妾之生也不如死，妾死夫骨委壑矣。海水壁立帆檣飛，鯨牙鰐尾皆危機。妾身夫骨兩相依，十生九死到武威。夫到武威骨歸土，妾身雖苦心不苦。期功近親一户無，四時蒸嘗熟爲主。夫昔孤貧賴舅存，夫依舅氏如慈親。舅氏之孫爲夫子，一盂麥飯夫其歆。燈前作書與兄弟，莫向天涯更垂涕。茅檐紡績吾自甘，茹蘗含辛味同薺。君不見，海月邊霜萬里寒，百年古井無波瀾，對之凛凛清肺肝。

題文姬歸漢圖

少讀胡笳十八拍，黃雲擁地風吼陌。眼明忽見丹青開，節旄前導歸去來。歸途萬里長太息，迴盼雙雛泪沾臆。穿盧北峙鴻南翔，立馬踟蹰不能發。馬蹄速發休停犧，關山雨雪浥征衣。一代紅顏泣青冢，誰取明君入塞歸。

五言律

六月四日雨

涼風動華屋,夜雨濕林丘。此地原無暑,羈心已似秋。有書盼來雁,無夢逐輕鷗。借問關山路,泥塗幾日休。

己丑重陽前四日同年玉硯農尚書赴伊犁將軍之任道經武威適余里居驛舍話舊因憶疇昔甘泉之會已十三載矣感而賦別①[2]

卅載南宮夢,音塵悵寂寥。甘泉纔一晤,別路又今朝。風雨重陽近,關山屬國遙。漢家鄭都護,老勝霍嫖姚。

聞螿

寒宵漸欲永,誰遣亂螿鳴。繞砌莎空綠,當窗月正明。秋吟聊自適,客枕莫頻驚。說盡心中事,何緣得不平？

螢火

拂檻火星流,開簾夜色幽。花間空自照,囊底倩誰收。小草思前夢,微明惜暗投。廣庭多白鳥,問爾可能羞。

小方壺曉坐

細雨滌殘暑,微風蘇病心。曉來池上坐,靜境愜幽襟。墜葉緣波聚,涼蟬吸露吟。望仙情未已,引領在遙岑。

再用前韻

莫憶還鄉夢,難為久客心。秋風疏鬢影,曉翠濕衣襟。倚杖徘徊立,憑欄一再吟。白雲消未盡,斷續繞仙岑。

---

① 己丑：道光九年(1829)。

去陝四首

老作諸侯客，蹉跎又幾年。東西兩無擇，余在甘六載，到陝又已二年。去住可隨緣。狗曲休相謗，猪肝劇自憐。雲山歸路遠，落葉與風旋。

只説春還早，居然歲已闌。歸期今始卜，行路古來難。灞水梅花別，空同劍氣寒。元龍湖海士，問舍敢求安。

暮暮復朝朝，童孫悵寂寥。夢中尋母樂，覺後嘆身遙。憐汝衣裳薄，怪余毛髮凋。今晨聆笑語，趣駕過三橋。

歲晚長途隔，天寒短景催。到家爭蚤暮，度隴莫遲迴。野水冰成岸，山城霧似埃。偶然驚犬吠，小店對人開。

五言排句

誠村大將軍出征西域長律奉贈

羽檄馳邊郡，王師赴遠征。法宮恢廟略，幕府盛威名。兌野星旗指，金天月暈平。雕戈揮素練，鐵馬繫朱纓。擾攘群鳥集，糾紛鬥蟻橫。鹿奔防挺走，螳臂敢孤撐。破賊知無敵，攻心別有程。單騎曾伏虜，七縱善推誠。況復安危策，由來制馭宏。沿沙分列戍，越磧峙堅城。亂釁何年啓，潛謀底事萌。殲渠須解結，撫順是先聲。盪滌除腥穢，寬仁靖牧耕。勒銘歸上將，一舉掃欃槍。

喜聞西域首逆就縛仍用韵爲誠村大將軍志賀

八表元同軌，三驅會有征。前禽雖暫舍，大釣孰能名。但使神風偃，何憂蔓草橫。戈鋋隨電掃，磵谷只雲平。兔脱翻投罝，狼奔合繫纓。游魂虛變詐，朽骨漫支撐。上將兼方召，雄圖邁李程。攻心資遠略，克敵本純誠。綱闊機仍密，勛高量益宏。酬庸崇五等，錫命重連城。豫楚思前績，戎羌載義聲。疲民蘇霢雨，列戍課深耕。剔蠹分良荇,安危净蘖萌。高墉占射隼,一矢落妖槍。

賦得秋燕已如客

久念烏衣國,難拋翡翠樓。檐深欣可托,露冷又驚秋。弱羽傷憔悴,羈心奈去留。開簾人尚待,顧影眼頻偷。霜信已先覺,雨零殊未休。將雛情切切,話別悵悠悠。泥落空梁夢,花飛曲檻愁。綠楊多敗榭,紅蓼尚芳洲。獨繞青桐樹,高瞻彩鳳儔。晨餐分鶴料,晚稻代鴻謀。偶以翩躚熊,能迴婉轉眸。終年勤好惠,此際賦離憂。子和慚鳴鶴,巢居類拙鳩。多言嫌鴝鵒,暗嘯避鵂鶹。月自秦時記,詩饒杜老優。故園殘壘在,春及好綢繆。

七言律

途出靖遠縣過奮威將軍王公進寶故里①

洪河曲注抱孤城,鐵面將軍翊運生。自屬雄心吞老氵廛,人言偉績比營平。秦凉保障三邊鞏,滇蜀風烟萬里清。一樣功名留國史,怪他渾濆自相傾。吴逆反時,秦蜀閉塞,王輔臣又判平凉,人心岌岌,唯公與勇略將軍銀川趙公良棟力任勘亂之責,功名亦略相埒,而彼此互相訐奏,□失和衷耳。

七律三章②

原城四面皆近山,而提署棟宇周環,無緣窺視,覺事理有不當然者,且愧山靈之見鄙也。後移居含暉書屋,適隸人葺治東廊廢壁,乃令於垣端留一缺孔,為朝夕引領之地。仍題七律三章,冀他日當事者見之。啓置軒櫺助清覽焉。

檐牙高啄百甓攢,佳景居然壁上觀。剩有風雲通絶徑,那無魂夢

---

① 王進寶(1626—1685),字顯吾,甘肅靖遠人。三藩之亂時屢破叛軍,官至陝西提督,追贈太子太保,諡忠勇。《清史稿》卷二六二有傳。
② 原無詩題,此題為整理者擬寫。

寄層巒。枯筇破衲青蓮宇,圓嶠方壺碧經瀾。仙佛靈蹤休便説,且將塵外結清歡。

挂笏情緣苦太慳,垣開有隙著青山。朝朝暮暮無停屨,雨雨風風不閉關。漫謂高人多偃蹇,坡云:"青出偃蹇似高人,常時不肯入官府。高人自與山有素,不待招邀滿庭户。"① 兼之野鶴共飛還。右丞云:"暢以沙際鶴,兼之雲外山。"② 玲瓏小閣他時啟,斜倚朱闌列翠鬟。

謝客尋山迹太奇,壺公縮地事堪師。半生游屐幾曾遍,老去年光強自嬉。面壁微參空色界,緣階獨立雪霜時。後來人事知多少,説到開軒也更痴。

風雨感興

八月秋高木葉丹,涼風吹雨渡河干。比聞砂磧馼車靷,莫畏泥塗侵馬鞍。時西域出師剿逆裔張格爾。北地鴻聲天外杳,西飛鴇羽霧中寒。漢城嚴令催衣履,爲念征夫行路難。

丙戌元旦③

葱蘢佳氣滿城闉,吉語重聞謁節人。陣陣爆竹催向曉,年年生日得逢春。朱顏尚在非關酒,翻用坡語。④ 白髮添多不厭頻。往事惹娛那復憶,且從今歲數芳辰。余甲申、乙酉艱否已極,冀今歲獲平善耳。

九日憶阮鄰⑤

九辨誰如宋玉才,天涯何處各登臺。冷雲斷雁書千里,落木空亭酒一杯。白髮幾隨清鏡改,黃花頻見異鄉開。余九載之内,於此日,七在甘

---

① 出自蘇軾《越州張中舍壽樂堂》。
② 出自王維《泛前陂》。
③ 丙戌:道光六年(1826)。
④ 翻用蘇軾《縱筆三首・其一》:"小兒誤喜朱顏在,一笑那知是酒紅。"
⑤ 阮鄰:即徐保字,見前文注。

泉，一在金城，一在長安。此情可待經風雨，月淡霜凄也慘懷。

偶　興

鴻泥爪指認前因，四十年來記未真。祇以推排成舊物，且將輕重付時人。終南雪積千岩白，太華蓮開十丈新。若使名山須杖屨，御風何惜往來頻。

十月菊花

不爲重陽冒雨開，迢迢離緒浩難裁。鶴孤應是從天降，名飛來鶴者，菊之佳品。人澹偏宜踏雪來。此日微雪，偕友訪之。芳訊幾傳雲外雁，幽香密借嶺頭梅。相逢此日真堪惜，合醉淵明酒一杯。

自　嘆

自嘆艱虞爲有身，無身豈即見吾真。百千流輩滔滔是，六十餘年念念陳。往事都忘如破甑，遠游未已任勞薪。猶餘半卷書文在，閑對隙輝遮眼頻。

再用前韵

輕將稷契許吾身，杜老狂言果是真。綫斷紙鳶休再掣，焚餘芻狗孰重陳。菑田未穫仍須播，樗散已摧甘作薪。却願高梧引雛鳳，虞絃迭奏和歌頻。

階前五色菊三首

濃霜一夜染東籬，點綴緋紅淡白宜。真賞幾曾空色相，孤標故自愛清奇。霞裳合是隱居服，雲錦端應織女貽。丹葉萬株愁寂寞，吳江楓冷最相思。

冷淡原因賦性成，天工著色太鮮明。不勝羅綺人真瘦，少露文章世漫驚。金紫錫來褒晚節，雪霜披處見幽貞。縱然彩筆工塗澤，描寫秋容詎稱情。

桐老荷枯雨滴聞，畫欄幽植鬥清芬。霜凝瑞彩青娥眩，酒進霞漿白帝釅。洗盡沿華仍絢爛，獨存真氣尚氤氳。玉津三月花如海，留却春光與共分。

七律二首①

甲午春仲，余驟遭險難，懷抱之惡，所不忍言也。老泪未乾，倏經改歲，少子阿益以其爲余之初度也，復循例置酒焉。情不自禁，率成七律二首，一以洗去年之慘，一以博新歲之歡。歌嗟并作，愠戚同時，覽者哂諸。

除 夕

明朝七十六番春，嘆息今宵太慘神。爆竹聲喧祇聒耳，屠酥酒熟漫沾唇。燒殘短燭更將盡，泣罷窮途泪已陳。多難承歡憐季子，時長兒思孝羈陝未遷。强將吉語豁酸辛。

元 旦

似箭光陰似箭催，應期佳節應期回。三千年後桃頻熟，九十日春光漸開。戲彩欣逢兒輩樂，稱觴慰藉老人懷。從他白髮添多少，且幸紅顴映酒杯。

己丑元旦立春值七十初度②

青雲不記少年時，白髮頻添兩鬢絲。元旦立春春正永，七旬生日日方遲。天心特啓三陽泰，人世難逢四美宜。九十風光休浪擲，從頭細數醉金卮。

---

① 原無詩題，此題爲整理者擬寫。
② 己丑：道光九年（1829）。

七言絕句

喜聞誠村軍門柯爾坪之捷寄獻鐃歌四章

將軍破賊積威名，一旅潛飛出阿城。猾虜三千齊授首，教他狼子識先聲。

游魂擾擾震驚霆，電掣風馳莫暫停。從此軍鋒如破竹，妖兒何處逭天刑。

萬里黃塵驛騎奔，封章急遞向天閽。邊情連日勞宵旰，吉語先聞慰至尊。

柯爾坪前戰馬還，寒雲蹴踏暮沉山。軍中急說楊無敵，萬口喧傳入漢關。

再入誠村大將軍幕府感舊言懷因以自嘲

西陲重寄益巍峨，秦隴重瞻節越過。天遣老儒揩病眼，又依大樹認青柯。

鐃歌一曲侑金觴，白髮飄蕭意氣揚。尚說能爲鸜鵒舞，書生不自笑顛狂。

消 息

一色丹榴發艷姿，滿城消息說京師。京師消息從他說，游子歸輿可及期。

到原示兒

七十老翁何所求，借用古句。① 偶然乘興復東游。東游千里吾還

---

① 出自王維《夷門歌》。

健,慰爾瞻雲一段愁。

重 九

年年此日悲秋客,又見蕭關落木時。擬采黃花泛杯酒,他鄉何處是東籬。

九日登高憶誠村大將軍

戈壁題詩老筆拈,霜毫劍氣共鋒鋩。軍中自有茱萸酒,未必黃花壓帽檐。

提署永壽樓見雁樓在城上。稚孫長庚頗爲羈旅之感詩以示之

城上高樓俯四山,白雲西望接鄉關。痴兒目送飛鴻語,秋去春歸幾往還。

鴻飛無往亦無還,曉度秦雲暮楚關。休向雪泥尋爪迹,稻粱多處是家山。坡云:"人生到處知何似,應似飛鴻踏雪泥。"①少陵云:"君看隨陽雁,各有稻粱謀。"②爲之慨然。

【校勘記】

[1] 栗:原作"粟",據文意改。
[2] 玉硯農:原作"王硯農",據生平史實改。

---

① 出自蘇軾《和子由澠池懷舊》。
② 出自杜甫《同諸公登慈恩寺塔》。

雪莊先生哀誄并輓詩

及年坐鎮秦雲隴水之間,一日思君璞玉渾金之度。喜侯芭之問字,癖成譽兒;重盧植之傳經,語偏高弟。昔過槐里,備聆蘭箴;今隔熊湘,屢通魚素。官有程而分道,難久瞻韓;人相與於忘形,不必訪戴。碧雲千里,舊雨寸心,無如芳與先生者。先生得天獨厚,與道大適。式履無愆,修己以敬。以爲應詔之申公,則安車足備;以爲開皇之思邈,則就典宜崇。而且高侍中之聽强,几杖虛設;裴晉公之矯健,海鶴同清。雖云去春八秩開筵,已俚詞三申祝嘏,表熙朝之人瑞,隆聖代之儒宗,猶擬再宴瓊林,重修禊事。何意雙輪駟馬石曼卿,主講蓉城;錦字彩虹白太傅,仙龕桑島。武當山折,詹負手以奚從;文陣戈沉,睹嘔心於何日。一椷捧到,五内摧殘;報達東華,慘深西望。此即文通妙管,莫舒飲恨之章;開府清才,難就傷心之賦。芳七載交深,九迴腸轉。此日官羈南服,未迎白馬素幡;他年車過西涼,再酹隻雞斗酒。權書哀誄并賦輓詩曰:

雁箋纔寄祝長生,消息俄聞返玉京。萬里關山空夢想,廿年風雨憶交情。鶴辭林表雲無色,星殞河源浪有聲。抔土自今何處是,[1]酒尊遥酹向公傾。

往事回頭總黯然,問誰得似地行仙。中州政績豐碑在,壯歲聲名蕊榜傳。經籍流光開後輩,衣冠古道逼前賢。囊琴歸作閑居賦,桃李春濃絳帳邊。

適館勞公訓我兒,緇衣真愧昔人詩。先生饌不資兼味,弟子胸憑剖大疑。婚娶敢矜籌借重,棺衾猶恐報多虧。當年琴譜題詞妙,誦到於今泪尚垂。

九九年來夔鑠翁,返魂無計奪天工。望穿秋草迷離外,寫入斜陽感慨中。堂構端應綿世澤,門墻從此失春風。願將遺稿鎸梨棗,傳與人間作寶弓。

道光二十年七月十日誠村弟楊芳拭泪拜書,時年七十有一。

【校勘記】

[1]抔:原作"坏",據文意改。

參考文獻

一、古代文獻

（一）經部

《十三經注疏》：（清）阮元校刻，中華書局 1980 年版。

（二）史部

《史記》：（漢）司馬遷撰，中華書局 2013 年版。

《後漢書》：（南朝宋）范曄撰，（唐）李賢等注，中華書局 1965 年版。

《舊唐書》：（後晉）劉昫等撰，中華書局 1975 年版。

《新唐書》：（宋）歐陽修、宋祁撰，中華書局 1975 年版。

《宋史》：（元）脫脫等撰，中華書局 1985 年版。

《清史稿》：趙爾巽等撰，中華書局 1977 年版。

《清實錄》：中華書局 1985 年版。

《乾隆帝起居注》：中國第一歷史檔案館編，廣西師範大學出版社 2002 年版。

《〔嘉慶〕大清一統志》：（清）穆彰阿等編，《四部叢刊》影印清史館藏進呈鈔本，商務印書館 1934 年版。

《〔乾隆〕甘肅通志》：（清）許容等修撰，中國國家圖書館藏乾隆元年（1736）刻本；影印文淵閣《四庫全書》本，臺灣商務印書館 1986 年版。

《〔乾隆〕西寧府新志》：（清）楊應琚纂修，乾隆二十七年（1762）刻本。

《〔嘉慶〕靈州志迹》：（清）楊芳燦等修，郭楷編，鳳凰出版社等 2008 年影印清嘉慶三年（1798）刻本；中國社會科學出版社 2015 年蔡淑梅校注本。

《〔嘉慶〕綿竹縣志》：（清）沈璟等纂修，嘉慶十八年（1813）刻本。

《〔道光〕直隸霍州志》：(清)崔允昭纂修，道光六年(1826)刻本。
《〔道光〕敦煌縣志》：(清)蘇履吉等修，曾誠纂，道光十一年(1831)刻本。
《〔道光〕蘭州府志》：(清)陳士楨修，涂鴻儀纂，道光十三年(1833)刻本。
《〔道光〕吳堡縣志》：(清)譚瑀纂修，清道光二十七年(1847)刻本。
《〔光緒〕興文縣志》：(清)江亦顯等修，黃相堯等纂，光緒十三年(1887)刻本。
《〔光緒〕花馬池志迹》：孫佳校注，中國社會科學出版社2015年版。
《〔光緒〕寧靈廳志草》：胡玉冰、張煜坤校注，上海古籍出版社2018年版。
《〔宣統〕甘肅新通志》：(清)升允、長庚修，安維峻等纂，中國國家圖書館藏清宣統元年(1909)刻本。
《重修原武縣志》：民國二十四年(1935)本，河南省原陽縣志編纂委員會整理，華北石油地質局印刷一廠2004年版。
《四庫全書總目》：(清)永瑢等撰，中華書局2017年版。
《唐才子傳校箋》：傅璇琮主編，中華書局2002年版。

(三) 子部

《韓非子新校注》：陳奇猷注解，上海古籍出版社2000年版。
《莊子集釋》：(清)郭慶藩撰，王孝魚點校，中華書局2006年版。
《淮南子》：陳廣忠譯注，中華書局2011年版。

(四) 集部

《陸機集》：(西晉)陸機撰，中華書局1982年版。
《韓昌黎文集校注》：(唐)韓愈撰，馬其昶校注，馬茂元整理，上海古籍出版社1986年版。
《杜詩詳注》：(唐)杜甫撰，(清)仇兆鰲注，上海古籍出版社2015年版。
《王維詩集》：(唐)王維撰，上海古籍出版社2017年版。
《蘇軾詩集》：(宋)蘇軾撰，中華書局1982年版。
《蘇轍集》：(宋)蘇轍撰，中華書局1990年版。
《全唐詩》：(清)彭定求等編，中華書局1960年版。
《李于鍇遺稿輯存》：(清)李于鍇撰，李鼎文校點，蘭州大學出版社1987

年版。

《松花庵全集》：（清）吴鎮撰，蘭州古籍書店 1990 年《中國西北文獻叢書》影印宣統刻本。

《晚晴簃詩匯》：（清）徐世昌輯，北京出版社 1995 年版。

《楊芳燦集》：（清）楊芳燦撰，楊緒容、靳建明點校，人民文學出版社 2013 年版。

《荆圃倡和集》：（清）楊芳燦等撰，《朔方文庫》影印嘉慶四年（1799）刻本，國家圖書館出版社 2018 年版。

《夢雪草堂詩稿》《續稿》：（清）郭楷撰，《朔方文庫》影印甘肅圖書館藏民國五年（1916）印本，國家圖書館出版社 2018 年版。

二、現當代文獻

《隴右方志錄》：張維編，《中國西北文獻叢書》據北平大北印刷局 1934 年版影印，蘭州古籍書店 1990 年版。

《中國地方志聯合目錄》：中國科學院北京天文臺編，中華書局 1985 年版。

《明清進士題名碑錄索引》：朱保炯、謝沛霖，上海古籍出版社 1989 年版。

《寧夏地方文獻聯合目錄》：寧夏圖書館協作委員會編，寧夏人民出版社 1992 年版。

《中國地方志總目提要》：金恩暉、胡述兆編，臺灣漢美圖書有限公司 1996 年版。

《甘肅省圖書館藏地方志目錄》：甘肅省圖書館編，蘭州大學出版社 1996 年版。

《清代官員履歷檔案全編》：秦國經主編，華東師範大學出版社 1997 年版。

《清代進士題名錄》：江慶柏編著，中華書局 2007 年版。